Es sind Geschichten vom Suchen und Finden, von der Suche nach Gemeinschaft, Bestätigung und Kontakt, auch Geschichten von der Flucht vor den Gefühlen der Leere und Einsamkeit und den unbewussten, traumatischen Erinnerungen. Die gewohnten Ablenkungen helfen nicht mehr. Daher wagen, spontan einem Zufall nachgebend, drei Männer, zwei Frauen und ein Androgyn, ein Experiment. Sie wollen in einer Lebensgemeinschaft ihre gewohnten Erfahrungen erweitern und Außerordentliches finden.

Sechs Lebensgeschichten entfalten sich aus unterschiedlichen Erzählperspektiven in Monologen und Dialogen, als Erinnerungen und in einer Biographie im PDF-Format.

Der Autor, über 20 Jahre als Architekt tätig, studierte ab 1980 verschiedene Methoden der humanistischen Psychologie und leitete danach 15 Jahre Gruppen in Meditation, Körpertherapie und Lebensplanung. Seit einigen Jahren vermittelt er die Kunst der Lebensgestaltung an der Algarve.

Literarisches: ein Gedichtband 1978 im Selbstverlag; eine Autobiographie, 2010; unveröffentlicht, Liebe, Literatur und andere Leidenschaften, 2016; Nur ein Röcheln, 2017, veröffentlicht bei tredition.

Satgyan Alexander

Zeit für Kundalini

Geschichten vom Suchen und Finden

©2013 Satgyan Alexander

2. Auflage

©2017 Satgyan Alexander

Umschlaggestaltung: Satgyan Alexander

Verlag & Druck: tredition GmbH, Halenreie 42, 22359 Hamburg

ISBN
Paperback: 978-3-7439-6339-9
Hardcover: 978-3-7439-6340-5
e-Book: 978-3-7439-6341-2

Inhaltsverzeichnis

1.Teil vom Suchen

2.Teil vom Finden

1.Teil

Kapitel 1

Der Himmel war hoch und weit. Gleißendes Licht lag über dem menschenleeren Platz und es war heiß. Platanen dämpften die Helligkeit. Blätter rauschten über seinem Kopf. Die Rinde changierte von dunklem Braun ins helle Grau. Endlose Zeit dehnte den Nachmittag aus.

Von einem Nachbartisch hörte er: „Ist nicht mehr gut". Er achtete nicht darauf. Es ging ihm sowieso nichts an. Ein Kinderwagen verdeckte plötzlich den Blick auf die Platanen, dann folgten Arme und ein Körper, die ihm die Sicht versperrte, ihn nicht interessierte.

Endlich war der Blick wieder frei auf die Bäume mit den Lichtreflexen. Neben ihn bewegte sich ein Stuhl. Metall kratzte auf Granit. Ein Gewicht knarzte in den Schnüren einer Sitzfläche. Sein Blick wanderte von einem Baum zum nächsten, hinunter zur Erde, zu dem Pflasterring und über die Granitsteine des Platzes, blieb an der Kante der weißen Marmorplatte vor ihm hängen. Die Espressotasse kam in sein Blickfeld, Zuckerkrümel neben der Untertasse. Die zerknüllte Zuckertüte steckte in der leeren Tasse. *Was mache ich nun?* sinnierte er, *es ist noch früh. Vielleicht 3 Uhr?*

„Bitte Madame, was wünschen Sie?" Das war die Stimme des Kellners. Die kannte er seit einigen Tagen. *Aber war das nun Johann oder Peer?* Es gab zwei Kellner und die Stimmen waren sich ziemlich ähnlich. Er dachte nach. *Wahrscheinlich war es Johann.* Er mochte nicht den Kopf bewegen, blickte noch immer in Richtung der Bäume.

„Bitte nur ein Glas Wasser, ohne Sprudel", eine helle, etwas schrille Stimme berührte sein linkes Ohr, die Stimme eines Jungen vor dem Stimmbruch oder die einer sehr jungen Frau?

Er stierte vor sich hin, wollte sich nicht der Wirklichkeit aussetzen. *Merkwürdig,* dachte er, *hatte Johann oder Peer nicht "Madame" gesagt? Aber vielleicht hatte die helle Stimme gar nichts mit der Frage des Kellners zu tun.*

Das war der Anfang einer Geschichte, die mir der Alte ziemlich ausführlich erzählte, so ausführlich, dass ich schon etwas ungeduldig wurde. Ich war ihm an diesem Abend zum ersten Mal begegnet in dem Lokal, drinnen an der Bar, in das ich regelmäßig ging, um die 20 Uhr Nachrichten nicht zu verpassen, die dort hinter dem Tresen vor sich hin flackerten. Ansonsten war noch nicht viel los.

Übrigens gab es dort eine schöne Thekenplatte aus altem Mahagoniholz mit einer Messingstange an der Vorderseite, altmodisch mit viel Patina. Aus den Flecken fantasierte ich zuweilen Landschaften, wenn ich so vor mich hin träumte und den Bewegungen auf dem Flachbildschirm nur meine halbe Aufmerksamkeit schenkte. Der Ton war sowieso immer sehr leise und ging in dem Geklapper der Bar und in dem Stimmengewirr unter. Nur die Stimme des Alten an meiner rechten Seite hörte ich gerade noch heraus, während er mir seine Geschichte erzählte, von seinem Nachmittag draußen.

Die *Madame* wäre, wie er nun behauptete, eine Schwuchtel mit einem Kinderwagen. Dabei blickte er mich herausfordernd an. Seine Augen waren etwas verhängt, die Lider hingen schräg hinunter, verdeckten ein Teil der Augäpfel, gerade mal die Hälfte der graugrünen Iris war sichtbar, obwohl das Licht über der Theke hell war. Irgendwie lag ein Schatten über seinem Gesicht. Seine Haut war von den Jahren gezeichnet, viele kleine, kaum wahrnehmbaren Kerben und zahlreiche bräunliche Flecken bedeckten die Wangen und die hohe Stirn. Sein Lächeln wirkte gefroren, etwas leidend. Es war ein leidendes Lächeln.

Ich beobachtete, wie sich plötzlich seine Lippen bewegten. Sie zogen sich nach innen, wie eine Linie war der Mund und stülpten sich wieder vor, ziemlich weit vor, zu einem Fisch- oder Kussmund. Der Alte machte diese Bewegungen einige Male, merkwürdig, wie eine Mundgymnastik sah das aus. Als der Mund zur Ruhe kam, war er voll, wie bei einem jungen Mann, gut durchblutet und die vielen kleinen Furchen für einen Augenblick verschwunden.

Der Alte muss in seinen besten Jahren verführerisch ausgesehen haben, mit diesem markanten Kinn und einer Nase, die ihm, durch den kleinen Höcker, ein armenisches Aussehen verlieh. Die abstehenden Ohren waren durch einige Strahler im Raum etwas unvorteilhaft beleuchtet, eher durchleuchtet. Im Verhältnis zum Schädel waren sie mir zu groß. Aber sonst sah er noch passabel aus, mit seinem sehr kurz geschnittenen Haar, das grauweiß zwei Drittel des Kopfes bedeckte. Er trug ein offenes Hemd unter einer abgetragenen Joppe.

Sein Blick fixierte mich: „Hören sie mir überhaupt zu?" Seine Stimme klang fest, nicht sehr laut, aber energisch und hin und wieder knarzig in den oberen Lagen. Offensichtlich hatte er noch eine feine Wahrnehmung und daher bemerkt, dass meine Aufmerksamkeit nur halb bei seiner Geschichte war.

„*Madame* hatte das Kind aus dem Wagen genommen", er betonte Madame, „es war übrigens ein sehr kleines Kind. Sie sprach mit dem Baby, so wie Mütter eben sprechen, in einer Art, wie es alle immer tun, weil sie annehmen, dass Babys so `n Geplapper hören wollen", seine Stimme klang ärgerlich.

In diesem Moment hätte er, wie er sich ausdrückte, bemerkt, dass die Mutter irgendwie anders war. Er hätte ihr ins Gesicht geschaut und sich unbewusst geekelt, hätte in ein streng blickendes, scharf gezeichnetes Gesicht mit Dreitagebart geblickt, in ein sehr junges Gesicht mit ganz hellen Augen, weißblonden Wimpern und ebensolchen Augenbrauen. Die Haare hätte er unter einem Hut nicht erkennen können. „Aber was für einen Hut die Person auf ihren Kopf trug!" Seine Stimme klang ein bisschen exaltiert: „Einen breitkrempigen Borsellino, garniert mit einer roten Stoffrose!"

Etwas Zwiespältiges wäre von der Person ausgegangen, erzählte er weiter, vor allem als sie sich ihm außergewöhnlich auffällig zugewandt und dabei mit einem verführerischen Lächeln, ein *„Ja bitte!?"* in den Nachmittagshimmel gesäuselt hätte, mit dieser schrillen, hohen Stimme.

„Sie hatte ihre Beine übereinander geschlagen", fuhr er fort, „und ich sah weiße, schlanke Schenkel. Ob sie rasiert waren, weiß ich nicht, konnte ich nicht erkennen. Weit über die Knie war der Rock gerutscht. Es war so ein Glockenrock mit Blumenmuster. Ich glaube, es waren Sommerblumen aufgedruckt: Mohn und Kornblumen, oder was ähnliches, habe es nur am Rande bemerkt, weil ich mit den Highheels beschäftigt waren, Stilettos, die die langen Beine noch betonten. Ich kenne mich mit hohen Absätzen gut aus. Hatte doch meine Frau, also meine zweite Frau genau gesagt, auch ein Faible für solche Attribute. --- Jaja, ich höre noch deutlich den Klang der Pfennigabsätze auf den Treppenstufen, wenn sie nach ihren Ausflügen nachhause kam, während ich auf sie wartete, und wenn sie dann erzählte von den Männern, von deren Wünschen, Sehnsüchten und den Hilflosigkeiten der Befriedigungen."

Er machte eine Pause, räusperte sich nachdrücklich bevor er fortfuhr: *„Ja bitte!?* hatte also *Madame* mir zugerufen. Hätte ich darauf nicht eingehen sollen? Vielleicht. Ich hatte sie jedoch bereits zu lange fixiert. Deshalb lenkte ich meinen Blick auf das Kind in ihren Armen. Ein hübsches Kind, wollte ich harmlos sagen, als ich bemerkte, dass das Baby gar kein Kind war. War es nur ein Stoffbündel? Eine Puppe? Oder doch ein Kind, aber ganz vermummt? *Madame* reagierte auf mein Erstaunen mit einem: *„Aber ich bitte Sie, das ist doch nicht schlimm."* Sie sagte das mit dieser hohen Stimme und lachte herzbewegend schrill, während sie das Bündel weiter in ihrem Arm hielt und mit der anderen Hand den Kinderwagen hin und her wippte. Das machte mich ganz konfus. War vielleicht noch ein Kind im Wagen? Ich war so irritiert, dass ich meine Fassung verlor, woanders hinblicken musste, zu den Platanen, zum Farbspiel der Rinde, und dann Minuten lang auf meine Espressotasse starrte."

Der Alte träumte mit offenen Augen vor sich. Plötzlich zuckte er zusammen und sah mich überrascht an, bevor er weitersprach:

„Dann, während ich noch ganz weg war, wurde ich von einem schrillen: *„Wollen Sie mir nicht Gesellschaft leisten"*, aufgeschreckt, so dass ich in dem Moment unwillkürlich nach meinem Hörgerät tastete. Ich fühlte mich aufgefordert, in ihre Richtung zu blicken und begegnete diesen klaren, hellen Augen, die mich intensiv durchdrangen."

Der Alte sah mich starr und abwartend an. Ich fühlte mich ihm irgendwie ausgeliefert, als er genüsslich weitererzählte.

„Vor allem der Mund der Person faszinierte mich. Er stand noch etwas offen vom letzten Lachen. Die Lippen waren blutvoll und dunkelrot geschminkt, perfekt nachgezeichnet. Sie gaben dem schmalen Gesicht mit den hervortretenden Backenknochen einen leicht amourösen Ausdruck. Es war schon an der Grenze zum Obszönen," sagte der Alte, der nach einem Räuspern nachdenklich fortfuhr, „aber die klaren Konturen der Stirn und der Nase, es war übrigens eine römische Nase, wirklich eine schöne Nase, deuteten auf gewisse faszinierende Intelligenz, so schien es mir."

Er nahm einen Schluck aus seinem Whiskyglas, trank mir zu und sagte: „Nun ja, das war mein erster unbewusster Eindruck, der sich dann vermischte mit dem noch folgenden Erlebnis am Nachmittag. Anfangs war ihr Gesicht ja durch den Schatten der Hutkrempe nicht gut zu erkennen gewesen. Nur die Augen strahlten. Ich war von der ganzen Situation, wie ich schon sagte, ziemlich verwirrt. Ich erhob mich also langsam von meinem Stuhl, machte eine leichte Verbeugung in ihre Richtung. Daraufhin nickte sie mir zu und machte eine einladende Geste. *„Setzen sich doch hier zu meiner Linken, da haben sie noch die Sonne im Rücken. Sie mögen doch sicher Sonne im Rücken?"* flötete sie mich an, stellen Sie sich das vor! Ich war ja immer noch unsicher, ob ich sie oder ihn ernst nehmen sollte oder lieber das Weite suchen."

Er machte wieder ein nachdenkliches Gesicht. „Aber der Nachmittag lag ja noch stundenlang vor mir", brummte er ein wenig ratlos und dann lauter gegen den Kneipenlärm anredend, „ich kann es einfach nicht glauben, was ich später mit der Person noch erlebt habe. Dabei habe ich schon einiges erlebt, vor allem mit meiner zweiten Frau, selig sei ihre Asche, als wir noch gut im Saft standen."

Solche Redewendungen gehen mir total auf den Sack und ich blickte ihn konsterniert an. Er machte schon wieder diese Mundbewegungen: Einziehen der Lippen, Strich, Aufplustern. Aber was sollte ich machen, ich stand wie angenagelt an dem Tresen, meine linke Hand umfasste die Messingstange und er hatte seine rechte drauf gelegt. Er hielt mich geradezu fest!

„Ich hab ja keine Ahnung, wie Sie zu diesen Dingen stehen", fing er wieder an und blickte mich auffordernd mit einem lasziven Zug um die jetzt entspannten Mundwinkel an. „Sie sind doch noch jung, nich' wahr? Schätze Sie auf Mitte 40, sehen doch proper aus! Der Saft ist noch am Fließen, oder?" Er grinste. Es war mir nicht wirklich unangenehm, dass er mich zehn Jahre jünger geschätzt hatte, aber das war im Moment das einzig Angenehme.

„Sie haben Ihren Körper gut im Griff, nich' wahr!? Immer ran an die Muskelmaschinen, nich'?" Ich nickte zaghaft. „Ich sehe schon, Sie sind ein bisschen verlegen, Nana, nun werden Sie man nich' gleich rot."

Was der Typ sich einbildete. Was sollte ich machen, mich umdrehen?

„Sagen Sie mal, haben Sie ihr Gesicht geliftet? Sehen ja noch echt glatt aus, faltenlos." Ich lächelte über das Kompliment und ließ ihn im Ungewissen.

„Und das Haar? Ist doch sicher schon gefärbt, Hm? Machen doch alle heute." Dabei näherte er sich und wollte mir ins Haar fahren. Ich drehte mich nach hinten weg und brummte: „Nein, es ist mein Naturton."

„Aber", und er deutete auf die Schläfen, „da sind schon graue Stellen", und seine Stimme klang zufrieden. „Nur schade, dass Sie keinen Schnauzer tragen, würde Ihnen stehen. Ich liebe Männer mit Schnauzern." Was sollte das nun wieder; ich blickte ihn entgeistert an.

„Ist schon gut", sagte er verbindlich, „wollte Ihnen nicht zu nahe treten. Ich dachte nur, mit ihrem scharf geschnittenen Gesicht, den vollen Lippen, den grauen Augen unter prägnanten Augenbrauen würde ein Schnauzer gut passen. Sie haben Platz dafür im Gesicht, mit so `ner hohen Stirn und `nem starken Unterkiefer. Manche sehen mit einem Schnauzer schrecklich aus, wie Neandertaler oder Ötzi, Haha!" lachte er laut auf und wackelte mit dem Oberkörper. Seine Augen verschwanden unter den hängenden Lidern und das Gesicht wandelte sich zu einer Furchenlandschaft. Dabei nahm er endlich seine rechte Hand von meiner linken.

Er suchte nach einem Taschentuch um sich die Lachtränen zu trocknen. Ich drehte mich zur Bar, blickte auf den Bildschirm: Fußballübertragung, es stand 3 zu 1 für Madrid. Es interessierte mich überhaupt nicht, aber ich tat so, um den Alten loszuwerden.

„Nehmen Sie's mir nicht übel", machte er mich von der Seite an, „ich lache halt gern, manchmal auch über andere", fügte er noch hinzu. Aus den Augenwinkeln sah ich, wie er mich fixierte, von oben bis unten und wieder zurück. Ich bin ziemlich groß, so an die Eins fünfundachtzig und von der Seite sehe ich ziemlich gut aus, glaube ich.

„Ach übrigens, diese Person draußen am Nachbartisch heute Nachmittag... Sie erinnern sich? Nich´ wahr?" Eine betonte Pause folgte.

„Also diese schwule Schachtel mit dem Kinderwagen... interessiert Sie das denn nicht?" Ich wollte schon nein rufen, aber irgendetwas hielt mich doch davon ab und ich drehte mich wieder halb zu ihm und sah ihn an.

Er überlegte, machte erneut mit den Lippen rum und fuhr fort: „Ich weiß nicht, ob er oder sie eine schwule Schachtel war, hab das nur so angenommen, aber ein Transvestit war es oder wie sagt man noch? Androgyn, nich´ wahr?" Ich sah ihn groß an und schwieg.

„Woher ich das weiß, fragen Sie sich? Naja, wir haben miteinander gesprochen, nach dieser Aufforderung von ihr, zu ihm zu kommen."

„Wie? Von ihr zu ihm zu kommen? An den Tisch?" fragte ich nach.

„Ja, zuerst an den Tisch, aber dann ging es ja weiter. Sie hatte das Bündel in den Kinderwagen zurückgelegt und dann griff sie mit der linken nach meiner Hand, wobei sie mit der anderen weiter den Kinderwagen wippte. Das hat mich wieder ganz verrückt gemacht, diese Schaukelei vor meinen Augen und dann ihre kühle Hand auf meiner rechten. Eine unglaubliche Kälte ging von der Hand aus, kroch meinem Arm hoch. Die eine Seite meines Körpers wurde kalt und die andere glühte, schien es mir. Und dann, stellen Sie sich das vor, bohrte er sich mit seinen wasserhellen Augen in meine. Er ankerte sich, ich weiß nicht, wie ich das beschreiben soll. Ich fühlte mich durchbohrt, festgezurrt, als er dann mit der eiskalten Hand meine aufnahm. Sie klebte geradezu an seiner und er führte sie in Richtung seines Körpers, ganz langsam zum Oberkörper hin, legte sie auf den Brustkorb. Ich fühlte seine Knochen, die Rippen, das Brustbein und den Ansatz einer üppigen Brust."

Er hielt inne, schaute nun abwesend ins Leere, als wäre er nicht mehr in der Kneipe. Er war woanders. Er stand vor mir mit seiner mittelgroßen Gestalt, in der etwas zu großen Joppe, wie verloren, und hatte schon wieder seine Rechte auf meine Linke gelegt, ohne dass es mir bewusst geworden war.

Einige Minuten passierte nichts zwischen uns. Nur das Gewimmel um uns herum. Aus den Augenwinkeln sah ich das Fußballspiel. Unangenehme Gerüche von Schweiß und Bier zogen an meiner Nase vorüber. Der Barkeeper schüttelte einen Mixer. *Dass die Menschen noch immer Cocktails trinken müssen,* dachte ich noch, als der Alte vor mir zusammenzuckte, sich an die Stirn griff und ein: „**Ach herrjeh!**" ausrief, und danach, „**wie spät haben 's wir eigentlich?**"

Er blickte auf die Zeitangabe am Fernseher: „**Ach je**", rief er erneut, „habe mich total verquatscht, bin ja verabredet mit *Madame*", und kicherte. Er wirkte wie ausgewechselt, aufgeräumt.

„Nehmen Sie`s mir nicht übel. Ich muss, ich muss", lachte er glucksend vor sich hin, „wir sehen uns, wir sehen uns, morgen vielleicht? Ja? Sie sind doch jeden Abend hier, nich´ wahr?", wieder dieses betont lange „nich´ wahr?" und weg war er in Richtung Tür. Ich sah noch seinen Schädel mit der weißgrauen Pracht kurz auftauchen.

Was wollte er mir eigentlich erzählen? Was sollte ich mit dieser angefangen Geschichte, überlegte ich, bevor ich meine letzte Bestellung aufgab: „Noch einen Gespritzten, bitte!" Ich freute mich sogar über das 4:1 für Madrid, obwohl mir das völlig egal sein konnte und es auch war. Ich musste halt noch eine halbe Stunde durchhalten, bevor ich müde genug war, um mich auf den Weg zu meiner Schlafstelle zu machen.

Kapitel 2

Es kam anders. Draußen an der frischen Luft, es war ein wundervoller Spätsommerabend mit den Düften nach Liebe und dem Geruch von nass gesprengtem Asphalt, überkam mich Bewegungslust. Noch eine kleine Runde um den Block, entschied ich gegen Müdigkeit und später Stunde. Der Himmel war bis auf einen Schimmer im Westen schon nachtblau, tintenfarbig. Die Dämmerung zwischen den Häusern war sporadisch unterbrochen von dem schwachen Licht der Straßenlampen, die in weiten Abständen die Fahrbahn aufhellten. Der Bürgersteig blieb fast ganz im Schatten. Deshalb bemerkte ich die beiden vor mir auch erst, als ich Gesprächsfetzen hörte und ein schrilles Kichern, unterbrochen von dem tiefen Glucksen, das ich am Abend bereits mehrmals gehört hatte.

Im Licht einer Haustürbeleuchtung sah ich sie dicht beieinander vor mir. Waren sie untergehakt? Oder hatten sie sogar eine Hand um die Taille des anderen gelegt? Sie schoben einen Kinderwagen vor sich her und unterhielten sich. Manchmal blieben sie für einen Augenblick stehen, so konnte ich Teile des Gesprächs aufschnappen.

„Ach weißt du", hörte ich die Stimme des Alten, „das macht mir nichts aus. Ich liebe Abwechslungen." Das schrille Kichern unterbrach ihn und der Kopf der Person, in der ich *Madame* vermutete, drehte sich zu ihm und nickte. Sie hatte wirklich einen Hut auf, so einen Borsellino. Ich war unsicher, ganz genau konnte ich die Person nicht erkennen. Aber Größe und Silhouette passten zur Beschreibung, die der Alte mir gegeben hatte.

Ich sah die Umrisse eines Glockenrockes und die schlanken Beine auf hohen Absätzen. Die Person drehte sich ganz zu ihm, zu dem, mit dem ich vor einer Stunde meine Zeit verbracht hatte, umarmte ihn, die Köpfe trafen aufeinander. Es sah nach Küssen oder Liebkosungen aus. Ein merkwürdiges Gefühl von Sehnsucht überfiel mich, einsam und verlassen kam ich mir vor. Ich war stehen geblieben, folgte ihnen nicht weiter, blieb mit einem widersprüchlichen Gefühl von Neid und Eifersucht zurück. Die Stimmen und das Lachen schallten noch eine Weile aus der Ferne zu mir.

Ich blickte an mir hinunter. Ich war nun allein in der schwach beleuchteten Straße. Die Geräusche der beiden verloren sich ganz, als sie um eine Häuserecke bogen. Ein Schauer überfiel mich. Was sollte ich nun machen? Ich fühlte die Zeit auf mich zukommen. Sie war nicht zu verleugnen, wie ich es sonst immer tat, mit irgendwelchen Ablenkungen. Ich stand ihr ausgeliefert gegenüber, vielmehr umfing sie mich, bedrohte mich in der Unfassbarkeit des Zeitflusses. Ich war allein! Und die beiden? Was machten die? Das war doch pervers, der Alte und diese Schwuchtel oder meinetwegen Madame. *Die haben ihren Spaß, sind zusammen, vergnügen sich, merken nichts von der Zentnerlast der Zeit. Das gehört sich nicht, mich so auszuschließen,* warf ich ihnen vor und mir.

Ich kratzte mit dem Fuß auf dem Pflaster. Das Geräusch tat mir gut. Wenigstens eine Bewegung, die von mir kam. Die Luft kühlte meinen Kopf, ich bemerkte die Hitze, die meinen Körper durchströmte. *Wieso eigentlich? Warum bin ich so erregt? Lass die beiden machen,* redete ich mir tröstend zu. Aber es stimmte ja nicht. Ich war böse auf sie und auf mich, fühlte mich abgelehnt. Das war Quatsch. Ich hatte ja gar keine Ambitionen gezeigt, war abgestoßen von ihrem Spiel, trotzdem diese Sehnsucht nach Zugehörigkeit.

Der Wind wurde stärker. Ich stand immer noch an derselben Stelle, die Hände in den Hosentaschen, die Schultern hochgezogen, kam ich langsam wieder zu mir, blickte mich um, sah die

Häuserfassaden mit den alten Stuckumrahmungen der Fenster. Alle Fenster waren dunkel. Graue Silhouetten gegen den dunkelblauen Himmel.

Aus einer Querstraße glitten Lichtflecke über das Kopfsteinpflaster, kamen näher, beleuchteten Bordsteinkanten, dann kam das Motorgeräusch des Autos, das das Licht mit sich nahm. Danach wirkte der Raum noch dunkler, bis sich meine Augen wieder an das einheitliche Häusergrau gewöhnt hatten.

Wie die endlose Zeit durch die Nacht brandete, unaufhaltsam wie ein Meer. Das Auto hatte mich kurz abgelenkt, nun war sie wieder mit ihrer ganzen Wucht präsent. Sie füllte den Raum zwischen den Häusern und mir, ich mitten darin, dem Zeitfluss ausgeliefert, allein! *Dreh dich um deine eigene Achse, wenigstens um deine eigene Achse*, versuchte ich meiner Lähmung zu entkommen. Mühsam nach rechts die Schulter drehend, gab ich mir einen Ruck, nahm die Hände aus den Hosentaschen, breitete die Arme aus, kreiste um mich selbst, immer schneller und schneller. Die Augen weit geöffnet, flogen die Fensterfronten als Streifenbrei zusammengeschnurrt an mir vorüber, unterbrochen von den Abgründen, den Straßenöffnungen, bis nur noch dunkelgrau mit hellgrau abwechselte.

Die Zeit drehte sich mit, der Druck der Zeit verschwand. Das Lastende verwirbelte sich im Kreisen, im Drehen, in einer Spirale, aus meiner Wirbelsäule aufsteigend, über den Kopf hinaus in den Nachthimmel. Außer Atem kam ich langsam zur Ruhe. Ich stand. Mein Herz klopfte. Ich war wieder bei mir.

Es ist Zeit, nach Hause zu gehen, fiel mir nun ein. *Nach Hause? Was ist das? Habe ich ein Zuhause? Diese Bude, die ich mir mit viel Geld eingerichtet hatte? Mit diesem teuren Ledersofa in schwarz und dem Glastisch davor? Das war doch kein Zuhause.* Das, was vor meinem inneren Auge aufflackerte, sah wie eine

Ausstellungsecke in einem Möbelgeschäft aus, schlimmer als diese Werbefotos von einschlägigen Sofaproduzenten. Wenn es wenigstens so wohnlich gewesen wäre, wie in einem IKEA Katalog, hätte ich eine gewisse Sehnsucht verspürt dorthin zu gelangen. Nach Hause!

Es ekelte mich, als ich an den Schlafraum dachte. Das besitzanzeigende Fürwort kam mir nicht mal in den Sinn. Ein neutrales Bett mit einer Matratze von Einmeterundfünfzig mal Einmeterundneunzig und sonst noch was? Einen Hocker mit einer Arbeitslampe. Taschentücher für alle Zwecke. Einen Kleiderschrank, der die Bezeichnung Schrank nicht führen sollte, bestand der doch nur aus einer Stoffhülle über einem Gestänge. Was sollte daran anziehend sein?

Trotzdem ging ich weiter, unbewusst in Richtung auf diese Unterkunft. Unterkunft war vielleicht das richtige Wort. Bei Unterkunft sah ich nun einen Verschlag vor mir mit einem Wellblechdach und einer Brettertür als Eingang, auf dem Lehmboden eine zerschlissene Federkernmatratze, bedeckt mit einem schmutzigen Laken, eine Apfelsinenkiste als Abstellfläche neben dem Lager und einen wackligen Armlehnstuhl in der Ecke.

Naja, so schlimm ist mein Zuhause ja nun doch nicht, beruhigte ich mich. Immerhin hatte ich ein Bad mit einer Wanne und heißes Wasser darin, wenn ich wollte. Und ich wollte! Das zog mich an. Das musste ich jetzt haben. Dieses heiße Wasser um mich herum! Mindestens 40°, bis zum Rand gefüllt und dann beim Hineinsteigen die Haut brennend fühlen, Wellen des Hineingleitens über den Rand fließen lassen, den Kopf zurücklegen auf den Rand und durchatmen. Nichts denken, nur brennende Hitze auf der Haut, Wasser einlassen, mehr heißes Wasser, mehr Hitze, nur keine Gedanken, außer nach mehr Wasser, mehr Hitze und das Rauschen des überlaufenden Wassers, das Klatschen am Fußboden, das Gurgeln im Überlauf, der schon im Seifenschaum verschwunden war.

Ja, genau, das wollte ich in dem Moment auf der Straße und meine Schritte wurden immer schneller, wurden angezogen von der Lust nach dem brennenden Schmerz. Nur noch einen Häuserblock von meinem Ziel entfernt, hatte ich mein unwohnliches Zuhause vergessen, überdeckt von dem Wunsch nach Ekstase.

Da bogen die beiden keine zwanzig Meter von mir entfernt um die Ecke, den Kinderwagen vor sich her schiebend, in Richtung auf meine Wanne zu. Aber ich wollte nicht mit ihnen zusammen stoßen. Ich hielt mich zurück, überwand meine Gier, stand still, lauschte. Es waren wirklich ihre Stimmen. Wer sollte auch in der Nacht mit einem Kinderwagen unterwegs sein?

Ich ließ Ihnen einen Vorsprung, wollte mich keinesfalls zeigen. Die restlichen hundert Meter bis zu meiner Haustür ging ich gemessenen Schrittes hinter ihnen her, hörte, wie sie sich süße Worte zu säuselten. Genaueres konnte ich nicht verstehen, wollte ich auch nicht. Aber die Tonlage und das Hin und Her der Stimmen hatten das Unnachahmliche und Extraordinäre von Liebesgeschwätz. Ein Singsang von Tönen und Gekicher, der alle anderen ausschließt. So eine absurde, abgegrenzte Welt von Liebessehnsucht und Bedürftigkeit, die auf mich widerlich wirkte.

Endlich stand ich vor der Eingangstür des Hauses, in dem mein Zuhause war. Ich bezweifelte es erneut. Schon die Tür, aluminiumfarbig, glatt gebürstet, stellte große Anforderung an meine Überredungskunst. Dass ich diese Tür am Tage nicht so schrecklich fand, wunderte mich plötzlich. Wieso blendete ich die Hässlichkeit dieser Welt bei Tageslicht aus? Hatte ich mich so daran gewöhnt? War durch dieses ungewöhnliche Nachterlebnis meine Wahrnehmung für die Wirklichkeit geschärft? Diese Fähigkeit hielt an, sie ließ sich nicht abschütteln.

Ich machte das Licht an. Das Treppenhaus mit beschmutzten Steinstufen aus falschem Granit und platt getretene Kaugummis verfolgten mich über die vier Läufe und zwei Podeste, die ich überwinden musste. Nur mit großer Disziplin konnte ich meinen Blick nach unten halten, um nicht auch noch die verschmierten und zerkratzen Ölanstriche der Wände wahrzunehmen. Ich wusste, sie begleiteten mich. Die verdreckten Scheiben der Fenster auf den Podesten widerten mich an, wenn auch das gebrochenes Licht die Düsternis ein wenig aufhellte und Abwechslung in das graue Einerlei brachte.

Endlich war ich vor der Wohnungstür. Eine glatte Sperrholztür mit Spion, hellbraun, lackiert und abgenutzt, wie alles dort um mich herum. Seit Generationen benutzt, begriffen, befasst, und nun hatte ich sie geöffnet. Ein Schwall unangenehmer Gerüche aus vergangenen Zeiten traf wieder meine Nase, obwohl ich einiges versucht hatte dagegen anzugehen.

Ich hatte alles streichen lassen, aber irgendwie saß die Vergangenheit in den Ritzen, in den Fugen der Scheuerleisten, oder in den Ritzen zwischen Fenster und Wand, unter den Fenstergesimsen? In den Elektrodosen, den Verdrahtungen, in der Klingelanlage? Hinter den Verkleidungen der Türen? Hinter den Fliesen, in der Fußbodenentwässerung der Dusche? Oder hinter den Heizkörpern, dort wo niemals der Maler mit Farbe hinkommt. Es roch nach früher, jeden Tag stärker! Auf jeden Fall im Moment des Eintretens. Die Düfte, die ich mit meinem Einzug und den neuen Möbeln eingebracht hatte, waren nahezu verschwunden.

Anfangs hatte die neue Farbe noch eigenes Flair versprüht und die Sisalauslegware die Vision von Natur, Sonne, Wüstensand ausgelöst. Die Ledergarnitur roch leider schon bald nur noch nach dem Pflegemittel, das ich dummerweise aufgetragen hatte. Dieser Geruch vermischte sich nun mit dem nicht zu überdeckenden der Vergangenheit.

„Es ist töricht, darüber zu jammern", sagte ich laut zu mir, als ich die Tür zum Bad öffnete, die Luft anhielt, um nicht schon wieder Unangenehmes zu riechen. Innenbäder haben ihren eigenen Reiz, einen Reiz auf die Atmungsorgane, den ich unterdrücken musste. Was blieb mir anderes? Ich wollte baden!

Das Wasser lief sprudelnd in die Wanne mit der angegrauten Emaille. Dampf breitete sich aus. Der Abzug begann zu arbeiten. Schon wieder ein Geräusch, auf das ich gerne verzichtet hätte, aber es war nötig, weil die Feuchtigkeit den kleinen Raum im Nu in ein Dampfbad verwandelt hätte und in Bächen an den Wänden hinunter gelaufen wäre.

Ich ließ die Tür offen, hörte das Rauschen des einlaufenden Wassers mit einer gewissen Vorfreude, stellte die Wohnungsklingel ab und griff nach dem Buch, in das ich mich in der nächsten Stunde versenken wollte: Die Kritik der reinen Vernunft von Emmanuel Kant, in der Sprache einer vergangener Zeit, messerscharf formuliert, die jedes Mal meine Müdigkeit verscheuchte, wenn ich ausgestreckt, von dem heißesten Nass, das die Anlage hergab, umgeben, der Wirklichkeit der Welt entfloh, eintauchte in die Gedankenwelt von Beweis und Gegenbeweis, dabei Gottesfülle betrachtend und diese, da sinnlich nicht wahrnehmbar, in eine Position des abstrakten Glaubens verwies: Mögliches Sein, aber nicht zwingende Existenz.

Der Morgen zog herauf.

Kapitel 3

Am Abend sah ich den Alten wieder. Ich war eilig in das Lokal getreten. Es war 2 Minuten vor zwanzig Uhr. Eine regelmäßige Einteilung des Tages gehörte schon lange zu meinem Überlebenstraining. Ich ging durch die locker Herumstehenden auf den Bartresen zu, als der Alte, hinter einer Säule halb verborgen, in meinen Blick kam und mich heranwinkte. Hatte er mich erwartet?

Es schien so. Er wollte mich an einen kleinen, runden Tisch lotsen, den er wohl für sich erobert hatte. Die Tischplatte war mit Tellern und Gläsern vollgestellt. Er musste schon eine geraume Zeit im Lokal verbracht haben. Es konnte natürlich auch sein, dass er kurz vor mir gekommen und der Tisch noch nicht abgeräumt worden war. Letztere Idee gefiel mir besser. So konnte ich erst mal die Einladung ablehnen, mich dem Tresen und den Fernsehnachrichten zuwenden.

Sein Gesicht rutschte, als ich die verneinende Geste machte, enttäuscht nach unten. Ich weiß, das sagt nichts aus, wer kann sich ein Gesicht vorstellen, das nach unten rutscht, aber die Züge entglitten ihm, die Mundwinkel hingen runter und sein Kopf schien zwischen den Schultern mühsam die Balance zu halten. Er tat mir leid. Ich munterte ihn mit einem, „Hallo, kommen sie mit an den Tresen", auf und bot ihm das offene Lächeln an, das ich sonst den Frauen schenke.

Er schlurfte heran und begrüßte mich mit einer ausgestreckten Hand, die ich aus purer Freundlichkeit ergriff. Ich wollte ihm nicht schon wieder eine Abfuhr erteilen. Irgendwie war ich offenbar nicht im Reinen mit mir und ihm. Nahm ich ihm die Nacht, die ich noch in dunkler Erinnerung hatte, übel?

Eigentlich war das ja nicht sein Problem. Ich versuchte darüber hinweg zu kommen, mit der Frage: „Na, wie war `s gewesen?" und blickte neugierig in sein Gesicht, das sich langsam in die Runzellandschaft zurück verwandelte. Um seine Augen begannen sich Lachfältchen auszudehnen und sein Mund machte bereits die ersten Hin und Her Bewegungen, noch ganz leicht, kaum wahrnehmbar.

Angewidert drehte ich mein Gesicht zum Bildschirm, zur Nachrichtensprecherin. Ihre Stimme war nur mühsam zu verstehen. Der Geräuschpegel wuchs mit den neuen Gästen, die jetzt herein strömten. Es war die Zeit der abendlichen Suche nach einem Gesprächspartner. Meine Aufmerksamkeit war jedoch immer noch auf die Informationen des Tages gerichtet, die als Fließtext am unteren Bildrand das Wichtigste zusammenfassten. Die Sprecherin lächelte mich an, jedenfalls bildete ich mir das ein. Der Ausschnitt des Kleides war modisch durch einen Top verschlossen, deshalb hing mein Blick mehr an ihren ausdrucksvollen Lippen, die sie gekonnt bei den Zischlauten vorwölbte.

„Wie?", hörte ich nun von der rechten Seite die etwas knarzige Stimme des Alten, „was meinen Sie mit wie war 's gewesen?"

„Naja, ich meine den gestrigen Abend, ihre Verabredung", und drehte mich halb zur Seite ohne den Blick von den Lippen der Sprecherin zu nehmen.

„Ach so", seine Stimme wurde dumpfer, „hat nicht geklappt, hat mich versetzt", sagte er noch. Nichts weiter. Pause. Überrascht drehte ich mich ihm zu. Aber, wollte ich sagen, ließ es dann jedoch sein, ich wollte mich nicht bloßstellen.

„Hm, soso", gab ich schließlich von mir, „und ich dachte, Sie hätten einen schönen Abend erlebt und würden mir die Fortsetzung der Geschichte erzählen."

Ich blieb in Deckung, wollte abwarten. Ich war der festen Überzeugung, dass ich die beiden zusammen gesehen hatte. Vielleicht traute er mir nicht, wollte seine Erlebnisse nicht ausbreiten, brauchte Zeit. Ich hatte genug davon.

„Das war doch enttäuschend, nicht wahr?" versuchte ich ihn zu locken und beobachtete dabei sein Gesicht.

Leider kam in dem Moment die Stimme des Barkeepers von links, die Nachrichtensprecherin überdeckend, dazwischen: „Und was trinken die Herren?"

„Einen Whisky mit Eis", entschied der Alte vor mir. „Sie auch? Ich lade Sie ein", schob er nach. Ich nickte ohne meine Augen von seinen zu lassen, da ich auf meine mitfühlende Bemerkung ein kleines Leuchten in seinen gesehen hatte. Da war etwas, was er mir noch verheimlichte. *Mal sehen, ob ich ihn nicht sein Geheimnis entlocken kann.*

An diesem Abend erschien er mir wie ausgewechselt. Sehr verhalten, aber unter der Oberfläche erregt. Er nahm ein Glas, ich hörte das Eis scheppern, reichte es mir und nahm selbst das andere. Wir tranken uns zu, auf eine freundliche Art, wie Partygäste, die noch nicht viel voneinander wissen und unsicher sind, ob sie die Unkenntnis gegenseitig ausräumen wollen.

Ich schaute noch mal auf den Bildschirm, die Wetterkarte zeigte ein Hoch, also weiter diese Hitze am Tage.

„Jaja", fing ich an, „das Wetter bleibt offenbar so schön. Gestern war es ja auch noch lange so mild, bis in die Nacht hinein, nicht wahr?" Er reagierte nicht, sondern blickte konzentriert in das Glas, nahm hin und wieder einen Schluck, nickte einige Male mit seinem markanten Schädel. Eine kleine haarlose Stelle auf dem Kopf fiel mir dabei auf.

„Es war so mild", nahm ich das Gespräch wieder auf, „so fantastisch mild! Ich musste noch ein paarmal um den Block gehen. Es war ja so ein wundervoller Nachthimmel. Tintenblau! Nicht wahr?"

Wir blickten uns an. Er wartete darauf, dass ich fortfuhr.

„Haben Sie nicht auch diesen außerordentlichen Himmel bemerkt? Ich meine, als sie allein nach Hause gingen!"

Seine Stirn zog sich etwas zusammen, seine Augenlider hoben sich, kaum merkbar. Ich ließ nicht locker: „Was haben Sie denn gemacht, als die Verabredung geplatzt war? Der Abend war doch noch jung."

Ich tat ganz neutral, einfach Smalltalk.

Er schüttelte unmerklich den Kopf. „Ich erinnere mich nicht", sagte er nur, nichts weiter.

„Aber", machte ich noch einen Versuch, „Sie waren doch gestern so vergnügt losgegangen, als Sie an die Verabredung dachten." Ich beugte mich ein bisschen vor, sah in seine Augenschlitze. Ein ganz schwaches Lächeln huschte über seine untere Gesichtshälfte. Seine Augen blieben davon unberührt verhangen.

„So? Jaja, ich war wohl etwas vergnügt gestern, aber ich erinnere mich nicht. Haben wir gestern miteinander gesprochen?"

„Aber ich bitte Sie", antwortete ich etwas verärgert. Wollte er mich auf den Arm nehmen? „Ja, gestern wollten Sie mir eine Geschichte erzählen, von einer Person, die Sie kennen gelernt hatten. Sie nannten sie *Madame*, eine schwule Schachtel oder Schwuchtel."

Meine Stimme hatte sich zum Ende unbewusst etwas erhoben, sodass die näher Stehenden sich umdrehten, wohl in der Annahme, ich hätte den Alten als Schwuchtel bezeichnet.

Ich lächelte in die uns anstarrende Gesichter und nickte in verschiedene Richtungen. Das half. Sie wandten sich wieder ihren Gläsern zu. Aber er, der Alte, blickte versonnen vor sich hin, machte diese Mundbewegungen, Strich, Aufplustern, Strich, um sich aufzupumpen.

„Schwuchtel", gab er träumerisch von sich, „ja, die Schwuchtel." Es klang, als erinnerte er sich an eine seltene Vogelart und danach noch „*Madame?*" mit einer längeren Pause. Plötzlich schoss ihm Röte ins Gesicht und er gluckste vor sich hin. Die Situation wurde unhaltbar. Er gluckste glücksselig vor sich hin und wackelte mit dem Kopf: „*Madame,* **ha**! *Madame*", rief er plötzlich laut, „Ja, *Madame*, **tolle Kanaille**!" und verstummte.

Wieder drehten sich einige Gesichter zu uns. Ich blickte verlegen zu Boden. Ich wollte keinesfalls dort in der Kneipe in einen Ruf kommen, der mich irgendwie aus meiner Alltäglichkeit heraushob. War ich doch froh, endlich in Neutralität eingetaucht zu sein.

Ich wandte mich wieder der Theke zu, blickte auf den Krimi, der jeden Dienstag ausgestrahlt wurde mit den Allerweltgeschichten und in den Allerweltgesichtern, die die Szene belebten. Überflüssige Liebesmüh der Unterhaltung!

„Ja, klar", hörte ich nun die Stimme des Alten. „*Madame*", er betonte das Wort wieder so eigenwillig, „ja, ich war mit ihr verabredet, aber sie kam nicht", behauptete er erneut. Das war mir zu blöd, ich drehte mich direkt zu ihm, konnte mich nicht mehr zurückhalten: „Ich habe Sie doch gestern Nacht auf der Straße mit so einer Person gesehen!"

„Mit was für einer Person?" fragte er unbefangen zurück.

„Naja, mit so einer Person, die Sie mir gestern Abend hier beschrieben haben", versuchte ich den Gang der Geschichte für mich zu klären, „so eine große Person, männlichen Geschlechts in weiblicher Kleidung und mit einem Kinderwagen."

Jetzt vermischte sich schon seine Beschreibung mit meinen Erinnerungsbildern der Nacht. Ungläubig schaute er mich an, seine Augenlider waren hoch gezogen, die Augen groß auf mich gerichtet und die Stirn in deutliche Falten gelegt.

„Sie haben mich gesehen? In der Nacht? Wo?" er konnte offensichtlich gut schauspielern oder er wusste wirklich nichts mehr. Oder vielleicht hatte ich mich geirrt und es lag eine Verwechslung vor? Hatte ich gar geträumt und diese ganze Wanderung durch die Nacht nur fantasiert? Unwillkürlich schüttelte ich den Kopf. Er blickte mich weiter stirnrunzelnd an.

„Ach, wissen Sie", versuchte ich mich selbst zu beruhigen, „das ist ja überhaupt nicht wichtig. Ich nahm an, ich hätte Sie gestern in meiner Nachtwanderung durch die Straßen meines Viertels mit einer Person gesehen, Arm in Arm und einem Kinderwagen schiebend." Dabei kam ich mir total blöd vor, während ich die Worte wählte.

„Mit einem Kinderwagen? In der Nacht?" mehr fragte er nicht.

„Ja", antwortete ich ungeduldig, „ja, mit einem Kinderwagen, deshalb waren Sie mir auch aufgefallen. Sonst hätte mich ein Pärchen in den nächtlichen Straßen gar nicht interessiert."

„Was haben Sie sich denn gedacht, als Sie so hinter uns hergeschlichen sind? Wollten Sie uns belauschen?"

Ich war wie von einem Schlag getroffen. Was sollte das wieder bedeuten? Plötzlich gab er dieses Treffen zu. Ich fühlte mich wie in einem Vakuum. Ich glaube, der Mund stand mir offen. Er lachte mich an.

„Ach wissen Sie", begann er wieder, „diese Erinnerungen, die haben einfach zu viele Löcher! Manchmal fehlen mir ganze Stunden, Gespräche verschwinden, nicht nur Wörter. Seit Tagen suche ich übrigens nach diesem Begriff für ein Scheinmedikament. Es fällt mir einfach nicht ein. Das benutzt man auch im Zusammenhang mit Heilungsprozessen", er suchte innerlich nach Erklärungen, dann ergänzte er: „Heilungen, die so ad hoc geschehen, wissen Sie?" Er zögerte wieder, bevor er weiter redete: „Die Leute glauben, das Mittel hätte sie geheilt, aber es war nur ihre Einbildung." Er blickte versonnen ins Weite.

„Placebo", sagte ich kurz. „Was sagten sie?" fragte er nach.

Ich wiederholte: „Placebo ist der Begriff für das Mittel, das bei Arzneimitteltests in Versuchsreihen den Probanden gegeben wird, um die Wirksamkeit eines Medikamentes zu testen."

Das klang fürchterlich und stimmte auch nur halb, aber es reichte, um ihm eine Freude zu machen.

„Danke, danke!" Er wirkte ehrlich erfreut. „Ja, genau, so ein schönes Wort und ich kam nicht darauf. Placebo! Ich muss es mir gleich aufschreiben. Haben Sie einen Stift? Nein? Barkeeper einen Stift bitte!"

Dann schrieb er auf einen Bierdeckel das Wort auf und steckte die Pappe in die Jackentasche. Er wirkte erleichtert und sogar fröhlich.

„Placebo", wiederholte er noch mehrmals und ich hatte den Eindruck er würde innerlich einiges zu diesem Begriff hinzutun, um daraus ein Gedicht oder ein Songtext zu machen.

Jedenfalls war unser Gespräch für einige Zeit ins Stocken geraten und ich war froh, nur in mein Whiskyglas zu blicken. Von der nächtlichen Wanderung und der Geschichte über oder mit *Madame* wollte ich eigentlich nichts mehr wissen.

Der Alte war jedoch der Meinung, er müsse sich irgendwie erklären.

„Dieser Placebo-Effekt", knarzte er wieder, „wissen Sie, ich glaube, das war in der letzten Nacht auch ein Placebo-Effekt." Dabei riss er die Augen auf, die Lider hingen nur noch zu einem Viertel über seine Iris. Er sah wie ein mit offenen Augen schlafender Vogel aus. Ich hörte zu.

„Wenn ich das richtig verstanden habe", begann er langsam, „dann bedeutet doch die Wirkung eines Placebos eine Scheinheilung? oder? Glaubensheilung? Also wenn ich glaube, ich habe ein Medikament gegen eine Krankheit eingenommen und in Wirklichkeit war nichts drin in der Pille, außer Milchzucker", und dabei leckte er sich die Unterlippe. Ein bisschen sah er in dem Augenblick wie eine Echse aus. Er wartete auf eine Reaktion von mir. Ich tat ihm den Gefallen und nickte. Jetzt rückte er etwas näher. Es war voller in dem Lokal geworden, die Stimmen um uns herum waren dichter und lauter.

„Und trotzdem könnte ich gesund werden", fuhr er fort, „nur, weil ich annahm, es sei das richtige Medikament gewesen, nich´ wahr?"

Ich nickte: „Das kommt in Einzelfällen vor. Das hat schon etwas mit dem Glauben zu tun", fügte ich an und lächelte. Ich hatte keine Ahnung, wo uns dieses Gespräch hinführen würde. Es war ja auch egal. Noch eine halbe Stunde hier `rumstehen und dann gemächlich nach Hause gehen, zu meiner Schlafstelle marschieren, malte ich mir die nächste Stunde aus.

Durch den Lärm hörte ich jetzt wieder seine Stimme: „Vielleicht habe ich Ihnen gestern, als ich die Verabredung erwähnte, auch ein Placebo verpasst? Hey!?" Dabei blickte er mich neutral an, als hätte er eine Bemerkung über das Wetter verloren.

Was wollte er mir damit wieder sagen? Kann er mich nicht endlich in Ruhe lassen? Laut sagte ich: „Sie meinen die Verabredung wäre eine Placebo-Verabredung gewesen? Ja?"

Er nickte: „Man könnte es so sagen. Sie verstehen mich. Endlich versteht mich mal jemand", dabei legte sich ein zufriedenes Lächeln über sein Gesicht und verwandelte die Leidensfalten in Fältchen.

„Placebo-Verabredung", wiederholte er und nickte, „eine Scheinverabredung? Jaja, das war es, und vielleicht war das, was ich von dieser Person erzählt hatte, auch schon eine Placebo-Geschichte? Sie fragen sich, ich sehe es Ihnen an, wozu erzählt er mir dann die Geschichte? Ja, warum erzählt man wohl Placebo-Geschichten?" Er hielt kurz inne.

„Wenn diese Geschichten nur scheinbar passiert sind, sind sie vielleicht doch sinnvoll. Hey? Vielleicht bezwecken sie etwas, nich´ wahr?"

Ich blickte wohl irritiert oder zweifelnd, denn er legte, wie um mich zu beruhigen, seine Hand auf meinen Arm, der auf dem Tresen lag.

„Nehmen wir mal an, es gibt da jemand, nennen wir ihn einfach Hans oder Markus, also ein Markus, der sich nicht ganz wohl fühlt in seiner Haut, mit dem Leben hadert, ein bisschen neben sich steht. Können Sie mir folgen?" fragte er überflüssigerweise dazwischen und fixierte mich mit diesem blöden Vogelblick von vorher. „Also so ´n Markus ist einsam und hat keine Kontakte mehr, alles den Bach runter gegangen. Frau, Geliebte, Kinder und Job schon hinter sich gelassen, vielleicht auch nie richtig daran geglaubt". Er griff nach seinem Glas.

Es ist echt anstrengend heute Abend mit diesem Kerl vor mir, dachte ich, *jetzt fängt er auch noch an zu philosophieren und nimmt mir den Rest meiner Zufriedenheit mit dem Augenblick des Nichtstuns. Womöglich verlangt er noch, dass ich mitphilosophiere.*

Er stellte das Glas zurück, leckte sich mit seiner Echsenzunge die Unterlippe, die jetzt unnatürlich glänzte, riss erneut die Augen auf und setzte wieder an: „Dieser Markus hat also mehr oder weniger mit dem Leben abgeschlossen und trotzdem geht es ja weiter. Die Langeweile bemächtigt sich seiner, tolle Formulierung nicht wahr? Überhaupt die Langeweile, eine eigenartige Erscheinungsform der Zeit. Wie das Fließen der Zeit so langsam werden kann, bis zum unerträglichen Stillstand, nicht wahr?"

Ich schüttelte unbewusst den Kopf über seine Betrachtung. Er ließ nicht locker: „Sie sind nicht meiner Meinung? Ich meine, was die Zeit betrifft?"

Ich blickte zum Bildschirm auf die Zeitangabe oben rechts. Eigentlich war es genug, der Krimi aus, jetzt lief eine Wissenschaftssendung über das Uhrenhandwerk in der Schweiz und meine Zeit hier war wirklich abgelaufen. Ich wollte mich gerade mit einer Ausrede von meinem Gesprächspartner verabschieden, blickte nochmals über die vielen Köpfe mit den Grau- und Braunstufen der Restbehaarungen in meiner Nähe hinweg. Die Menge schwankte leicht wie eine Mannschaft auf einem Kahn oder wie Halme im Kornfeld.

Da sah ich, von der Damentoilette kommend, eine große Gestalt sich durch die Menge winden, mit einem Borsellino auf dem Kopf, keine Blume, aber die Größe stimmte. Die Person verließ, ohne den Kopf in unsere Richtung zu drehen, das Lokal. Ich war perplex. Die Geschichte fing an meine Fantasie zu beschäftigen.

„Hören Sie mir noch zu? Was haben Sie denn? Geht es Ihnen nicht gut? Sie sehen besorgt aus!" Seine Stimme hatte eine überraschende Empathie durchschimmern lassen. „Ach was, es ist nichts", stotterte ich, „ich habe gerade eine Person mit einem Borsellino gesehen."

„Wo?" rief er laut und reckte seinen Kopf. Dann fiel er wieder in sich zusammen und winkte ab, „Sie wollen mich nur auf den Arm nehmen. Sie mit ihrer Geschichte von der Nachtwanderung. Aber hören Sie jetzt mal die Placebo-Geschichte von dem Typen zu Ende."

„Von welchem Typen?" Ich war schon wieder verwirrt. „Na, den wir vorhin Hans oder Markus getauft haben."

„Haben wir jemand getauft?" ich spielte den Unwissenden, „ich erinnere mich nicht."

Er holte tief Luft, plusterte seinen Mund auf: „Aber hören Sie mal, wer von uns beiden leidet denn unter Demenz?"

Seine Augen funkelten und forderten meine Teilnahme heraus. Ich gab nach. „Ich wollte mich nicht über Sie lustig machen", sagte ich vermittelnd, „also gut, was wollten Sie von Markus erzählen?"

„Ich wollte nur", und seine Stimme wurde knarziger und lauter um gegen die Lärmschlacht der späten Stunde anzukommen, „an einem verpfuschten Leben Anteil erwecken So ein Mensch lebt doch auch, wenn auch nur so vor sich hin. Hat nur noch die Langeweile, nach einem mühevollen Erwachen, den ganzen Tag über. Das Nichts hinter sich oder vor sich her schiebend bis zum Abend. Was soll der mit seiner Zeit und seinen Erinnerungen machen? Vielleicht denkt der sich Geschichten aus, mischt die mit Erlebtem, Erfundenem, sogar mit Träumen und erzählt sie irgendjemand, wenn er endlich abends seine Kneipe aufsucht, auf der Suche nach dem wirklichen Leben."

Er hielt inne, blickte über alle Köpfe ins Nichts und überließ mir die Gelegenheit darüber nachzudenken, ob er von sich selbst sprach oder von einer imaginären Person.

„Aber", ich griff an, „Sie wollen doch nicht sagen, dass hier, in so einer Kneipe, also Kneipe ist das hier ja nicht", verbesserte ich mich, „in so einem Szenelokal das wirkliche Leben spielt?"

Ich richtete mich auf und blickte auf die kahle Stelle seines Kopfes. *Das ist doch wirklich zu blöd, dieses Gespräch und überhaupt dieses Gefasel des Alten.* Ich war wieder drauf und dran, nach Hause zu gehen. Aber damit hatte es ja auch seine Probleme, wie mir schlagartig bei der Vorstellung meiner Sofagarnitur bewusst wurde.

„Aber für so einen Markus mit seinen Geschichten, diesen Placebo-Geschichten, sie erinnern sich noch?", knarzte er Anteilnahme erheischend, „für so einen Menschen, der die Langeweile als Essenz des Lebens erfährt, ist doch das Eintauchen in die pulsierende Atmosphäre von ineinander verkeilten Leibern eine Bestätigung eigener Lebenssäfte. Der lebt doch auf, wenn er in den Verlust von Zielbewusstsein eintaucht und Placebos verteilen kann." Dabei lachte er vergnügt, schaute sich um, hob seine Arme und rief: **„Hier meine Placebos! Leute nehmt sie, ich gebe sie gerne!"**

Ich stand neben ihm und mir und war ratlos. Am liebsten hätte ich ihn gestreichelt und es ist ja gut gesagt. Aber er fand schnell wieder zu sich zurück, lachte noch einmal laut verlegen auf und rief: „Herr Tresen, noch einen Whisky, auch für den Gast neben mir und dann die Rechnung!"

Ich überlegte, ob und wann ich ihn in diesem Lokal schon mal gesehen hatte. *War es wirklich gestern das erste Mal gewesen? Man sieht ja viele Typen in so `n Raum, auffallend sind die meisten nicht. Und hätte er mich nicht angesprochen, wäre ich nicht*

*in seine Geschichte geraten. Also war er vermutlich nicht Dauer-
gast, wie ich, sonst wäre er mir vorher aufgefallen mit seiner Art
Placebos zu verteilen. Das war doch schräg. Ob ich ihn animiert
hatte*, ging mir durch den Kopf. *Ich hatte ihm doch das Stichwort
gegeben, vorhin.*

*Die Geschichte von dieser Person, die er Markus nannte, hat-
te die unter Umständen mit dieser Schwuchtel-Geschichte zu
tun? Warum machte er alles so kompliziert?*

„Prost! Auf ihr Wohl!", drang seine Stimme zu mir durch, stö-
berte meine Gedanken auf.

„Wohlsein, auf ihre Langeweile!", sagte ich süffisant lachend
und danach, „danke für den Absacker", wobei ich andeuten
wollte, dass ich in den Startlöchern für meinen Abgang stand.

„Ach übrigens", er klang plötzlich ernster, „finden Sie nicht
auch, dass wir in einer vorrevolutionären Zeit leben?"

Er sah mich starr an, unter seinen herabhängenden Lidern.
Ich war wie vor den Kopf geschlagen. *Was war nur in ihn gefahren? Wieso fing er unvermittelt mit so einem Thema an?* Ich
schluckte. „Wie meinen Sie das denn?", konnte ich gerade noch
meine Überraschung im Zaum halten.

„Blicken Sie doch mal um sich, auf die Leute um uns herum.
Die haben doch alle keine richtige Arbeit, ziehen von einer Unterhaltung zur nächsten, haben kein richtiges Zuhause, keine
Familie, wahrscheinlich nur so ̓n Halbtagsjob und mit dem Geld
reicht es dann gerade mal für ein Bier oder einen Whisky von
der billigen Sorte."

Ich blickte mich um, bisher hatte ich die Einzelnen nicht so
genau angesehen. Es war mehr die Menge um mich herum, die
mir so ̓n Gefühl von Aufgehoben-Sein und Zugehörigkeit gege-

ben hatte. Auf Gesichter, Typen, Kleidung und Gebaren war ich überhaupt nicht erpicht gewesen.

Das stimmte schon irgendwie, stellte ich verwundert fest, als ich die um mich Herumstehenden genauer betrachtete. Da war schon eine Menge sozialer Abstieg zu sehen: Haare waren nicht geschnitten und nicht gewaschen, eine Brille war mit Klebeband repariert, Jackenkragen glänzten, bis auf die eine Ausnahme da drüben. Da stand eine von den weiblichen Yuppies, wie sie neuerdings bei Interviews im Fernsehen auftreten. Sah eigentlich gepflegt aus mit dem klassischen Kostüm, Brille von Joop oder so, was weiß ich, mit einer gutgeschnittenen Kurzhaarfrisur und geschminkt, naja, ziemlich übertrieben, aber immerhin schien sie Geld zu haben. Aber die anderen? Schick angezogen war eigentlich keiner, musste ich mir eingestehen.

„Naja", erwiderte ich nach dem Umherblicken, „das werden wir so nicht herausfinden. Da verbirgt sich doch manchmal 'n Haufen Geld hinter einem ärmlichen Aussehen."

„Ach, das meine ich nicht", konterte der Alte, „es fehlt an Lebensgefühl, an Kultur, an Charme. Das ist doch alles den Bach runter gegangen." Er seufzte: „Verstehen sie? Eine große unfassbare Langeweile hat sich breit gemacht. Keine aufpeitschenden Gefühle mehr, keine revolutionären Ideen! Wie soll es denn weitergehen? Sollen wir nur noch über Geld und das Nichtvorhandene philosophieren?"

Was wollte er bloß von mir? Ich blickte heimlich auf die Zeitangabe im Bildschirm, als er erregt fortfuhr: „Das ist doch eine Gesellschaft von Egomanen, Glückssuchern, ohne einen Gedanken an Gemeinschaft, Solidarität, Zugehörigkeit und Empathie." Richtig in Rage hatte er sich geredet.

Mir ging das alles so gegen den Strich, alle diese pastoralen Gewerkschaftsparolen, dass ich meine Schultern hochriss, die

Arme ausbreitete und „**Nein, das nicht auch noch heute Abend!**", ausrief. Alle drehten sich wieder zu uns.

„Verschieben wir das auf einen anderen Abend", sagte ich laut und für alle hörbar. „Und machen Sie es gut", wobei ich den Wetter-Moderator des Fernsehens zitierte, klopfte dem Alten freundlich auf die linke Schulter und verabschiedete mich mit einem: „Danke für den Whisky."

Ich entfernte mich in Richtung Ausgang, machte noch einen kleinen Umweg an der Yuppie Lady vorbei, die mich mitfühlend fixierte.

„Schrecklich ist er, nicht wahr?" raunte sie mir mit einer ziemlich hellen Stimme im Vorbeigehen zu. Beim Weitergehen erinnerte ich mich, dass ich die Stimme schon gehört hatte.

Gestern Nacht?

Kapitel 4

Er hatte sich wieder an dem Marmortisch niedergelassen. Es war am Nachmittag, zwei Tage später, an einem Tag wie jeder andere. Sein Blick schweifte über die Rinde der Platanen. Die Blätter rauschten wieder. Er erinnerte sich an den Nachmittag vor zwei Tagen, an die helle Stimme vom Nebentisch, an dieses Gefühl des Hingezogen Seins, an die kühle Hand, die er innerlich nicht mehr loswurde, von der er angezogen wurde.

Er erinnerte sich an den wundervollen Nachtspaziergang mit dieser Person, von der er nichts wusste, nur das, was sie von sich gegeben hatte oder was sie wollte, dass er es wissen sollte, damit sie beide einige kurzweilige Stunden miteinander verbringen konnten.

Aus einem streng religiösen Haus käme sie, hatte sie erzählt. Wobei das genauso zweifelhaft war, wie ihr Geschlecht. War sie wirklich androgyn, wie er oder sie sich präsentierte. *Ich bin androgyn*, hatte die Person gesagt, anstatt einen Namen zu nennen und dann, *nenn mich Andro*, hinzugefügt. Er schüttelte den Kopf über die aus der Erinnerung aufsteigenden Bilder. So waren sie also beide losgezogen in dieser lauen Nacht, den Kinderwagen vor sich her schiebend, um die Blöcke des Quartiers, nachdem sie sich vorher an einer vereinbarten Stelle, an einer Currywurstbude, getroffen hatten.

Er hatte nicht nach dem Inhalt des Kinderwagens gefragt. Hatte einfach seine Linke auf den Griff gelegt und mitgeschoben. *Es wird sich schon ergeben, das Geheimnis bei Gelegenheit zu erkunden*, dachte er noch. Es war ihm erst mal egal, Hauptsache sie waren zusammen, gingen dicht beieinander und das war angenehm.

Andro bezauberte ihn durch seinen Ausdruck, seine Mimik, seine Art die Wirklichkeit zu betrachten und zu beschreiben. Die Zeit flog spürbar an ihnen vorüber mit jedem Schritt zurück in die Vergangenheit.

In die Vergangenheit von Andro. Ausgesetzt fühlte der sich, nach seinen Worten, vermutlich schon immer. In einem streng katholischen Heim abgegeben, in einer religiösen Pflegefamilie großgezogen, vermisste er nichts. *Es war nichts da, was ich hätte verlieren können. Ich existierte dort für niemanden. Aus dem Nichts gekommen in das Nichts gefallen*, witzelte er über seinen Aufenthalt in der strenggläubigen Welt.

In die Existenz des Leidens gestoßen. Wozu? Ich vegetierte bei denen, die mich als seltsame Pflanze aufnahmen. Sie versorgten mich mit geistigen Dünger und Weihwasser. Leider war der Grund nicht fruchtbar, karger Boden, in dem ich keine Wurzeln bilden konnte.

Danach schwieg er eine Weile. Sie verstanden sich auch ohne Worte, schoben schweigend den Kinderwagen vor sich her, blickten sich zuweilen in die Augen, nickten sich zu, rückten dichter aneinander.

Du musst mich nicht trösten, Andros Stimme klang fest, *ich habe mich früh für mich entschieden,* dabei hob er den Kopf. Das Gesicht unter dem Borsellino war von der Seite betrachtet markant geschnitten. Es erinnerte an die erhabenen Profile der Bewohner im westlichen Afghanistan, an die Abkömmlinge des Heeres von Alexander dem Großen, die in Herat hängen geblieben waren. Griechische Proportionen, ideal geschnitten, wie in Stein gemeißelt. Die Rose am Hut aus einem dunkelroten Kunststoffgewebe schimmerte auf, als sie eine Straßenlaterne passierten. Andros Augen waren versonnen ins Weite gerichtet, als sie weiter sprach.

Das Laufen in der Nacht, das tut mir gut, vor allem mit einem Menschen an meiner Seite, den ich nicht kenne oder noch nicht. So bin ich ganz frei, von mir zu erzählen, muss mich nicht rechtfertigen, muss nicht darauf achten, was ich sage, muss nicht auf dich Rücksicht nehmen.

In diesem Moment fiel ihm erst auf, dass Andro ihn von Anfang an geduzt hatte. Das hatte so eine dichte Atmosphäre erzeugt, so ein Wonnegefühl von Nähe, von Dabeisein ergeben. Es hatte ihn geöffnet, er konnte zuhören, zum ersten Mal seit langem wieder zuhören, nicht immer nur von sich reden müssen um der Zeit zu entkommen. *Ich war ein Sonderfall von Anfang an*, hörte er wieder Andros Stimme deutlich und er fühlte erneut die Neugierde, die sich in der Nacht in ihm geregt hatte, wie er alles wissen wollte, wirklich zuhören wollte.

Ihre Schritte waren seiner Erinnerung nach synchron auf den Granitplatten des Bürgersteiges zu hören gewesen, seine gedämpfter durch die Gummiabsätze, Andros lauter, schärfer, kantiger wegen der hohen Absätze. Sie waren nicht schnell gegangen, nur so schnell um die Schrittlänge anzupassen.

Er glaubte auch wieder die Räder des Kinderwagens zu hören: an den Fugen der großformatigen Granitplatten rumpelten sie, ein Rad quietschte leise, kaum hörbar. Das Dach des Kinderwagens war aufgestellt, es lag Schatten über dem Inhalt.

Und als er Andro gerade fragen wollte, wie lange sie schon in dieser Stadt wohne, ob sie überhaupt irgendwo wohne oder immer nur unterwegs sei, redete sie bereits von sich aus:

Bin nur für ein paar Tage hier. Will keine Wurzeln schlagen. Keine Bindung an den Ort, an eine Person, weißt Du? Frei von allem sein, ist meine Philosophie. Bin einfach auf der Suche nach dem Leben. Habe unglaubliches Glück gehabt, bisher. Kann mich gut anpassen, wie ein Chamäleon. Mal bin ich ein Mann, mal eine Frau, mal ein Transvestit, mal die Mutter mit dem Kind. Ich führe ein abwechslungsreiches Leben und die Utensilien sind alle darin, er deutete auf den Kinderwagen und schwieg für einen Moment.

Der Wagen ist ein optimales Attribut um durchzukommen, weißt du? Andere schieben halt einen Einkaufswagen vom nächsten Supermarkt um die Ecke, aber das ist doch stillos, und er lachte sein helles, vergnügtes Lachen.

Eine gute Weile gingen sie untergehackt durch die Nacht, er links, Andro rechts, auf dem rechten Bürgersteig im Schatten der viergeschossigen Miethäuser. Einmal fuhr ein Auto vor ihnen durch eine Querstraße. Als sie inne hielten, um das Licht und die Motorgeräusche vorbei zu lassen, hörten sie Schritte hinter sich.

Sie achteten nicht weiter darauf, waren zu sehr mit sich beschäftigt. Sie hatten ihre Hände vom Kinderwagengriff genommen und sich umarmt, sich kurz gedrückt und in die Augen geblickt, als das Licht des Fahrzeugs vorbeihuschte. Andros Augen lagen offen vor ihm, ganz hell, durchsichtig wie Bergkristall, umgeben von zarten Lachfältchen. Beinahe hätten sie sich geküsst, die Köpfe neigten sich schon, aber es riss sie wieder auseinander. Die sie erneut umhüllende Dunkelheit verhinderte die sehnsuchtsvolle Zuwendung.

Ich kenne eine lauschige Ecke, nicht weit von hier, Andro übernahm die Führung.

Sie überquerten die Straße und bogen nach einigen hundert Metern, schweigend und eng umschlungen in eine Hauseinfahrt, die offen war und zu einem Gartenhof führte. Ein romantischer Ort mit einer großen Kastanie in der Mitte des Hofes, umgeben von den hohen Wänden der Hinterhäuser. Eine Bank stand unter dem Baum und eine altmodische Laterne erhellte mit einem diffusen Lichtkreis die Stelle. Es war vielleicht so gegen zwei oder drei Uhr morgens, alle Fenster waren dunkel. In einer Ecke des Hofes, an einer abgehenden Kellertreppe, bewegte sich etwas, eine Katze? Oder waren es Mäuse? Als sie endlich saßen, beieinander saßen, war es ganz still. Es war so still, dass sie nur zu flüstern wagten.

Andro hatte sich wieder rechts von ihm gesetzt, so wie es früher Sitte war, als die Frau auf der rechten Seite des Mannes ihren Platz hatte, in jener Zeit, als Damen auf der rechten Bürgersteigseite gingen, beschützt von dem links neben ihnen gehenden Herrn, beschützt gegen den Schmutz von der Straße und auch nicht beeinträchtigt vom Säbel auf der linken Seite des Galan, den dieser jederzeit zur Verteidigung der Verehrten ziehen würde. Was für komisch romantische Bilder manchmal so hochkommen, resümierte er noch, während er sich erneut den Gefühlen der letzten Nacht hingab.

Sie saßen also einfach schweigend da und genossen das Beieinandersein. Die Zeit hatte keine Bedeutung mehr, die Langeweile war entschwunden. Sie hörten ihre Herzen klopfen, so leise war es.

Andro drehte sich ihm zu, öffnete einige Knöpfe seiner eng anliegenden Kostümjacke, die oberen drei Knöpfe. Die kleinen, runden Perlenknöpfe schimmerten im Licht der Laterne, darunter war nichts, nur Haut und die schön geformte Brust. Schwaches Licht zeichnete die Rundungen bis über die Warzenhöfe weich nach. Er erinnerte sich, wie er unmittelbar erregt wurde, wie es wieder in seiner Hose lebendig empor stieg. Das hatte er schon lange nicht mehr erlebt, diese Geilheit war ihm seit dem Tod seiner zweiten Frau verloren gegangen.

Aber was war der Anlass für diese längst vergessenen Gefühle? Wirklich nur diese schönen Proportionen der Brust, von der er annahm, dass sie mit Silikon gefüllt waren. War es das weiche

Licht? Oder diese eigenartige Situation, dort mitten in der Nacht mit einer fremden Person sexuelle Nähe zu spüren, von einem Knistern erregt, so dass er nicht anders konnte, als seine Hände auszustrecken und sie in den Kostümausschnitt zu schieben unter die herrlichen Wölbungen und mit den Fingerspitzen über die erigierten Warzen zu streichen? Ein knurrendes Ächzen aus Andros Mund verlor sich unter einem Kuss, die Zungen verrenkten sich ineinander. Andro schmeckte nach Ananas und Cocos.

„Ich hätte vor Wonne schreien können", sprach er halblaut vor sich hin, als ihn dieses Gefühl erneut überschwemmte. Sein Schwanz war da schon aus der Hose gequollen, die er im Hinsetzen geöffnet hatte. Warum nur? War alles unvermeidlich gewesen? Auch das, was danach kam? Es schien ihm wie eine unaufhaltsame Prozedur, als Andro dann den Kostümrock nach unten streifte, über die hochhackigen Schuhe und nun nur noch die halb zugeknöpfte Jacke von Joop trug. Andros Schwanz wirkte riesig unter diesem eleganten Outfit, wirkte unwirklich prall vor dem zarten Körper, den schmalen Hüften. Seine Beine waren rasiert, sie glänzten seidig wie mit Lack beschichtet.

Während er mit seiner rechten Hand Andros Brustwarze streichelte, glitt seine linke nach unten zum Glied von *Madame*, das sich verführerisch aufbäumte und an Größe zunahm. Seine Hand umfasste die Hoden, betastete sie einzeln, wog sie, war beeindruckt und dann plötzlich überwältigt von einer weiteren Überraschung. Andro hatte eine Möse, die sich am Schaft des Penis zwischen den Hoden verbarg. Seine Hand wurde feucht, er steckte Mittel- und Zeigefinger hinein. Ein moschusartiger Duft betäubte ihn. Seine rechte Hand fand den Weg nach unten zum Schwanz und seine Finger versanken im Mösensaft. Als Andro immer lauter wurde, versuchte er seinen Mund mit Küssen zu schließen. Es gelang ihm erst, als sie sich endlich von der Bank erhoben um den Rest zu erledigen.

Plötzlich wurde ein Fenster hell. Sie mussten fertig werden. Schließlich endeten sie mit einem gurgelnden, unterdrückten Stöhnen, in das eine Stimme hineinfuhr: „Wat is ˋn los?! Jemand um Hilfe gerufen?"

Hilfe hätten sie wohl gebraucht um wieder zu sich zu finden. Erst mal suchten sie nach Papiertaschentüchern. Die lagen ziemlich geordnet in dem Kinderwagen. *Alles an seinem Ort*, witzelte Andro noch und rief danach laut in Richtung des erleuchteten Fensters: *Danke für die Aufmerksamkeit, machen Sie sich keine Sorgen. Mein Freund hat sich bloß übergeben. Es geht ihm schon wieder leidlich.*

Sie lachten sich zu, stopften alles zurück in die Kleider und diese an die richtige Stelle, griffen sich selber an den Kopf, wie konnten wir uns nur so gehen lassen? und dann an den Griff des Kinderwagens. Los ging es, durch die Nacht. Die war noch lange nicht zu Ende.

Das Wort Androgyn ging ihm nun wieder unentwegt durch den Kopf, als er sich erhob von dem Marmortisch und davonschlurfte. Noch immer waren es einige Stunden bis zum Abend, stellte er besorgt fest.

Kapitel 5

„Hallo, wie geht es Ihnen?" Der Alte kam direkt auf mich zu, mit einem strahlenden Lächeln: „Schön, Sie wieder zu sehen."

„Hm", grummelte ich. Es war mir gar nicht recht, dass er mir schon wieder mit seinen Geschichten auf die Nerven gehen wollte. Aber das war ja nicht sein Problem, sondern meines, wenn ich es zuließ. Aufmunternd klopfte er mir auf meine Hand an der Messingstange und ließ die seine gleich darauf liegen. Er nahm wieder Besitz von mir. Und ich? Ich versuchte ein griesgrämiges Gesicht zu machen.

„Schlechten Tag erwischt?" fragte er scheinheilig und lachte mich offen mit seinem Echsengesicht an. Der wusste genau, wie er mich zu nehmen hatte. Es hatte gar keinen Sinn sich zu wehren. Aber es gibt ja immer drei Möglichkeiten. Entweder abhauen oder, wenn ich hier meinen Abend verbringen wollte, musste ich mich mit ihm abfinden, oder überlegen, wie ich es mir so angenehm wie möglich machen könnte.

Daraufhin fiel mir die Begegnung mit der Intellektuellen ein, gestern Abend beim Hinausgehen und ich provozierte ihn:

„Ihre *Madame* war übrigens gestern noch einmal hier gewesen."

Er blickte mich erstaunt an.

„Sie stand da drüben", ich nickte in die Richtung, „es war die Person mit dem Joop Kostüm und der schmalen Brille. Erinnern Sie sich nicht? Nein?"

Er sagte nichts.

„Die Person hat mir übrigens gestern mit einer ziemlich hellen Stimme noch zugeraunt: *Ist er nicht schrecklich?* und sie meinte Sie", sagte ich herausfordernd und lächelte ihn spöttisch an.

Keine Reaktion, aber dann zuckte sein rechtes Lid nach oben und er knarzte: „Trug die Person ein Kostüm mit kleinen Perlenknöpfen?"

„Habe ich nicht bemerkt. Wieso?" brummte ich und fuhr fort, „die Stimme war aber so, wie Sie sie beschrieben hatten, oder wie ich annahm, dass sie nach Ihren Worten hätte klingen müssen."

Hatte ich mich doch glatt erneut in eine Diskussion eingelassen. Weitere Worte folgten und dann kamen natürlich die Fragen nach Einzelheiten, Gesichtsausdruck, Augenfarbe und Oberweite der Person. Ich musste passen. Was hatte ich auch mit dieser Person zu tun?

Aber offenbar blieb mir doch keine Wahl, wenn ich meinen Platz an der Theke vor dem Bildschirm nicht aufgeben wollte. Ich musste es über mich ergehen lassen, ein Ohr in Richtung Nachrichten gespitzt und das andere Ohr von dem Alten besetzt.

„Ja, wissen Sie", legte er nun los, „das ist mir doch auf eine gewisse Weise nicht ganz egal, ob *Madame* gestern hier gewesen ist und Sie ihr tatsächlich begegnet sind. In dem Falle hätten Sie ja Ihr neutrales Auge auf sie werfen und mir Ihre Meinung sagen können", redete er auf mich ein, und als er merkte, dass ich ihn während des letzten Halbsatzes von der Seite verstohlen anblickte, schnalzte er abschließend mit der Zunge und begann mit seiner Lippengymnastik.

„Was haben Sie denn davon, meine Meinung zu hören?" verhüllte ich meine Neugierde und blickte gelangweilt in den Raum, zufällig in die Augen eines Gastes mit einem Schnauzer. „Ach übrigens", sagte ich, „drehen Sie sich doch mal unauffällig um", versuchte ich ein Ablenkungsmanöver, „meinten Sie so ein Bärtchen, als Sie mich letztens auf meinen fehlenden Schnauzer ansprachen?"

Er drehte sich nicht um, sondern schaute kurz über den Tresen in die großen Spiegel, vor denen die Hochprozentigen ausgestellt waren, auch einzelne Raritäten. Ich folgte seinem Blick. Dort konnte ich durch die Lücken der Flaschen tatsächlich die Silhouette des Schnauzers sehen. Ich sah sein Gesicht und auch das des Alten im Spiegel etwas verschwommen, weil ich meine Kontaktlinsen nicht drin hatte. Nach der Arbeit am Bildschirm bin ich immer froh, alles Berufliche von mir zu werfen, im übertragenen Sinne, meine ich.

Der Alte musste fantastische Augen haben oder er trug auch Linsen, denn er nickte zögernd, als er antwortete: „Der Schnauzer ist nicht übel, könnte aber breiter sein, wie ihn Marlon Brando früher trug. Kennen Sie den Film *Viva Zapata*? Damals, in seinem zweiten Film trug Brando so einen ausladenden Schnauzer, der hatte etwas Rebellisches. Naja, war ja auch die Rolle eines Rebellenführers. In Cannes gewann der Film übrigens 1952 die Goldene Palme. Der Schnauzer von Brando als Mafioso in *Der Pate*, sieht dem dahinten schon ähnlicher, so gestutzt, ein bisschen brav. Übrigens, der Charles Bronson hatte in *Ein Mann sieht rot*, auch so `n Schnauzer. Ja, das waren doch noch Männer. Überhaupt der Brando! Das gibt`s heute nicht mehr, so richtige Machos." Der Alte war nicht aufzuhalten, er quasselte und schüttete mich mit seinen Erinnerungen zu.

„Sie haben übrigens auch etwas von einem Macho", strahlte er mich an und tätschelte mit seiner Rechten währenddessen meine Linke, die noch auf dem Tresen lag. Ich fand es überflüssig, auch die Art, wie er sich freute. „Wie meinen Sie das?" war daher alles, was ich rausbrachte, vor allem, weil schon wieder

48

einige Blicke auf uns gerichtet waren. Er hatte wirklich großes Talent aufzufallen.

„Tja, wissen Sie, ich hatte Sie doch deshalb angesprochen", insistierte er, „Sie sind mir gleich aufgefallen. Ihre Ausstrahlung, hat so etwas Besitzergreifendes, Überragendes, also wirklich Männliches."

Ich zuckte zusammen, es war mir peinlich. Er sprach einfach zu laut. Unbewusst versuchte ich mich zu ducken und eine beruhigende Geste, so etwas Beschwichtigendes über seine Aussage zu legen: „Lassen Sie es gut sein, das will doch heute keiner mehr hören. Macho! Ich bitte Sie! Wie kommen Sie nur darauf?"

„Sie erinnern mich einfach an den Brando in seinen besten Jahren, deswegen hatte ich doch die Assoziation mit dem Schnauzer. Der hatte doch in den Fünfzigern so tolle Rollen gespielt, *Endstation Sehnsucht* mit Vivien Leigh, kennen Sie den?" Ich nickte. „Und *Die Faust im Nacken* mit Rod Steiger?" Ich nickte wieder. „Beide von Elia Kazan gedreht, die waren toll, nicht wahr?"

„Ja, ich kenne diese Filme", sagte ich abwehrend. Er wurde immer aufgedrehter, ekstatischer: „Ja, diese alten Filme, die hatten doch Kultur!" Er holte Luft und pfiff vor sich hin.

„Da wurden noch politische Aussagen formuliert und soziale Probleme künstlerisch bewältigt", schwärmte er unaufhaltsam weiter.

„*Viva Zapata* war doch nach einem Stoff von John Steinbeck gedreht worden. Eine Geschichte über die Rebellion der Bauern in Mexiko gegen Kirche und Staat. Ich glaube mich zu erinnern", er machte eine übertriebene Pause, „dass John das Drehbuch zum Film selbst verfasst hatte." Er hielt inne, drehte die Augen in die Ferne, den Blick kannte ich bereits von ihm, er sah wieder wie ein träumender Vogel aus.

„Ja, der John, alter Kumpel, was hatte ich nicht alles von ihm gelesen: *Tortilla Flat, Früchte des Zorns, Jenseits von Eden,* diese wundervollen Geschichten aus dem Entwicklungsland USA, über Penner, Landarbeiter und die grenzenlose Einsamkeit; alle in Hollywood verfilmt, nich´ wahr? Das waren Zeiten. Übrigens, trug John auch einen Schnauzer, solche Schnauzer gehörten einfach dazu, zur kämpferischen Macho-Elite. Jaja, wir Machos passten damals gut in die Welt!"

Es reichte mir. „Es war einmal", sagte ich nur und zog die Augenbrauen hoch. Daraufhin schwieg der Alte eine gute Weile. Sein Gesicht lebte jedoch noch immer von der Vergangenheit. Ich sah es deutlich. Die Augen wanderten immer wieder nach links oben, also ich sah eigentlich nur seine rechte Iris, denn die linke verschwand unter dem Lid. *Woher ich weiß, dass er in der Vergangenheit herumstocherte? Naja, das hat sich doch bestimmt inzwischen herumgesprochen, dass diese Augenbewegungen als Zugangshinweise für die Innenschau gelten. Oder nicht?*

Ich drehte mich zur Theke, betrachtete das Gewusel auf dem Bildschirm. Die Nachrichten hatte er mir bereits verdorben. Jetzt sendeten sie eine Skiabfahrt bei Schneegestöber und Kunstlicht. Was sich die Öffentlich-Rechtlichen alles erlauben, von unseren Gebühren! Es war zum Verzweifeln. Vor mir nichts Interessantes und neben mir der in sich versunkene Alte.

Als ich ihn so von der Seite betrachtete, wurde er mir sogar ein wenig sympathisch. Er grinste noch so still vor sich hin, fing gerade wieder an mit den Lippen rumzumachen um sich aufzupumpen. Irgendwie bekam ich einen Draht zu ihm, verstand ich ihn schon besser. *Wollte ich ihn denn besser verstehen? Uns*

trennten ja höchstens 20 Jahre. Vielleicht hatte er mich als Ge-
sprächspartner ausgesucht, weil ich ihm ähnlich war? Vielleicht
hatte er eigene Verhaltensweisen auf mich projiziert? Um sich an
sich selbst zu laben? Möglich war alles, ich werde es vermutlich
nie erfahren. Ist auch egal. So gut werde ich ihn niemals kennen
lernen, nahm ich an, geschweige denn verstehen. Aber warum
sollte ich es nicht doch versuchen? Ihn wenigstens teilweise ver-
stehen, schon meinetwegen. Er hatte mir doch 20 Jahre voraus!
In dem Moment hatte ich zwar keine Ahnung, wie ich es anstel-
len sollte, aber vielleicht könnte ich nochmal nach der Schwuch-
tel fragen. Ich probierte es.

„Waren sie denn nun mit *Madame* an dem Abend zusammen? Ich meine, wenn Sie, wie Sie vorhin andeuteten, meine
Meinung hören wollen, **könnten** Sie etwas Vertrauen zu mir haben und noch ein bisschen erzählen."

Ich wandte mich ihm ganz zu, als ich überdeutlich das könnten betonte und blickte in sein Gesicht, das sich dem leidvollen
Lächeln hingab. Seine Lippen bewegten sich noch immer. Ich sah
darüber hinweg in das Gewühl um uns herum. An diesem Abend
waren noch nicht viele Gäste eingetroffen, vielleicht war es noch
zu früh? Es konnte auch an dem Gewitter liegen. Das Rauschen
des Regens ließ schon nach, wie ich durch die offenen Fenster
hören konnte. Der Regen hatte erst vor kurzem eingesetzt. Noch
war es stickig im Lokal, aber mit den offenen Klappen über den
Fenstern würde es bald angenehm frisch sein. Da drüben stand
auch wieder der Typ mit der geklebten Brille. *Der ist tatsächlich*
jeden Abend hier. Sieht nach einem abgestürzten Macher aus.
Werde ihm mal bei Gelegenheit zum Drink einladen.

„Hallo, hören Sie mich nicht?" Der Alte tätschelte meinen
Arm und holte mich zurück. „Sagen Sie mal, wo waren Sie denn?
Ich rede schon eine geraume Weile und Sie verziehen keine

Miene. Vielleicht sollten wir unsere Vornamen austauschen, dann könnte ich Sie rufen, wenn Sie abdriften."

Im ersten Moment fand ich seinen Vorschlag unverschämt, aber dann fiel mir ein, dass ich vorher von Vertrauen geredet hatte. „Ja klar", sagte ich ohne lange zu überlegen, „ich heiße Markus!"

Ich sah sofort, dass er von meiner Namenswahl nicht überzeugt war. Er grinste, drohte mit einem Finger und sagte: „Sie sind mir aber einer", und nach einer Pause, „ja, wenn Sie das so wollen, nennen Sie mich Hans."

Wir lachten zusammen, anhaltend. Aus den Augenwinkeln sah ich, wie einige der Herumstehenden `herüber blickten und Regungen zeigten zu uns zu stoßen. Ich legte meine freie Hand auf seinen Unterarm und flüsterte: „Wir fallen auf, Hans. Andere wollen mitlachen", und ich wies mit meinen Augen in die Richtung.

„Okay, Markus", das kam schon ganz selbstverständlich rüber, „Zuhörer können wir nicht brauchen, wenn ich Ihnen noch von *Madame* berichten soll."

„Einwand", entgegnete ich, „von soll war keine Rede", und versuchte meinem Gesicht einen therapeutischen, seelsorgerischen Ausdruck zu geben, „nur wenn Sie wirklich wollen."

Über seiner Nase hatte sich bereits eine senkrechte Falte gebildet, als er begann: „Ja, wo bloß anfangen? Ich weiß gar nicht mehr, was ich schon erzählt habe." Er seufzte. Ich hielt meinen Mund, wollte diesmal kein Stichwortgeber sein.

„Habe ich schon von unserer nächtlichen Tour irgendwas berichtet?" Ich sah ihn groß an: „Sie widersprachen sich mehrmals, ja und nein."

„Ach, Markus, das ist wirklich grässlich mit meinem Gedächtnis. Ich weiß überhaupt nicht, was war real, was hatte ich erlebt, was habe ich geträumt oder mir vorgemacht. Das macht mich so konfus. Ich glaube, ich lasse diesen Ausflug auf sich beruhen. Außerdem ist es mir peinlich, alle Einzelheiten hier wiederzugeben, aber etwas muss ich loswerden. Dazu brauche ich Ihren Rat." Er schwieg nachdenklich.

Ich wartete. Dass ihm etwas peinlich sein könnte, konnte ich mir nicht vorstellen. Sein Gesicht verwandelte sich, sah noch leidender aus, dann hatte er sich wohl überwunden. Ich ahnte, dass dieser Abend nicht nur unterhaltsam sein würde. Er druckste herum, endlich flüsterte er: „Sie wohnt bei mir."

„Was?" rief ich und er: „Ja, Markus, aber beruhigen Sie sich."

Nun, ich war nicht beunruhigt, sondern nur überrascht.

Ich senkte meine Stimme: „Die Schwuchtel wohnt bei Ihnen, Hans? Seit wann?"

Er seufzte: „Seit der Nacht. Seit jener Runde durch das Quartier ist sie bei mir in der Wohnung, Sie hatten uns doch gesehen? Nich´ wahr?"

Nach einer Pause sprach er leise weiter: „Wir hatten uns so gut verstanden und sie, also ich meine Andro, sie heißt Andro", fügte er noch hinzu, als er meinen offenstehenden Mund bemerkte, „also sie oder er bezauberte, beglückte mich so, dass ich nicht anders konnte, als ihn mitzunehmen. Er hätte sonst draußen nächtigen müssen."

Ich war sprachlos.

„Sie ist eine Seele von Mensch, wie man so sagt", seine Stimme kickste.

Alter, höre mit den Floskeln auf, dachte ich nur, aber er war nicht zu bremsen.

„Also er, sie, Andro kämpft um einen Platz in der Gesellschaft. Er ist ein Ausgestoßener. Ausgesetzt in diese Welt, so fühlt er sich. Was er alles so erlebt hat, und dabei ist er doch erst Mitte zwanzig. Hoch intelligent, belesen, man könnte fast glauben, sie ist ein Genie."

Seine Züge entglitten ihm, die Echse lächelte breit und schwelgte.

„Wissen Sie, Markus", nahm er seine Schwärmerei wieder auf: „Diese schauspielerischen Fähigkeiten, die Andro irgendwo in einem actors studio in New York aufgeschnappt hat, einfach großartig! Das ist Lebenskunst! Hätte ich auch gebraucht, früher, damals mit meiner zweiten Frau." Er schwieg, starrte eine geraume Weile vor sich hin.

Hoffentlich bringt er jetzt nicht alles durcheinander, befürchtete ich. Ich müsste ihn wieder zur Realität zurückholen: „Und was ist mit dem Kinderwagen?" drang ich in ihn. „Sie haben doch anfangs geglaubt, *Madame* wäre eine Mutter mit Kind."

Er sah verwirrt auf, schaute mich mit weichen, tränenfeuchten Augen aus weiter Ferne an. „Ja, Markus", sagte er nun gedehnt, er knarzte nicht mehr, „diese Rolle spielt sie, wenn sie in großer Not ist, wenn er gar nicht mehr weiter weiß. Naja, das hat er mir so erklärt."

Er machte eine längere Pause, bekam wieder die Falte auf der Stirn, als er fortfuhr: „Als er an dem Nachmittag draußen unter den Platanen auf sich aufmerksam machte, war er wohl in dem Zustand, vermute ich. Das Verhalten war doch ziemlich exaltiert, wenn ich daran denke. Er flippt dann aus, tickt nicht richtig, das sind seine Worte, und verkriecht sich in die Rolle der Mutter, nimmt ein Bündel aus dem Wagen und dreht auf. Meistens gelingt ihr dann der Kontakt zur Realität und sie verliert die Angst vor dem Alleinsein. Hinter *Madame* liegt eine trostlose Einsamkeit verborgen. Von der wird sie seit ihrer Kindheit verfolgt. Sie kommt nicht weg von dem Wahn, fühlt sich permanent gejagt, ist immer auf der Flucht, hat keine Bindungen, kann auch keine eingehen, fühlt sich unter solchen Bedingungen angekettet. Verstehen Sie das, Markus?"

Das war ja ein richtiges Plädoyer, wie für einen Gesetzlosen.

„Ist sie denn kriminell, mit Drogen oder so was?" wollte ich wissen.

Er blickte mich entsetzt an, schüttelte übertrieben den Kopf und verteidigte seine Andro weiter, wie ein Verliebter: „Überhaupt nicht, eher im Gegenteil. Sie trinkt nur Wasser, raucht nicht, nur wenn es eine Rolle verlangt, hat sie mir gestanden. Als ich ihr einen Joint anbot, hat sie den abgelehnt. Sie ernährt sich praktisch nur von Obst, sehr asketisch ist sie", brachte er fürsorglich stolz hervor.

Ich überlegte, ob er die Absicht hegte *Madame* zu adoptieren. Es klang auch so, als wolle er einen Angehörigen verteidigen.

„Ja, was meinen Sie, Markus, soll ich mich um sie kümmern?"

Damit hatte ich nicht gerechnet, ich war echt überrascht: „Was wollen Sie tun?"

„Naja, sie könnte doch bei mir wohnen bleiben und sich eine Arbeit suchen."

„Aber Hans, sind Sie von allen guten Geistern verlassen? Sie bringen sich und Andro zusammen ins Chaos. So einer kann nicht Fuß fassen und wenn er so begabt ist, wie sie glauben, dann ist er auf der Suche, eine Suche die andauert, womöglich das ganze Leben. Das ist nun mal sein Schicksal, dafür hat er sich inkarniert, wenn man an so `was glaubt. Hat die Einsamkeit früh erfahren, ist leidtrainiert, braucht geradezu diese Reize. Vermutlich wächst er an den Herausforderungen, die er sucht, denen er begegnet. Nein, Hans, nein, treiben sie ihn nicht in den Wahnsinn eines alltäglichen Lebens. Sie wollten doch einen Rat, oder?"

Lange blickte der Alte mich an. Seine Augen wurden wieder feucht. Eine Träne wischte er sorgfältig ab, dann lächelte er, nickte verständig und sagte: „Aber".-- Nichts weiter.

Ich wusste schon, was er mir noch antworten wollte, all diesen Kram: *man müsste es doch wenigstens einmal versuchen, Seelenrettung usw. Nur um sich selbst in ein gutes Gefühl von aufrechter Moral zu bringen? oder auch um seine vernachlässigten Bedürfnisse nach Nähe zu stillen? oder die Sehnsucht nach Bedeutung zu befriedigen?.*

Ich versuchte noch mal seine Einsicht anzusprechen: „Überlegen Sie mal, Hans, hat diese Geschichte vielleicht etwas mit Ihnen selbst zu tun? Waren sie früher, als sie in seinem Alter waren, auch so getrieben? Oft werden wir doch nur berührt und gerührt, weil wir uns in der Person teilweise wiederfinden, nicht wahr?"

Er blickte mich mit seinen sorgenvollen Augen an, schluckte, grummelte vor sich hin: „Das wollte ich eigentlich nicht von Ihnen hören, Markus."

Nach einem Moment lächelte er still vor sich hin. Unser Gespräch hatte uns wie in einem Kokon eingesponnen. Um uns herum tobte der Smalltalk. Biergläser klirrten. Aus der Raucherecke schrie gellend eine Frauenstimme: „**Nimm die Zigarette weg oder ich latsch dir eine!**" Der Regen rauschte nicht mehr, die frische Luft umwehte uns an der Theke.

Der Alte, der im Moment gar nicht alt aussah, vielleicht mehr nach Mitte 50, seine Augen strahlten jungenhaft, seine Stimme wirkte viel jünger, nickte zustimmend: „Da ist viel Wahres dran. Gerade musste ich an meine Studienzeit denken, an die Jahre in Florenz, als ich die Kunst der italienischen Renaissance entdeckte. Michelangelo hatte mich mit seinen frühen Werken begeistert. Diese Leidenschaft, diese Klarheit der Betrachtung und der Wiedergabe: Einfach nur wegnehmen, was nicht dazu gehört, hatte er ja dem Kardinal Jean de Bilherés de Lagraulas, toller Name, nich´ wahr? dem Auftraggeber der Pietá erklärt, um seine Arbeit zu beschreiben. So `was überzeugte mich, damals. Ich wollte auch alles weglassen, was nicht zu meinem Leben gehörte." Er blickte gedankenverloren ins Weite, sein Gesicht strahlte.

„Da lernte ich Babette kennen", fuhr er fort, „oder sie mich. Gehörte sie zu meinem Leben? Oder sollte ich sie weglassen? Aber in jugendlicher Unbefangenheit oder nennen Sie es Naivität, handelt man halt aus Triebbefriedigung, nich´ wahr? Plötzlich war ich angekettet. Ich will es kurz machen. Es dauerte zwei Jahre. Zwei Jahre zu viel, aber die Zeit war trotzdem unterhaltsam." Wieder machte er eine Pause und nickte still vor sich hin.

„Babette sorgte für Abwechslung mit Sex, Erotik und ihren Kochkünsten. Sie führte mich auf einen Weg des Lebensgenusses ohne Verantwortung füreinander. Nach 2 Jahren heirateten wir sogar. Während der Hochzeitsreise auf einer einsamen griechischen Insel vögelten wir bis zur Bewusstlosigkeit. In dieser einen Woche kamen wir überhaupt nicht zum Essen, hatten am Ende etliche Kilos verloren und danach ließen wir uns wieder scheiden."

Er schmunzelte noch ein bisschen vor sich hin. Ich ließ ihn in Ruhe, dachte an meine erste Liebe und wollte etwas Verbindliches sagen, als er lachend auf die Theke schlug:

„Was ich alles von mir gebe, unglaublich. Ich kenne Sie gar nicht und erzähle Ihnen diese alten Kamellen. Sie hätten mich mal unterbrechen sollen", forderte er, sprach aber bereits weiter, „wir sollten jetzt Schluss machen, ist spät geworden. Sie gehen doch sonst auch um diese Zeit, nich´ wahr?"

Demonstrativ meine Arme ausbreitend rief ich: „Alles hat seine Zeit!" Und dabei sah ich mich aus den Augenwinkeln wie ein Schauspieler undeutlich im Spiegel der Theke.

„Ich muss nach Hause", drängte er, „bin doch verabredet, muss nach ihr schauen. Wenn ich jetzt nicht gehe, verpasse ich sie. Womöglich würde ich mich noch weiter verlieren und von den verrückten Sachen mit meiner zweiten Frau erzählen", er bezahlte, nickte und verschwand im Gewühl.

Kapitel 6

„Nein, keine Familie, bin wieder solo! Tja, hatte ich mir auch alles anders vorgestellt", antwortete der Typ mit der am Bügel geklebten Brille auf meine Frage nach Familie und so. „Klar wollte ich eine Familie mit Kindern, jaja, hatte auch eine Frau kennen gelernt, der ich Beständigkeit, Opferbereitschaft und häusliche Fähigkeiten zutraute. Wir waren bereits zusammen gezogen, hm, hatten uns ein Probejahr gegeben. Wir wollten uns ja nicht gleich festlegen, verstehen Sie? Hm?", dabei sah er auf, während er vorher mit einem abgewandtem Blick gesprochen hatte.

Wir standen an einem der runden Stehtischen in der Nähe des Eingangs. Ich war kurz vor acht gekommen, da stand er bereits allein an dem Tisch.

Er war knapp 40, eigentlich ein sportlicher Typ, schlank, einen halben Kopf kleiner als ich. Seine Schultern hingen vornüber. Ein wenig vernachlässigt sah er aus. Jeans und Lederweste waren abgetragen, das Hemd hing ihm aus der Hose, aber das war ja seit einiger Zeit Mode. Seine Gesichtsfarbe war gelblich. Hinter den Gläsern sahen seine Augen müde aus. Beim Sprechen zeigt er eine Hasenscharte, die sonst von einem kleinen Oberlippenbart verdeckt war. Seine Stimme klang guttural, gedämpft, ein wenig kraftlos, als er weiterredete: „Tja hm, ich verlor dann meinen Job. Ach, was sage ich: es war nicht nur ein Job!", seine Stimme gewann an Kraft, „es war eine tolle Stelle gewesen, die ich bereits jahrelang erfolgreich verteidigte. Hm, in meinem Beruf muss man kämpfen können, wissen Sie?"

Er hob das Whiskyglas und trank mir lächelnd zu: „Danke für die Einladung. Habe Sie hier schon öfter gesehen. Letztens mit diesem Alten, hm, ein komischer Vogel, oder?" Er holte tief Luft: „Tja, fühle mich in letzter Zeit oft als Zaungast, hm, Tribünenstehplatz, so am Rande des Geschehens, verstehen Sie?" Es quoll aus ihm heraus, er musste schon lange geschwiegen haben.

„Ich verstehe schon", erwiderte ich, „übrigens ´ne gute Beschreibung, erlebe mich auch hin und wieder als Beobachter wie im Kino. Das Geschehen läuft an uns vorüber. Aber ich denke, in so ´m Lokal ist das normal, kommen doch alle her, um abzuschalten. Ein Problem wird´s doch nur, wenn der ganze Tag so an uns vorbei läuft, das Leben nicht mehr mit der Realität zusammenpasst, wenn alles an uns vorüberzieht und wir zum eigenen Zuschauer werden, zuschauen, wie wir existieren ohne eigenen Willen, teilnahmslos, womöglich dem eigenen Untergang zusehen, Stufe für Stufe den Abstieg registrieren, ohne zu verstehen, dass wir beteiligt sind."

Ich hielt inne, mitten im Redeschwall. Was war bloß mit mir los? So ein Bedürfnis zu reden, mich mitzuteilen, überkam mich neuerdings überraschend häufig. Das kannte ich nicht von mir, wollte ich eigentlich nicht.

Die müden Augen meines Gegenübers belebten sich zunehmend, bekamen etwas Glanz und er nickte: „Hm, ja", und danach seufzte er: „nur (es war ein sehr gedehntes nur) das Leben in die eigene Hand nehmen, ist doch gar nicht möglich. Immer werden wir gestoßen, gezogen, müssen reagieren. Es ist doch, hm, wie in einem reißenden Fluss, verstehen Sie? Gegen die Strömung kann man gar nicht ankommen, also lässt man sich, hm, treiben, hm, damit beschäftigt, den Felsblöcken und anderen Hindernissen auszuweichen und, hm, bei den Stromschnellen wird man sowieso überrascht, schluckt dort noch ordentlich, mehr als man vertragen kann und dann, ja dann, wenn das Wasser ruhig geworden ist und der Kopf endlich aus den Fluten auftaucht, weiß man wieder nicht, wo man ist, hm, muss sich neu orientieren. Tja, so ist es halt." Er hatte sich atemlos geredet und schwieg.

„Und Sie haben also gerade so eine Stromschnelle hinter sich gebracht? Ja?" wollte ich wissen. Aber warum wollte ich das überhaupt wissen? Wieso kümmerte ich mich um fremde Angelegenheiten?

„Tja, hm", zögerte er, „wie man es nimmt. Tageweise denke ich, dass ich noch mittendrin stecke und, hm, kurz vor dem Absaufen bin." Er griff nach dem Whiskyglas. Seine Augen waren feucht geworden, drehten sich nach oben, blickten ins Leere.

„Auf ihre Rettung!" prostete ich ihm zu und wartete.

„Tja hm, wissen Sie, ich hatte mit Immobilien zu tun", seine Stimme klang gepresst, „mit eigenen und mit der Verwaltung anderer in einem großen Laden. Hm, Namen tun ja nichts zur Sache. Hm, bin auch nicht nachtragend, ich war Geschäftsführer und Partner, viele Jahre lang, hatte ein gutes Einkommen, ein schönes Haus am Stadtrand, einen A6 und was man so braucht in dem Beruf, wenn man Freunde und Partner beeindrucken will. Tja, hätte alles so weitergehen können."

Er blickte versonnen, schnaufte, zuckte mit den Schultern, machte sein Hm und seine Stimme war wieder fester: „Dann kam leider die Krise und nicht nur die, hm, vor allem Konkurrenz, Nachwuchs, neue Makler ohne Gewissen, ohne Rücksicht auf gewachsene Strukturen." Er hörte sich gekränkt an. Verbitterung zog über sein Gesicht, als er weiter monologisierte: „Hm, naja, so musste ich immer waghalsigeren Investitionen zustimmen und auch selbst eingehen." Und er nickte vor sich hin, „Finanzierungen von 120 % des Wertes, kurzfristig abgesichert, ohne Zinsbindung. Verstehen Sie?"

Soweit konnte ich ihm noch folgen, war ja nicht nur ein Hobby von mir, herauszufinden, wie einzelne Personen sich auf Kosten anderer bereichern konnten. Das heißt ja umgangssprachlich Kapitalismus oder freie Marktwirtschaft. Kommt aber aufs Gleiche hinaus. Mehrwert entsteht halt durch Verzinsung des Kapitals und durch Verkauf von Produkten und Immobilien, die man günstig erworben hat und vor allem durch Arbeitskräfte, die für ihre Leistungen nicht den angemessenen Lohn erhalten. Das waren halt meine unverrückbaren Ansichten, die ich in jeder Diskussion um Gerechtigkeit in unserer Gesellschaft abrufe. Brauchte ich nicht zu äußern, war klar, dass mein Gegenüber aus einem ähnlichen Denkmuster sprach.

„Hm, wie ich schon sagte", fuhr er nun mit matter Stimme fort: „gewissenlos haben die mich reingeritten, immer auf meine Position erpicht. Die Jungen hatten ja noch nichts zu verlieren: *Einmalige Chance dieses Angebot"*, drangen sie auf mich ein, *„bekommen wir nie wieder, verkaufen wir nach drei Monaten mit 50 % Aufschlag"*. Hm, klang doch verführerisch und ich wollte ja auch nicht der konservative Knochen mit meinen 40 Jahren sein. Also, wissen Sie, Bedenken, Erfahrungen zählten unter diesen Umständen überhaupt nicht."

Er machte eine Pause und ließ die Augen umherschweifen, fasste sich dann und sah mich prüfend an.

„Tja hm, der Markt brach dann zusammen, leider, und meine Unterschriften standen unter allen Verträgen, ich haftete persönlich. Hm, klar, der Immobilienwert war zwar vorhanden, aber was sollte ich mit den vielen Objekten. Zinsen und Tilgung wurden fällig. Tja, ich mache es kurz, alles kam unter den Hammer einschließlich A6, Villa und Familientraum."

Nun blickte ich verständnislos: „Aber Sie lebten doch bereits mit ihrer Partnerin zusammen, nicht wahr?" Er lachte kurz und schrill auf, „es war eine Partnerin für Sonnentage, ja, aber nicht für Stromschnellen. Abgehauen ist sie. Hat noch ein paar Dinge, die wirklich von Wert waren mitgenommen, einen Barcelona Stuhl und einen frühen Jawlensky, bevor der Gerichtsvollzieher kam. Hm, naja, vielleicht ist 's auch gut so, kann sie sich dran freuen." Er fummelte an seiner Brille.

Ein kleiner Tisch in der Nähe der gusseisernen Säule war frei geworden. Ich wies in die Richtung. „Wollen wir uns nicht setzen? Dort sind wir nicht so dem Lärm ausgesetzt und können unbefangener reden, nicht wahr?" Ich blickte ihn an: „Der komische Alte kommt wohl nicht. Er hat übrigens was Großes vor, mit so einer androgynen Person, die er im Fernsehen präsentieren will." Ich stockte und schüttelte den Kopf. Was ich alles von mir gebe um unterhaltsam zu sein.

Mein Gegenüber blickte erstaunt auf, schien interessiert aus seiner Welt aufzutauchen. Ich schwieg, weil ich ja nichts Genaues wusste. Er sah mich enttäuscht an. *War blöd von mir gewesen*, dachte ich noch, als wir uns zu dem Tisch neben der alten Säule begaben, die dank eines marmorädrigen, grauweißen Anstrichs zu einem Kunstobjekt verschönert worden war. Wir setzten uns auf die alten Bugholzstühle und blickten uns einige Minuten schweigend an. Ich hatte noch mal zwei Whiskys bestellt. Wir warteten und nickten uns wohlwollend zu.

„Gewissenlos", begann ich die Unterbrechung überspielend, „klagten Sie vorhin, wäre die nachdrängende Generation mit Ihnen umgegangen. Wie meinten Sie das?"

„Nun, hm, sie nahmen keine Rücksicht auf andere in der Firma, auf die Zusammenhänge. Hm, handelten ohne ein Gefühl für schuldhaftes Verhalten. Einfach so, nur geradeaus blickend auf den eigenen Vorteil bedacht." Er versuchte seine Wut zu unterdrücken, polterte heraus, war jetzt richtig anwesend, erregt, fing an zu gestikulieren.

Die Apathie war gewichen, als er weitersprach: „Dieses Verhalten verstehen wir Älteren nicht. Wir haben halt andere Werte mitbekommen. Hm, irgendwie steckt da noch das Christentum in uns, selbst wenn wir Atheisten sein sollten."

Er blickte sich vorsichtig um, senkte die Stimme und sprach bedächtig weiter: „Hm, wenn ich daran denke, wie wir noch erzogen wurden, mit Schuld und Strafe für jede Übertretung der Familienregeln. Tja, hm, als ich mal `nen Fünfer aus Mutters Börse genommen hatte, gab `s Prügel mit `nem Riemen und drei Tage Stubenarrest." Seine Augen wanderten suchend umher, ziellos durch den Raum.

„Aber das Geld", wandte ich ein, „stellte damals auch einen anderen Wert dar, nicht wahr? Das haben wir in unserer Generation verinnerlicht." Er nickte und sagte zögernd: „Jaja, hm, das war so, klar, und die Bestrafung hatte wohl den Sinn, dass man sich schuldig fühlen sollte, über einen möglichst langen Zeitraum, oder?"

Er hielt erneut inne, trank einen Schluck und gab sich einen Ruck: „Hm, wahrscheinlich sollte man lernen, dass die Schuld getilgt werden muss, hm, entweder durch Strafe oder Buße. Es wurde doch auch Reue verlangt. Tja, hm, am liebsten hätten die gesehen, wenn man auf den Knien um Vergebung gewinselt hätte."

Seine Züge hatten sich ziemlich grimmig zusammengezogen. Seine Stimme war nun lauter und schärfer geworden. Ich hielt mich zurück, sagte nichts, dachte *an all die Exerzitien der abendländischen Kultur, an alle Selbstbezichtigungen, Anklagen, Bestrafungen, Kasteiungen bis zum heiligen Asketentum, an die endlose, jahrhundertelange Einübung der Verinnerlichung `Erlöse* *uns von der Schuld` auf öffentlichen Marktplätzen, genauso wie in geheimen Konklaven, dachte an die Menschen, die in der Inquisition für eine von Gott gesandte Schuld, hingebungsvoll oder würdelos, aufopfernd oder widerstrebend bestraft wurden, dachte an die Werte, die später in den Jahrhunderten der Reformation und Aufklärung verwandelt wurden zu Selbstanklagen, die zu Gewissensbissen herhalten mussten, um uns sogar bis in die Gegenwart selbst zu bezichtigen für die Ungerechtigkeiten der Welt, für das Waldsterben, für Umweltkatastrophen und für die Ausbeutung der Erde.*

Meine Gedanken rasten durcheinander, weit weg war ich, abgedriftet, als ich wieder seine Stimme vernahm. „Hallo! Hm, ich hab mich schon beruhigt. Sie können ihre Augen wieder öffnen."

„Entschuldigung", stotterte ich etwas abwesend, „ich musste an die gravierenden abendländischen Werte denken, die uns geprägt haben, damit wir uns selbst so gut im Zaum halten."

Er sah mich erstaunt und zweifelnd an. Rückte wieder an seiner Brille.

„Ich meine", fuhr ich mit meiner Anklage fort, „weil", und ich meinte noch eins draufsetzen zu müssen, „es doch bewundernswert ist, dass wir uns zu einem Volk von Alleskönnern entwickeln konnten, vermutlich auf der Basis unserer Werte. Deutschland gilt ja nun als Vorbild für die Welt, was die Wirtschaftskraft und unsere Energiewende angeht und dann unser neues deutsche Demokratiemodell einer Verantwortungsgesellschaft für allgemeine Gerechtigkeit, Gleichheit und Brüderlichkeit."

Jetzt konnte ich auch meinen Sarkasmus nicht mehr unterdrücken: „Haben wir uns doch freiwillig Reformen verpasst, um den uns umgebenden Nationen zu zeigen, wie *der kranke Mann*

Europas sich am eigenen Schopf aus dem Sumpf des Weiter-so-wursteln gezogen hat."

Ich hatte mich schon lange nicht mehr so kreativ unterhalten. Ich glaube, mein Gesicht glühte und meine Stimme war voller Elan und Kraft, als ich fortfuhr: „Jetzt stehen wir da als das Modell für Europa und alle sollen uns nacheifern: Verzichten auf Wohlstand, verzichten auf Lebensqualität, auf Lohnzuwächse, auf soziale Errungenschaften. Wir machen es allen vor. Wie viele Schwimmbäder haben wir schon freiwillig geschlossen? Auf wie viel Rente haben wir durch die Euro-Umstellung verzichtet? Sind wir nicht großartig im Verzichten? Das ist doch schon fast selbstlose Askese!"

Er starrte mich entsetzt an: „Wollen Sie mir einreden, dass ich ein asketisches Leben führen soll, ein Leben des freiwilligen Verzichts?"

Ich versuchte auszugleichen: „Naja, ist doch ein interessanter Gedanke, nicht wahr? Wenn man schon so gestrauchelt ist oder am Ertrinken, redet man sich halt ein, dass es die eigene Schuld war, nimmt die Buße auf sich und verwandelt sich in einen aufrechten Hartz IV Repräsentanten für eine bessere Zukunft. Das Verzichten hatten uns doch Kirche und Marxismus schon immer gelehrt", endete ich ironisch.

Er war nicht überzeugt. „Interessante Theorie", sagte er betont, „aber", und seine Stimme hob sich weiter, „wie kommen wir nun raus aus dem Dilemma? Gibt es einen Ausweg?"

Breit grinsend, schlug ich vor: „Machen wir es wie die Griechen!"

„Das meinen Sie nicht im Ernst", wehrte er ab.

„Doch, doch", behauptete ich, „wenn wir von unseren Wertvorstellungen nur ein wenig Abstand nehmen würden, könnten wir dieses Land und seine Kultur verstehen. Stellen Sie sich vor, als vor 2000 Jahren die Demokratie dort entstand, hatten die Griechen damals ein ganz anderes Verhältnis zu Schuld und Strafe. Das Tierische, Instinkthafte ruhte ja noch als wesentliche Erfahrung in ihnen und daraus schufen sie die Götter, auf die sie ihre Sehnsüchte und Leiden projizieren konnten."

Endlich ergab sich die Gelegenheit mein angelesenes Wissen loszuwerden. Seit Tagen trug ich schon diesen Zettel bei mir, auf dem ich notiert hatte, was mich während einiger Badewannen-Exzesse in dem heißesten Nass angeturnt hatte. Jetzt war es Zeit, Nietzsche in die Diskussion zu bringen: „Ich habe hier mal etwas notiert", sagte ich, zog den zerknitterten Zettel aus meiner Jackentasche und begann:

„Auf der Seite 310 von *Jenseits von Gut und Böse* schreibt Friedrich Nietzsche, *dass es vornehmere Arten gibt, sich der Erdichtung von Göttern zu bedienen, als die christliche Selbstkreuzigung und Selbstschändung des Menschen* und verweist dann auf, *jenen Blick, den man auf die griechischen Götter wirft, dieser Widerspiegelung vornehmer und selbstherrlicher Menschen, in denen das Tier im Menschen sich vergöttlicht fühlte und nicht sich selbst zerriss, nicht gegen sich selbst wütete. Diese Griechen haben sich die längste Zeit ihrer Götter bedient, gerade um sich das schlechte Gewissen vom Leibe zu halten.* Ende des Zitats", schloss ich befriedigt meine Vorlesung und sah mich herausfordernd um. Es war ja etwas gewagt.

Es hatte sich in den letzten Minuten ein kleiner Kreis Zuhörer um uns gebildet. Einer hinter mir rief mit hohler Stimme: „Genau! So verhalten sich die Griechen heute noch. Die haben uns doch in den Schlamassel reingeritten. Von Anfang an haben die uns betrogen mit ihren Daten, keine Rechtfertigung, keine Entschuldigung bis heute."

„Offensichtlich kein Unrechtsbewusstsein", hörte ich noch einen anderen. Die geklebte Brille mischte sich ein, wandte sich mir zu: „Sie meinen, die Griechen machen die Götter verantwortlich für ihr Treiben?"

„Nun", gab ich zurück, „ich habe Nietzsche zitiert. Er schrieb das im Jahr 1885 und es scheint noch immer aktuell."

Es entstand eine Pause, die mir unangenehm wurde. Ich kramte nervös in meiner Jackentasche nach weiteren Notizen:

„Ich habe hier noch ein Zitat aufgeschrieben um seine Gedanken besser zu verstehen: *Was sie töricht sind*, schrieb Nietzsche über die Griechen, *Torheit und Unverstand, ein wenig Störung im Kopfe, so viel haben die Griechen der stärksten und tapfersten Zeiten selbst bei sich zugelassen als Grund von vielen Schlimmen und Verhängnisvollen*, soweit Nietzsche. Also **Torheit als Entschuldigung für eine Sünde**! Verstehen Sie?"

Die Runde brummte vor sich hin, einzelne schüttelten ihre Köpfe, gingen langsam zurück zu den Freunden an der Theke.

Um uns herum war wieder die übliche Geräuschkulisse. Ich steckte die Zettel ein.

„Hm, ja und?" ließ sich mein Gesprächspartner, der ramponierte Immobilienspezialist vernehmen. Was hat das mit mir zu tun? Hm? kann nicht aus meiner Haut, habe das Gefühl, selbst an meinem Schicksal schuld zu sein und nicht rechtzeitig dagegen etwas unternommen zu haben." Er blickte mich treuherzig an.

„Ich verstehe Sie", und dabei legte ich meine Hand beschwichtigend auf seinen Unterarm. „Aber vielleicht könnten wir der Krise, in der wir alle stecken, aus einem anderen Blickwinkel begegnen. Vielleicht sollten wir einen Abstand gewinnen von uns und unsere Art die Welt zu verstehen und zu bestimmen.

Lassen wir den anderen ihre Seh- und Lebensgewohnheiten. Deren Werte, die wir nicht verstehen, können wir nicht ändern, aber uns könnten wir doch die Strenge nehmen, die uns beherrscht, könnten uns unsere Zucht und Ordnung bewusst machen. Vielleicht könnten wir weniger perfekt sein?" Ich schwieg. Ich war ein wenig von mir selbst betroffen. Ich staunte über mich. Es klang wirklich ziemlich moralisch. Hatte ich zu viel Nietzsche gelesen?

„Alles gut und schön", brummte er, „aber im Moment hilft mir das auch nicht weiter, wissen Sie! Dem Schlamassel entkomme ich nicht durch eine intelligente Betrachtung. Mir fehlt einfach das Geld zum Leben!"

„Schon klar", gab ich ihm Recht, „das sagen die Griechen auch!"

Ich erhob mich, weil mich das Thema nicht mehr interessierte und ich alles gesagt hatte, was gesagt werden konnte. Ich wandte mich zum Tresen, der hinter mir lag. Da stand doch tatsächlich der Alte mit dieser unwirklichen Person zusammen, kicherte, gluckste lauthals, so dass wieder einzelne Blicke der Umstehenden in seine Richtung gingen. Ich winkte ihm zu, wollte raus, hatte genug von mir gegeben.

Der Alte fuchtelte wild mit seinem rechten Arm in meine Richtung. „Kommen Se, kommen Se!", rief er quer durch das Lokal. Meine abwehrende Haltung beachtete er gar nicht. Ich zögerte. Vielleicht wollte er mir was von seinem TV Projekt erzählen, schürte ich meine Neugierde, drehte bei und stapfte in Richtung Theke.

„Darf ich bekannt machen", fragte er übertrieben förmlich, Andro, *Madame* Andro" und er wies mit großer Geste auf die auffallende Gestalt, die stark geschminkt war. Die Hand der Intellektuellen ging kurz grüßend zum Borsellino. Für eine Frau war das eine ungewohnte Bewegung.

„Das ist Markus", sagte er anschließend auf mich zeigend, „Herr von und zu Markus", und er lachte vergnügt aus vollem Halse.

Mir reichte sein Gehabe. Ich wollte mich schon mit einem freundlichen Kopfnicken verabschieden, als er meine Schulter berührte, sich mir näherte und mir zuflüsterte: „Ich habe hier einen Computer-Stick, seien Sie so nett und schauen sich den Inhalt an. Ich brauche Ihre Meinung dazu. Ich glaube, Sie sind der Richtige um das zu beurteilen."

Verwirrt und überrascht, mit großen Augen muss ich ihn wohl angesehen haben, denn er setzte hinzu: „ist nichts Gefährliches, nur Privates, so ´n Art Biografie, die ich vor einigen Jahren verfasst habe. Vielleicht kann ich die veröffentlichen."

Und warum gerade ich? wollte ich noch fragen, als er sich bereits zur *Madame* drehte und aus dem Off hinzufügte: „Lassen Sie sich ruhig Zeit. Ich bin ja jetzt beschäftigt", und er lachte wieder so krachend fröhlich als wäre eine Knallerbse explodiert.

Kapitel 7

Nach anfänglichem Zögern und verständlicher Befangenheit, habe ich dann meinen Computer mit dem Stick gefüttert. Es schien ein umfangreiches Werk zu sein. Eine PDF mit 400 Seiten, zum Glück war der Text mit vielen Fotos gespickt und es waren auch Links zum Internet eingeschoben.

Ich hatte ja seit einigen Monaten genug Zeit, nachdem ich meinen Job auf Altersteilzeit reduziert hatte. Das geht ja nicht in allen Berufen, aber bei den Finanzämtern war diese Möglichkeit schon lange Realität. Die Verwaltung musste sparen und das ging doch am besten bei den Löhnen und Gehältern. So arbeitete ich eben seit einem halben Jahr nur noch fünf Stunden am Vormittag.

Für die Steuerzahler hatte es den Vorteil, dass Steuerprüfungen noch seltener durchgeführt wurden. Ich bin nämlich Spezialist im Herausfinden von Steuerhinterziehungen. Nun kommen halt noch mehr Betrüger davon. Gerade bei den Selbstständigen lohnte sich immer eine Prüfung. Mit meiner kriminellen Energie konnte ich häufig fingierte und versteckte Tatbestände herausfinden: Privatanschaffungen als Büroausgaben verschleiert, ein Ledersofa im Warteraum, lachhaft! Oder Tankquittungen aus dem Ausland unter Werbungskosten abgeheftet. Das waren Kleinigkeiten, aber keine Kleinigkeiten waren große Reparaturarbeiten am Privathaus als Ausgaben für Miethäuser einzusetzen. Da kam ich immer dahinter. Brauchte doch nur im Computer die Kostenangebote zu checken. Die Steuersünder hatten nicht ans Löschen dieser Informationen gedacht.

Ich hatte also nun mehr Zeit und war auch ein bisschen neugierig, wollte schon wissen, was der Alte in seinem Werk zu erzählen hatte. Mehrmals hatte er von seiner zweiten Frau geschwärmt. Das interessierte mich auch. Die ersten Kapitel beschrieben Kindheit und Jugend, das wollte ich mir für später aufheben. Aber dann im 3. Kapitel war ich am Ziel meiner Suche, ein merkwürdiger Titel:

DIE LEIDENSCHAFTEN DES ABHÄNGIGEN

Über eine ganze Seite war das Farbfoto einer Frau wiedergegeben. Hingegossen saß sie auf einem Sofa in einem Seidenmantel, kokett, kokett mit langen Beinen, die bis zum Tanga unverhüllt waren. Das Negligé ließ eine schön geformte Brust bis auf einen Warzenhof unbedeckt und endete in schmalen Trägern auf geraden, kräftigen Schultern, die in einem ungewöhnlichen Kontrast zu dem schlanken Hals standen. Hübsch! Ohne Zweifel eine Schönheit!

Aber dann sah ich die Augen der Frau, sie waren abgründig und unheimlich, erinnerten an ein Raubtier, blickten bohrend aus hellgrünen Irislichtern. Falsche Wimpern waren angeklebt und schwarz übertuscht. Das ganze Gesicht schien mir ziemlich stark geschminkt, die Lippen in einem grellen Krapplackrot hervorgehoben. Ihr langes Haar schimmerte rötlich und wo ein Lichtschimmer darauf fiel, fast rot. Es wirkte nicht echt, eher wie eine Perücke.

Sie sah verführerisch aus, hatte eine schmale Nase, die zusammen mit dem Mund, einer hübsch geschwungenen Oberlippe und der vollen Unterlippe, eine harmonische Einheit bildete. Ihre hoch stehenden Backenknochen verstärkten den raubtierhaften Ausdruck. Irgendwie erinnerte sie mich an Andro.

Auf den rechten Unterarm gestützt, hatte sie den linken Arm ausgestreckt auf dem Betrachter weisend, Hand und Finger zu einer einladenden Geste geformt: komm näher, ich bin bereit. Ihr Lächeln war ebenso einladend wie maliziös. Auf der folgenden Seite begann der Text:

"Viola hatte ein großzügiges Herz, einem prallen Körper und eine verführerische, heisere Stimme. Mit ihren langen Beinen auf den Highheels reizte sie mich zu unüberlegten Exzessen. Oft fanden wir uns halb entkleidet auf dem Teppich und wälzten uns im eigenen Saft."

Das musste ich mir wirklich nicht alles zu Gemüte führen. Aber zehn Seiten weiter gab es einen Link ins Internet. Ich wollte sehen, was sich dahinter verbarg. Vermutlich eine Aufnahme aus einer Pornoseite, dachte ich noch. Ich war auch nicht sicher, ob die Seite nicht inzwischen abgeschaltet worden war. Aber dann kam tatsächlich eine Verbindung zustande.

Es war ein kurzer Filmausschnitt. Zwei Minuten in Farbe. Der Streifen flimmerte, musste schon Jahrzehnte alt sein. Die Kamera zoomte die Szene heran: Eine Frau, in einem eng auf Taille geschnürten Kostüm mit ausladenden Hüften, drehte sich langsam zur Kamera. Ihr Gesicht war deutlich zu erkennen, die langen rötlichen Haare hatte sie zu einem Pferdeschwanz hoch gebunden. War also doch ihre eigene Pracht. Die Augen waren wieder stark geschminkt und blickten grausam bestialisch zuerst in die Kamera und dann auf einen Kerl, von dem ich nur den gefesselten Körper sah. Der Kopf war nicht im Bild. Spielte ja auch keine Rolle, wer das war. Seine Hoden waren zusammengeschnürt, abgeschnürt, sie glänzten in der Großaufnahme prall. Viola, ich war ziemlich sicher, sie zu erkennen, nahm eine medizinische Kanüle von 10 cm Länge und stieß sie mit ganzer Kraft ohne zu zögern schnell durch seine Eier. Ein unbeschreiblich grässlicher Schrei aus dem Kopfhörer zerriss die bisher herrschende Stille in meinem Kopf.

Mir stand der Schweiß auf der Stirn, ich löschte erleichtert die Sequenz. Der Text erschien wieder.

"Oft kam Viola mit Aufnahmen aus dem Studio nachhause. In den ersten Jahren waren es 8 mm Filme, später Videomitschnitte. Da alle diese Aufnahmen für Pornohefte und Filme gemacht wurden, gab es einfach sehr viel Material, von dem sie hin und wieder außergewöhnliche Szenen mitbrachte.

Ich konnte es nicht glauben, was Viola mir von den Wünschen der Männer, die ja immer anonym blieben, berichtete und auch in Filmen zeigte. Sie war damals bekannt für ihre Meisterschaft im Erfinden sadistischer Spiele, mehrmals erhielt sie in dieser Sparte Preise von einer Jury der Szene. Trotzdem war sie niemals zufrieden zu stellen.

Viola hatte eine unendliche Sehnsucht nach Ekstase. Stunden konnte sie mit Selbstbefriedigung zubringen. Es war einfach unglaublich, was ihre Fantasie bei der Suche nach Luststeigerung erregte. Nicht nur im Studio, auch bei uns standen und lagen Utensilien herum, Dildos in allen Größen und Materialien, elektrifizier- und aufpumpbar.

Anstelle einer Tasse Kaffee am Morgen, setzte sie sich auf dem Bock mit den Vibrationsnoppen und dem fixierten Dildo, schaltete den Strom ein und ritt eine halbe Stunde, bis ihr nicht nur der Schweiß vom Körper lief. Einige Male musste ich sie herunter heben, weil sie ohnmächtig wurde.

Mit der Zeit beherrschte sie ihren Körper phänomenal. Diese morgendlichen Trainings erweiterten ihre Erfahrungen, wie sie genießerisch feststellte. *„Ich kann ohne die Vibratoren nicht mehr leben"*, verkündetete sie immer wieder auf den Partys. Letztendlich wusste sie genau, wie weit sie mit sich selbst gehen konnte. Am meisten Spaß hatte sie, wenn ich zuschaute. Das animierte sie.

Wenn sie zum Höhepunkt ritt, hielt sie die Phase über Minuten an. Ich sah es an ihren Augen. Zuerst wurden sie zu Schlitzen, dann öffneten sie sich ganz weit, die Iris wanderte nach oben, war fast verschwunden, als blicke sie in sich hinein. Der Körper war hochgradig gespannt, wie unter Strom, jeder Muskel erregt, vibrierend. Kein Ton kam aus ihrer Kehle. Sie atmete wie eine Gebärende, hyperventilierend, bis sich der Schrei löste, der unsere Nachbarn des Öfteren zum Telefon greifen lies, um die Polizei wegen Ruhestörung oder gewalttätigem Ehestreit zu alarmieren.

Da standen dann die Nachbarn mit der Polizei vor unserer Tür. Nach mehreren Versuchen, einschließlich Besichtigungen des Tatortes und Befragungen, gaben die Beamten auf, obwohl die Nachbarn mit der Entscheidung nicht zufrieden waren. Es wäre keine nächtliche Ruhestörung festzustellen, erklärten die Beamten, andere würden um neun Uhr vormittags sägen oder Klavierspielen."

Im Text tauchte wieder ein Weblink auf: *www.xhamster.com*, na ja, die Adresse kannte ich. Ich wusste, dass da ziemlich krude Sachen gespeichert waren. Ich klickte und ließ mich überraschen.

Da saß Viola auf dem Bock mit ihrer roten Haarpracht. Das Gesicht wurde heran gezoomt, aber ich merkte sofort, dass ich mich geirrt hatte. Es war gar keine Frau. Es war das Gesicht eines Mannes mit einer Perücke und einem kleinen Schnauzer auf der Oberlippe. Es war offenbar der Alte, als er noch jung war. Das musste vor vielen Jahren gewesen sein. Attraktiv sah er ja aus mit seinem markanten Schädel unter den roten Haaren, echt schräg. Er hatte sich in ein klassisches Schnürkorsett gezwängt, eine richtige weibliche Figur modelliert. Seine langen, schlanken Beine endeten in Highheels. Was es alles gibt!

Der Alte rammelte mit dem Bock oder vielmehr ließ rammeln. Er saß offenbar auf seinem Schwanz und hatte den Dildo hinten rein geschoben. Seine Augen waren weit geöffnet und er atmete heftig.

Naja, so interessant war die Szene auch wieder nicht. Ich löschte sie und machte mir meine Gedanken.

Er musste sehr viel Zeit und Geld gehabt haben, der Alte damals, als er noch jung war, wenn er so seinen Gelüsten nachgehen konnte. Viola hatte vermutlich das Geld angeschafft und er hatte den Don Juan gespielt, den Unterhalter, den Kavalier, oder was weiß ich.

An einer Stelle schrieb er etwas von Alltagsbeschäftigungen:

"Habe heute Langusten und Austern im Markt eingekauft und drei Flaschen Pommery, anschließend bei Marion und Juliette fünf Stunden ihre Pussys gedehnt bis die Champagnerflaschen hinein passten, haben uns dabei gut unterhalten, gesoffen und viel gelacht beim Shooting. Die Fotos bringen wieder genügend Geld für die nächsten Tage. Den Nachmittag im Studio rumgevögelt und weitere Sessions mit Charly gedreht.

Charly hatte den längsten Schwanz der Szene, 21 cm, im ausgefahren Zustand, ein Prachtstück. Die Eichel hatte er sich spalten lassen. Das war damals wirklich noch ungewöhnlich. In den darauf folgenden Jahren ließ er seinen Schwanz weiter aufspalten bis hinunter zur Wurzel. Sah phänomenal aus mit dem aufgeklappten Glied. Nur mit dem Vögeln war es dann vorbei, konnte er höchstens nur mit Gummiringen, die den Penis zusammenhielten. Der Charly hat viel Geld gemacht mit den Foto-Shootings. Zu seiner besten Zeit war er derjenige, der am längsten durchhalten konnte. Eine halbe Stunde den Steifen in die Kamera halten, war schon eine tolle Leistung. Vermutlich hatte er Aphrodisiaken eingenommen. Viagra gab es ja noch nicht, aber Amphetamine und Zinktabletten oder so was. Er behauptete jedenfalls steif, alles wäre Natur."

Schon wieder ein Weblink. Brauchte ich mir nicht anzusehen. Die größten Penisse der Welt gibt es als Buch vom Verlag Taschen im Buchhandel. Heute ist das keine Besonderheit mehr, so ein Glied von 20-21 cm Länge. Diese Größe lassen sich Transvestiten aufspritzen oder mit Vakuum vergrößern. Dauert ein paar Monate bis die Dehnung zum Erfolg führt. Naja, das wäre nichts für mich.

Ich scrollte noch ein paar Seiten zurück zum Inhaltsverzeichnis. Vielleicht gab es ein Kapitel über seine Lebenseinstellungen, über seine Werte, seine Aufgaben oder vielleicht übers Geld verdienen. Muss doch noch was anderes im Leben gegeben haben außer Lustbefriedigung.

Und ich fand tatsächlich ein Kapitel mit einer irritierenden Überschrift:

DER DANKBARE KAPITALIST

"Dank Viola kam ich frühzeitig mit Geld in Kontakt. Es gab genug, es kam immer welches nach. Während meines Studiums der Haus- und Grundstücksverwaltung hatte ich an einer Arbeitsgruppe über *Das Kapital* von Karl Marx teilgenommen. Ich wusste also etwas Bescheid über Entstehung und Sinn des Mehrwerts, und dass der Kapitalismus die fortwährende Inflation zum Überleben braucht. Die Preise für Produkte und Güter müssen steigen, bevor die Arbeiter ihren Lohn erhalten. So vermehren Unternehmer ihr Vermögen, während Löhne, Gehälter, Renten niedrig bleiben oder sogar stagnieren. Das Gesetz zur Erzeugung des Mehrwertes gilt ja auch für Immobilien."

Schau an, was der Alte so von sich gibt. Er hatte wirklich Kenntnisse der wirtschaftlichen Zusammenhänge, dachte ich beim Weiterlesen.

"Ich kaufte also von Violas Geld Immobilien, zuerst kleine Objekte, Häuser mit 3-4 Wohnungen, aber niemals Eigentumswohnungen. Mehrwert entsteht eben nur beim Verkauf von mehr Wert. Beim Kauf eines Mehrfamilienhauses waren die Banken in der Kreditvergabe sowieso großzügiger, da sie im Falle der Insolvenz für ein Miethaus mehr erzielten, als beim Verkauf einer Eigentumswohnung. In den späten siebziger Jahren gaben die Banken Hypothekendarlehen bis zu 80 % des Wertes eines Objektes, in den Achtziger sogar 110 %. Für eine Modernisierung wurden noch zusätzlich Hunderttausende kreditiert, egal ob solche Summen dann nur auf einem Festgeldkonto lagen. Für beide Seiten war das ein gutes Geschäft.

In diesen Jahren verwandelte sich Wohnraum in ein Produkt für den Markt. Wohnungen mit bezahlbaren Mieten wurden knapp, sie verschwanden vom Markt: sie wurden entweder zu Wohnungseigentum umgewandelt oder modernisiert. Die Kosten für Modernisierungen wurden mit 11% auf die Miete umgelegt. Die Mieten stiegen und es konnte ein höherer Verkaufspreis erzielt werden.

Das war ja ganz legal und ein todsicheres Geschäft. Die Häuser wurden in einem Zeitraum von zwei Jahren mit Gewinn verkauft. Und solange nicht mehr als drei Objekte innerhalb von fünf Jahren verkauft wurden, musste auch der Gewinn nicht versteuert werden. Es war ein wunderbarer Kapitalismus für alle privatwirtschaftlich tätigen Unternehmer.

Nur wer den Fehler machte und mehr als drei Objekte in fünf Jahren verkaufte, wurde als Gewerbetreibenden veranlagt und musste den Gewinn aus den Verkäufen versteuern und zusätzlich Gewerbesteuer entrichten. Aber das wollte ich auf jeden Fall vermeiden.

Ich machte eine Planung über einen längeren Zeitraum mit allen erforderlichen Daten der Objekte, also Umschuldungen, Vertragsverlängerungen und Verkaufsoptionen. Mit diesem System gelang es mir sämtliche Einnahmen aus den Immobilienverkäufen, aus dem Sex-Studio und die Erträge aus den Miethäusern über 20 Jahre vor der Besteuerung zu retten. Ich brauchte nur alle zwei Jahre ein neues Objekt zu kaufen, zu modernisieren und nach dieser Zeit wieder abzustossen."

Was der Alte berichtete, stimmte. So war es, es war völlig legal! Der Staat, genauer gesagt die SPD, wollte die Sanierung von Altbauwohnungen vorantreiben. Dann zum Ende der neunziger Jahre, wurde die Frist für den steuerfreien Verkauf von Objekten auf zehn Jahren erweitert. Ja, und das Gesetz, das rückwirkend ab 1996 galt, brachte wohl manchen Hausbesitzer, der sich dem sog. Steuer-Spar-Modell verschrieben hatte, in arge Bedrängnis und einige in die Insolvenz.

Der Alte schien davon nicht betroffen zu sein. Ob er sich dazu woanders äußert? Wie heißt denn das nächste Kapitel?

DANKBARE HÄUSER, DANKBARE MIETER

Na, mit Eigenlob hat er bisher wirklich nicht gegeizt. Also, was sollen nun dankbare Häuser sein?

"Ich habe bei meinen Käufen immer auf die Atmosphäre, auf die Seele des Hauses geachtet. Ich denke, Häuser haben auch eine Seele. Ich liebe Häuser, die etwas erlebt, unter den Zeiten gelitten haben und dann mit neuem Leben gefüllt werden."

Na, das ist schon `ne verrückte Ansicht. Was schreibt er denn noch?

"Vorrangig geht es bei der Auswahl um der Ort, die Straße, das Ambiente, also die Lage, und erst dann um die Wohnungen. Kriterien sind zweifellos der Grundriss, die Aufteilung der Wohnung, die Lage zur Sonne und die Erschließung. Wirkt der Hauseingang sympathisch, großzügig, attraktiv? Sind die Wohnungen gut geschnitten? Mit Balkonen? Haben sie belichtete Bäder? Sind die Proportionen und die Raumhöhen angenehm? Aber das Wichtigste war für mich immer die Ausstrahlung. Wenn ein Haus kein Flair hatte, habe ich das Objekt nicht gekauft.

Ich erinnere mich an ein Haus in einer sehr befahrenen Straße. Es gab keine Bäume in der Straße, aber die Wohnungen waren mit einem Teil der Räume und dem Balkon zum begrünten Innenhof orientiert. Im Entre des Hauses waren Boden und Wände mit den Sohlnhofer Sandsteinplatten belegt. Beruhigend schön strahlte das Material in der Farbe siena. In einigen Wohnungen waren sogar noch die Bäder mit schwarzen Wandfliesen und italienischen Terrazzoböden aus den 50ger Jahre erhalten.

Solche Wohnungen zu modernisieren, ihrer Eigenart zu bewahren und dann die passenden Mieter zu finden, war mir immer ein großes Vergnügen. Ein schönes Haus weiter zu verschönern, machte mir Freude und bestärkte auch die Mieter, für das Haus einzustehen, es zu pflegen und sich damit zu identifizieren.

Nicht selten waren die Hausgemeinschaften füreinander da. Es kam vor, dass sie gemeinsam Einkäufe und Feste organisierten und sich zuweilen um die Vereinsamten kümmerten. Nur ganz selten musste ich Mieter wegen einer Ruhestörung oder einem Zahlungsverzug abmahnen. Manchmal reichte es auch, einen Mieter mit lauter Stimme zu ermahnen.

In einem Fall, als die Miete über Monate ausblieb, hatte sich das Herausheben und Entfernen der Eingangstür als sofortiges Zahlungswunder herausgestellt. Allein schon eine Androhung reichte in weiteren Fällen aus.

Nur einmal musste ich leider einen säumigen Mieter alle Möbel auf die Straße stellen lassen, um die Wohnung freizubekommen. Geld hatte ich von Anfang nicht erhalten. Der Mieter hatte mir gefälschte Bankauszüge bei der Schlüsselübergabe überlassen. So wohnte er mehrere Monate umsonst, bevor ich mich entschloss, tätig zu werden. Den Klageweg habe ich immer vermieden. Das dauert Jahre und kostet ein Vermögen. Aber eine Schüsselfirma zu beauftragen mit dem Hinweis, man hätte den Schlüssel drinnen vergessen und eine Räumkolonne, die die Möbel unter Aufsicht auf die Straße stellte, führte innerhalb eines Vormittags zur Lösung des Problems.

Für die anderen Mieter des Hauses waren solche Aktionen unterhaltsam und lehrreich. Etwaige Zahlungssäumige erfuhren die unausweichlichen Konsequenzen. Und mein Ansehen als sorgender Hausbesitzer stieg. Alle waren dankbar, dass ich durchgriff, damit solchen Subjekten, diesen Mietnomaden, die auf Kosten aller lebten, endlich Paroli geboten wurde.

Wenn ich ein Objekt nach zwei Jahren wieder verkaufen wollte, kam es schon vor, dass einzelne Mieter ihr Bedauern über die Veränderung ausdrückten und mich ansprachen: *Hoffentlich pflegt der neue Eigentümer auch die Substanz so wie Sie* oder *Es war doch ein so friedliches Zusammenleben, warum wollen Sie denn das Haus jetzt verkaufen, wo alles so sauber und modern ist?*

Tja, meine Arbeit war getan. Das einzige was mir blieb, war nun einen Käufer zu suchen, der meine Verbesserung honorieren wollte und ein Herz für die Mieter hatte. Und auch die gab es. Viele Käufer wollten ein modernisiertes Haus für ihren Lebensabend, legten gerne eine Summe hin, die mir eine passable Rendite des eingesetzten Kapitals brachte. Das meiste Kapital war ja von den Banken finanziert worden und wurde erst beim Verkauf des Hauses aus dem Erlös zurückgezahlt."

Na mein Alter, du bist mir ein Schlitzohr. Hat er sich eine goldene Nase verdient und Bewunderung dazu. Wenn das alles so stimmt, bist du ein `Gutmensch´. Kaum zu glauben, dass er, der offenbar viel Zeit seines Lebens mit egoistischer Lustbefriedigung ausgefüllt hatte, sein Herz für Menschen, für Mieter geöffnet hat. Vielleicht hat er auch nur eine neue, gehobene Lustbefriedigung ausgelebt, womöglich aufgrund der veränderten Hormonausschüttung in den Wechseljahren? Vielleicht hat er sich alles auch schön geschrieben für die Nachwelt? Aber soviel ich weiß, hat er gar keine Nachkommen. Bisher hat er jedenfalls noch nichts davon erwähnt. Dieses Kapitel der Selbstbeweihräucherung geht ja noch einen paar Seiten so weiter. Ach, das kann ich mir schenken.

Aber hier ist das, was ich eigentlich gesucht habe. Möglicherweise sind in diesem Kapitel die Hintergründe für seinen gegenwärtigen Zustand zu finden, obwohl er an wirklicher Armut nicht zu leiden scheint. Was hat der Alte mit dem ganzen Gewinn gemacht? Irgendwo investiert? Ins Ausland geschafft oder wirklich alles verloren?

DER ABSTURZ

"1997 hatte ich drei weitere Miethäuser mit insgesamt 45 Wohnungen und einer Gaststätte erworben. Dazu musste ich weitere Millionen aufnehmen. Die Banken waren in der Zeit wie wild, möglichst viel Geld unter die Leute zu bringen, um durch eine hohe Jahresbilanz die anderen Banken zu überflügeln Als Kreditnehmer ist man immer der Erfüllungsgehilfe der Bank. Die Bank kassiert und der Schuldner hat das Risiko. Aber das war die Spielregel. Die Häuser wollte ich innerhalb der Zweijahresfrist modernisiert wieder abstoßen. Ich besaß nun über 70 Wohnungen in sechs Häusern.

Leider ändern sich die Zeiten und die Gesetze. Als Folge der Wiedervereinigung und des Booms in den neuen Ländern wurde die Spekulationsfrist, in der Objekte steuerfrei verkauft werden konnten, von zwei auf zehn Jahre verlängert. Ich konnte also die neu erworbene Häuser nicht kurzfristig verkaufen, musste sie mindestens bis 2007 halten, musste investieren, Schulden tilgen und den Besitz verwalten. So flossen die Mittel, die ich angehäuft hatte, wieder ab.

Die Wirtschaft taumelte in eine Rezension, der Markt stagnierte, es wurden zu viele Objekte angeboten, weil zu viel gebaut worden war. Die Mieter wurden wählerischer. Jede Wohnung musste für die Vermietung renoviert werden und trotzdem war keine höhere Miete zu erzielen.

Die Objekte waren nicht mehr mit Gewinn zu verkaufen, da die Summe der Schulden und die fällige Spekulationsteuer auf den Gewinn so hoch waren, dass sie durch einen Verkauf nicht gedeckt waren. Ich hätte eigenes Geld, das ich nicht hatte, drauflegen müssen!

Dem Markt, dem Wachstum und den bestehenden Gesetzen hatte ich vertraut. Ich lag falsch. Die Preise sanken weiter, die Zinsen stiegen, die Ausgaben für die Häuser auch. So wuchs mit den Jahren die Kluft zwischen dem Eigenkapital und den Schulden. Das erwirtschaftete Geld war nach fünf Jahren verbraucht. Dann kam der Euro und das Geld wurde im Wert halbiert. Die Insolvenz rückte bei jeder Jahresbilanz näher.

Wie gewonnen, so zerronnen! Alle Häuser kamen unter den Hammer und wurden zur Hälfte des Wertes versteigert, zur Freude der neuen Eigentümer. Zurück blieb eine Schuld von mehreren Millionen Euro.

Ich habe dann einfach meine Rente eingereicht, die so gering ist, dass sie nicht gepfändet werden kann. Zum Glück hatte ich für Viola eine Wohnung gekauft, die ich noch immer bewohne, obwohl meine Frau verstorben ist. Ich habe ihren Tod nicht amtlich bestätigen lassen. Sie lebt für die Gesellschaft mit ihren Regeln und Gesetzen irgendwo im Ausland als Entwicklungshelferin."

Oh Alter, du mit deinen Geschichten. Was du so zusammenreimst. Ich glaube es nicht. So blöd siehst du nicht aus. Du hast keine müde Mark mehr, das ich nicht lache! Das ist es eine Geschichte, die du dir ausgedacht hast um Mitleid zu erregen. Du, gutmütiger Kapitalist, scheiterst an den Marktgesetzen und alle deine Wohltätigkeitsbemühungen waren umsonst. Das ist echt unglaubwürdig.

Ich kenne euch Schlawiner, wie ihr das Geld im Koffer rechtzeitig in die Schweiz gebracht oder Grundstücke im Ausland gekauft habt, die als offshore irgendwo eingetragen sind. Alles anonym, wo wir mit unserer Steuerfahndung nicht rankommen. Raffinierte Umbuchung habt ihr vorgenommen von Konto zu Konto, Geld abgehoben, Konten aufgelöst und neu in einem andern Kreislauf eingebracht, ihr bedauernswerten Kapitalisten, die ihr euch arm gerechnet habt. Ich kenne eure Tricks. Nun gut. Irgendwann wird sich der Alte verraten. Es ist ja auch egal. Was habe ich schon mit ihm zu tun. Er wohnt ja nicht in meinem Steuerbezirk. Vielleicht ist er überhaupt nicht hier gemeldet. Ihm ist alles zuzutrauen.

Ich glaube, ich mache mit dem Machwerk erst mal Schluss. Ich wollte doch in das Szenelokal. Es ist schon spät und die Nachrichten warten nicht. Die beginnen in fünfzehn Minuten und ich sollte noch mein Unbehagen abduschen.

Kapitel 8

Wenn ich gewusst hätte, was mich dort in der Kneipe erwartete, wäre ich weder schnell, noch erwartungsvoll hingegangen, wahrscheinlich hätte ich mein Zuhause gar nicht verlassen. Lieber wäre ich auf dem schwarzen Ledersofa eingenickt, als mich von diesen unerwarteten Gefühlen überfallen zu lassen. Aber nun war ich eingetreten und bemerkte an der Theke ungefähr an meinem Stammplatz eine korpulente Frau, die mich freudig winkend empfing. Ich war baff, hatte keine Ahnung, wer sie war, überlegte rasend schnell, ließ alle Filmstreifen mit Frauengeschichten innerlich ablaufen. Nicht die Bohne von Ähnlichkeit war in meinem Speicher zu finden.

„Hallo Georg", rief sie mir entgegen. Das ist wirklich mein Name, also musste sie mich kennen, aber Georg sagte schon lange niemand mehr zu mir, weil ich keine alten Freunde mehr habe und keine intimen Frauenbekanntschaften pflege. Der Alte nannte mich Markus und ich selber sprach mich eigentlich selten laut mit Georg an. Wenn ich mir irgendeine Geschichte, die ich mir eingebrockt hatte, verzeihen wollte, dann sagte ich liebevoll Georgie zu mir.

Also wer war sie? stellte ich mir die Frage, als ich schon ganz nah herangekommen war. Vielleicht konnte ich sie am Duft, am Körpergeruch identifizieren? Die Stimme musste mir wohl schon vor langer Zeit begegnet sein. Schließlich öffnete sich langsam eine vergessene Tür meines auditiven Speichers, als sie nochmals meinen Namen so betont deutlich aussprach. Und dann sagte sie: „Ich sehe es dir an, dass du dich nicht mehr an uns erinnerst." Und das **uns** betonte sie deutlich. *Wie, was, wieso an uns?* raste es durch meinen Kopf. *An mich erinnerte ich mich schon, aber an uns, was meinte sie denn?*

Ich wirkte offenbar anziehend hilflos, denn nun warf sie sich mit ihrer ganzen Fülle auf mich, dabei ausrufend: „Was bist du süß! Hast dich gar nicht verändert! Wenn du so verständnislos in den Raum stierst, bist du wieder so verlegen, wie damals vor 25 Jahren, als ich dich verließ."

Wenn mir doch nur ihr Name einfiele. Es wurde mir etwas peinlich, auch wegen der Umherstehenden, die sich offensichtlich darüber amüsierten, wie ich in ihrer Körperfülle versank. Jedenfalls vermutete ich das in dem Augenblick. Ich versuchte mich zu befreien, klebte jedoch irgendwie an ihr, so als saugte sie mich fest. Ihre Weichteile schwabbelten um meine Knochen, stellten wieder und wieder neue Berührungspunkte her. Da sie ihre Arme auf meine Schultern gelegt hatte, war ich notgedrungen ihrer Nähe ausgeliefert.

Sie roch nach einem Deodorant, das mir bei einigen in der Sportbox schon aufgefallen war. Es schien ein neues Produkt zu sein, der Name wollte mir nicht einfallen, ich bemühte mich noch in Gedanken die Verpackung zu entschlüsseln, aber nur, um weitere Zeit zu gewinnen. Aus meinen irrationalen Verirrungen wurde ich schließlich herausgerissen, indem sie mir endlich die erklärende Hilfe bot.

„Iréne bin ich, erinnerst du dich nun?" Iréne sagte sie betont langsam mit einer deutlichen Überdehnung des e zum ae und da fiel mir dann doch einiges von uns ein.

„Ach ja, Irene", sagte ich zögernd, wobei ich darauf achtete, nicht die Überdehnung zu übernehmen, sondern eher neutral den Namen auszusprechen, um ja nicht in diese Stimmung zu geraten, die ich unbewusst aus meiner Körpermitte aufsteigen spürte.

Sollte sie wirklich dieses laszive Geschöpf von vor 25 Jahren sein? Sie hatte sich nun strahlend und in voller Größe aufgebaut, dabei ihre Arme baumeln lassend, wie Rohre, die von ihren Schultern gewichtig herabhingen.

„Ich freue mich so riesig, dass ich dich endlich gefunden habe", sagte sie. Ich sah es ihr an. Aber was hatte ich eigentlich mit dieser Person zu tun? Ich blickte an mir herunter, auf meine Schuhspitzen, die nicht geputzt waren und scharrte mit dem rechten Fuß am Boden.

„Du sagst ja gar nichts?" Irenes Stimme klang nicht enttäuscht, nur so wie eine Feststellung. *Na gut,* dachte ich mir, *wenn sie keine alten Geschichten aufrühren will, kann ich ja mal Interesse vorgeben.* Meine Augen wanderten langsam von unten über ihre stämmigen Beine hoch zu einem engen Minirock, der mehr breit als lang war und dazu in einer auffallenden Lilafarbe, ein roter Gürtel saß locker um ihre Mitte, Taille war nicht mehr vorhanden, weiter nach oben, ja wie soll ich das beschreiben, zu einem Volant von Stoffmengen, Biesen und schräg drapierten geometrischen Mustern, die ihre Fülle und den nicht zu übersehenden Busen teilweise kaschierten. Das Kleidungsstück war auf jeden Fall auffallend. Ihr Hals schaute aus einem asymmetrischen Ausschnitt, der die Fettpolster einseitig bedeckte.

Wo war nur sie, die alte Irene? Ich sah ihr endlich direkt ins Gesicht. Da war in den dunklen Augen noch ein kleiner Schimmer, der mir vertraut erschien. Sie hatte früher hübsch geschnittene, mandelförmige Augen mit einer braunen Iris. Die Augenbrauen hatte sie sich schon immer ausrasiert und mit einem Stift im großen Bogen nachgezogen. Aber es war nicht mehr dieselbe Linie wie früher. Ihre Wimpern verschwanden unter einer dick aufgetragen Wimperntusche, auch nicht mehr so lang wie früher, aber dennoch effektvoll hervorgehoben. Um ihre Augen gab es viele kleine Falten, vom Lachen oder was weiß ich? und einige tiefere und schärfere um ihre Mundwinkel, die gaben ihr den Reiz der erfahren Frau. Die horizontalen Falten auf der Stirne waren nur zu sehen, als sie ihr Erstaunen ausdrückte, wie in diesem Augenblick: „Du siehst gar nicht älter aus, hast du dich gar nicht verändert?"

Was für eine Frage. *Ja, es war eine dieser typischen Fragen,* fiel es mir nun siedend heiß ein. *Sie hatte diese Angewohnheit gehabt, Feststellungen in Frageform zu kleiden, so dass ich gezwungen war darauf zu reagieren. Es hatte mich in den Wahnsinn getrieben.* Nun ja, nicht wirklich, sonst stände ich ja nicht hier.

„Doch", sagte ich besonnen und betont ruhig: „ich bin älter geworden und ich habe mich verändert. Bis auf mein Gewicht, das ist das einzig Unveränderliche seit Jahren", fügte ich lächelnd hinzu. Dabei bemerkte ich, dass sich ihr Mund wie eine Zitrone etwas zusammenzog, bevor sie wieder breit aufblühte in ihrer geschminkten Schönheit, vielleicht mit Botox an den Lippen nachgeholfen?

Aber dieser Mund schien mich nicht zu mögen oder ich nicht ihn? Er sah so fremd aus. Irenes Mund hatte ich früher gerne geküsst. Er war saftig und überfließend, voll von Liebesbezeugungen. Nun gut, 25 Jahre waren 25 Jahre. *Hatte sie nicht auch früher ihre süßen kleinen Ohren mit kreolischem Ringen geschmückt?* versuchte ich mich zu erinnern. Die Ohren waren nun unter einer inzwischen grau durchwirkten Haarpracht verborgen, die üppig hinunterhing. Sie hatte eine Kappe auf, wie sie die Golfer tragen, mit Schirm nach vorn, halb schräg ins Gesicht gezogen. Nun ja, mit Hüten und Tüchern hatte sie sich immer gerne geschmückt, fand sie dekorativ. Dekorativ sah sie in dem Aufzug leider an diesem Abend nicht aus, aber das war ja nicht meine Sache.

„Du kannst dir gar nicht vorstellen", begann sie wieder in mein Schweigen hinein, „wie lange ich schon nach dir gesucht habe."

Nein, das konnte ich wahrlich nicht. Was sollte ich darauf sagen? Sie hatte mich sitzen lassen, in einer zu großen Wohnung.

Ich sah sie fragend an. Sie lächelte vielsagend, wobei sich die Lachfältchen hübsch verteilten und dem Mund eine aparte Schwingung gaben. Ihre Augen strahlten mich an, als sie flüsterte: „Du gefällst mir. Ich hatte gehofft, dich in guter Verfassung zu finden." Unmerklich zog ich wohl die Stirn kraus, denn sie fügte hinzu: „Sei mir nicht gram."

Sie benutzte wieder dieses Wort, das ich seit Jahrzehnten nicht mehr gehört hatte. Wer sagt das heute noch! Sei mir nicht gram. Genau das war der Satz mit dem sie sich verabschiedet hatte, damals, bevor sie die Tür hinter sich zuzog, ihren Lover vor sich her schiebend. Ich hatte die beiden nach vielen Wochen endlich überrascht. Denn, dass da etwas zwischen uns nicht stimmte, war mir schon wochenlang klar gewesen. Sie wich aus und hatte plötzlich diese Frauenbeschwerden, wenn ich mit ihr vögeln wollte.

Plötzlich war ich in die alte Zeit zurückgeschnellt, nur für Sekunden, aber dann holte mich der Lärm um uns herum, die Stimmen und das Gläserklingen zurück. Beiläufig blickte ich auf das Fernsehbild, das die ganze Zeit vor mir lief, zuerst mit den Nachrichten, dann mit dem Wetter und nun mit einer Dokumentation über die spanischen Banken. Ich hatte es gesehen und nicht wahrgenommen, weil ich mich um diese Person vor mir kümmern musste. Musste ich wirklich?

Ich hatte sie nicht eingeladen. Von unten kroch schon Ärger hoch, ich spürte den Beginn von Sodbrennen.

„Bist du mir wirklich noch immer gram?", hörte ich wieder ihre Stimme. Ich wandte meine Aufmerksamkeit erneut auf diese Konfrontation, mit der ich nie mehr gerechnet hatte.

„Ach weißt du", holte ich aus, atmete tief gegen das Brennen an, verordnete mir langsame, ruhige Atemzüge: „Es ist viel Zeit vergangen." Das stimmte doch, oder? Das konnte ich unverfänglich von mir geben, aber was nun? Ich musste sie in Abstand halten, deshalb sagte ich: „Lebe jetzt total zurückgezogen, gehe nur selten aus, habe mir ein hübsches Zuhause eingerichtet."

Jetzt fing ich schon an zu lügen, aber irgendwie musste ich sie loswerden. Sie hakte sofort nach: „Oh, das freut mich für dich, ist es hier in der Nähe?" Ich blieb regungslos, um sie nicht zu animieren.

„Machst du denn keine Sausen mehr wie früher?--Weißt du noch?" Ich hatte es befürchtet, dass sie über nichts anderes reden würde. „Weißt du noch, wie oft wir durch die Nächte gezogen sind, Ja? Du mit deinen brasilianischen Stiefeln und ich mit dem hautengen Hosenanzug, um die Schwulenszene aufzumischen."

Es ruckte in mir, eine Anspannung legte sich auf meine Schultern und dabei lächelte ich verzagt: „Redest du von uns? Das kann doch nicht sein, ich in brasilianischen Stiefeln? Schwulenszene?"

„Aber ja, Georg", sie wirkte nun wie angeknipst, „in der Motzstraße waren wir mindestens jeden zweiten Abend in dieser Bar, in der alle Perücken trugen. Du knalltest mit den Stiefelabsätzen den Rhythmus auf die Blechtanzfläche und ich an deiner Seite mit dem gewagten Ausschnitt bis zum Nabel, weißt du noch? und alle sahen uns zu. War das schön... erinnerst du dich denn gar nicht mehr?"

Sie ließ mir einige Zeit zum Nachdenken. Ich wackelte mit dem Kopf, machte hm, hm und noch einige überflüssige Gesten um weiter Zeit zu gewinnen. Vor allem wollte ich ihre Dynamik unterbrechen. Sie war mir schon wieder nahe gekommen.

Jetzt sah ich den Alten zur Tür rein kommen, nur aus den Augenwinkeln. Er war allein, sah mich, nickte, verschwand hinter der Säule.

Ich versuchte meine Erinnerungen aufzufrischen, wollte schon ihren Namen nennen, ließ es aber dann und fragte nur: „War das die Bar, in der auch die G.I.s verkehrten?"

„Aber nein, nicht doch, du bringst alles durcheinander. G.I.s und die Schwulenszene! Im International waren wir immer an den anderen Tagen. Also, weißt du! Da hätten sie mich in dem Aufzug doch glatt vergewaltigt."

„Und das wolltest du nicht?" fragte ich scheinheilig zurück.

„Nein", fuhr sie mich an, „mir reichte schon deine sexuelle Aggression."

Ich vermied eine verbindliche Miene, war froh sie wieder auf Distanz zu haben und dachte über das International nach. *Lag das nicht in der Hauptstraße im Hinterhof? Wie sind wir denn damals von der Wohnung in Charlottenburg bloß dahin gekommen? Wir hatten noch kein Auto. Überhaupt die Wohnung dort in der Nähe des Schlosses, fünf Zimmer mit Parkett und Balkon, haben wir doch nur bekommen, weil wir bei der Vorstellung ein Kleinkind bei uns hatten. Das schrie die ganze Zeit, war ja nicht unseres. War die Idee von Irene gewesen, auch das mit dem Ehering. Naja, was hat man nicht alles gemacht, damals, um eine Chance bei den Vermietern zu bekommen. Wir studierten beide, ich BWL und sie Mode. Ich bezauberte die alte Dame durch mein gediegenes Auftreten und Irene durch ihre sprühende Fröhlich-*

keit. Auf diese Fähigkeit war ich ja auch reingefallen, wie sich später herausstellte. Sie war einfach eine hinterhältige Schauspielerin. Und was mache ich jetzt bloß mit ihr?

„Wo wohnst du eigentlich?", wollte ich wissen und sah sie forschend an, „hast du ein Hotel gefunden?" Sie lachte: „Hotel! Ich schlafe bei Leuten, die ich aus dem Netz rausgesucht habe und manchmal im VW-Bus. ich fahre schon `ne ganze Weile so durch die BRD auf der Suche nach dir."

Ich blickte sie offensichtlich ungläubig an, denn sie erklärte: „Ja wirklich, bin von Stadt zu Stadt gefahren und habe bei den Finanzämtern oder Einwohnermeldeämtern nachgefragt. Du warst leider nicht im Internet zu finden. Klar, mit den vielen anderen Müllernamen. Keine Chance. Es blieb mir nur diese Sisyphusarbeit."

Zufrieden lächelnd lehnte sie sich nun mit dem Rücken an die Theke, hob das Bierglas, das schon lange ohne Schaum war und prostete mir mit stolzer Stimme zu: „Das war ein Heidenaufwand, hat sich aber gelohnt!"

Ich war sprachlos.

„Du bist so einsilbig", beschwerte sie sich, zog die Nase kraus und machte einen Schmollmund.

„Ich verstehe nicht", überwand ich schließlich meine Verstörung, „was du von mir willst, nach den vielen Jahren Sendepause. Haben wir uns denn noch irgendetwas zu sagen?" Schon während ich dies äußerte, das einfach so aus mir rauskam, bemerkte ich eine ansteigende Wut in mir. Ich musste mich erneut zum langsamen Atmen zwingen. Irene überging die dunkle Schwingung in meiner Stimme oder hatte sie keine feine Wahrnehmung mehr?

„Ich wollte dich sehen, mit dir reden, musste so oft an dich denken in den letzten Jahren. Mich interessierte einfach, wie 's dir geht. Vielleicht hattest du eine Familie gegründet oder eine Firma. Ich wusste ja nicht, dass du seit Jahren im Finanzamt arbeitest. Das hatte ich zufällig über einen alten Freund erfahren, den ich vor ein paar Jahren getroffen hatte."

Das musste der Edward gewesen sein, und ich hatte ihm so eingeschärft niemand etwas zu erzählen.

„Hm", knurrte ich laut, „es gibt nichts von mir zu berichten", ich blickte finster und wollte mich schon abwenden, als sie mich erneut anmachte: „Aber ich bin durch die ganze Republik gefahren."

Ich starrte sie an und polterte los: „Ja und? Ich habe dich nicht eingeladen. Du kannst meinetwegen hier stehen bleiben. Ich kann dich nicht hindern, aber ich will mich nicht mit dir unterhalten und eigentlich will ich dich auch nicht mehr sehen."

Ich drehte mich zur anderen Seite, nickte dem Alten zu. Der redete mit dem Schnauzer. Hatte er sich also den auch schon an Land gezogen. Naja egal. Plötzlich fühlte ich ihre Hand auf meiner Schulter.

„Sei doch nicht so", flötete sie mir ins Ohr.

Mir reichte es. Ohne zu überlegen, total impulsiv, drehte ich mich so ruckartig schnell um, dass ich mit meinem rechten Ellbogen, ich hielt mein Whiskyglas dem Alten zuprostend in der Hand, fast ihr Gesicht streifte und das Bierglas aus ihrer linken Hand riss. Das landete zersplitternd hinter der Theke. Peer sprang noch rechtzeitig beiseite.

Leider sprang ich nicht zur Seite, als Irene voller Wut auf mich losging und auf mich einhämmerte, zum Glück nur mit den Fäusten. Mit einem Glas in ihrer Hand wäre ich nicht glimpflich davongekommen. Sie hatte wirklich Kraft und offenbar hatte sich auch einiges an Emotion aufgestaut. Sie schnaufte und schrie: „Du Schwein, blamierst mich vor allen Leuten!"

Was sollte ich tun, wie mich verhalten? Ich war damit beschäftigt die Schläge abzuwehren. „Beruhige dich Irene", kam mir die Floskel von den Lippen, während ich mich duckte.

„Ich will mich nicht beruhigen. Endlich kann ich dir heimzahlen, was du mir angetan hast."

Ich floh vor ihrer Wut mit ein paar Schritten nach hinten, rempelte gegen einige Gäste, die schon einen Ring um uns herum bildeten und unsere Auseinandersetzung mit Interesse verfolgten. „Halt! halt!" rief ich aus sicherer Entfernung, „haltet sie mal fest!" Es wollte mir aber niemand beistehen.

Sie zischte und spukte, versuchte mich zu treffen. Ich hielt einen Barhocker zwischen uns, aber als einzelne Stimmen animiert dazwischen riefen: „Zeig es ihm! Zeig es ihm!" wurde es mir unheimlich.

„Was habe ich dir angetan!" schrie ich sie an, „Los, sag es vor allen! Du willst es so!"

Eine merkbare Stille senkte sich herab.

Ihre Figur straffte sich, richtete sich auf, sie verlor die aggressive Haltung und blickte sich strafend in der Runde um. Dann deutete sie mit einem Finger zu mir: „Er hat mich benutzt und sexuell missbraucht."

Gejohle und Buhrufe schwappten durchs Lokal. Man amüsierte sich. Ich überlegte, wie ich die Stimmung zu meinen Gunsten beeinflussen konnte und giftete sie an: „Und wie alt warst du, als ich dich missbraucht habe?" Ich schwieg, musste einfach Zeit gewinnen.

„Siebzehn Jahre", rief sie übertrieben weinerlich, und ich schrie zurück: „Und vor wie viel Jahren haben wir uns getrennt?" Ich wollte nicht von verlassen reden, hätte alles nur aufgeheizt.

„Vor 25 Jahren", gab sie tatsächlich, ganz ehrlich zu.

„Dann wärst du ja erst 42, das glaubt dir keiner, so wie du aussiehst."

Sie versteinerte. Einige kicherten. Es wurden immer mehr, die lachten. „Zeig mal dein Ausweis", rief einer von hinten. Dann drängte sich eine Frau durch die Menge. Ich kannte sie vom Sehen, sie verkehrte hier ebenso häufig wie ich, ihren Namen wusste ich nicht, aber alle nannten sie Pony-Hut, weil ihre Haare, bis auf das bis zu den Augen reichende rötliche Pony, unter einem Topf-Hut unsichtbar blieben. Sie hatte etwas Sympathisches, Kameradschaftliches.

„Sie sind gemein, diese Schweine", sagte sie so laut, dass wir es alle hören konnten, und weiter, „vor allem, wenn sie sich zusammen am Schmerz anderer aufgeilen. Zuhause trauen sie sich das ja nicht!" und dabei berührte sie Irene an der Schulter und begleitete sie, beruhigend auf sie einredend, zu einem Tisch in der Nähe der Säule.

Die Umherstehenden wandten sich ab. Ich zupfte ein wenig an mir rum. Es war mir nun doch peinlich, so im Mittelpunkt geraten zu sein. Ich lächelte meinem Spiegelbild zwischen den Flaschen Mut machend zu, versuchte mir über den Abend klar zu werden und vor allem über die Beweggründe von Irene. Ich verstand sie nicht. *Wieso behauptete sie, ich hätte sie missbraucht? Das konnte sie nicht nur aus Wut, um mich zu treffen, gesagt haben. Da steckte eine tiefe Verletzung dahinter. Aber musste ich das wissen? War das meine Angelegenheit?* Minuten vergingen, vielleicht auch eine Viertelstunde.

Ich sollte an die frische Luft gehen, entschied ich nach einer Weile, *um mich zu beruhigen. Das würde mir gut tun,* hoffte ich. Ich zahlte, auch für das zerschlagene Glas, wünschte Peer einen frühen Feierabend und bewegte mich in Richtung Ausgang durch die mittlerweile dichte und für die Stunde angemessen laut gestikulierende Menge.

Plötzlich erblickte ich auf dem Weg zur Tür an einem Tisch die beiden Frauen und den Alten. Sie mussten sich umgesetzt haben. Ich war irritiert, weil ich sie in einer anderen Ecke des Lokals vermutet hatte.

Abrupt blieb ich stehen. *Was machte der Alte bei Ihnen? Musste er sich überall einmischen?* Er erhob sich in einer übertriebenen Kavaliersgeste und zwinkerte mir zu: „Darf ich bekannt machen, das ist Markus ein guter Freund von mir", sagte er. *Wieso Freund?* dachte ich nur, als Irene grimmig dazwischen rief: „Nein, das ist Georg und er ist kein guter Freund, jedenfalls nicht mehr."

Die Frau, deren Namen mir nicht geläufig war, legte beruhigend ihre Hand auf Irenes Unterarm, als sie kurz „Hallo" sagte. Eine Begrüßung mit einem scharfen, abweisenden Blick zu mir.

„Und das ist Marga, die sich ein bisschen um Irene kümmert", überspielte Hans die Spannung.

„Setz sich doch zu uns Markus", machte der Alte weiter, „ich empfinde den dringenden Wunsch nach einer Aussöhnung zwischen euch." Er drückte sich wieder so geschraubt aus.

„So empfindest du?" provozierte ich, „warum sollten wir das tun? Ich lebe ganz in Frieden mit meiner Vergangenheit. Habe mir nichts vorzuwerfen." Dabei beobachtete ich das Gesicht von Irene, das sich langsam mir zuwandte. Ihre Augen waren noch etwas feucht und ihre Züge verkniffen.

Mit unterdrückter, gepresster Stimme stieß sie hervor: „Nichts vorzuwerfen! Er hat sich nichts vorzuwerfen. Lachhaft. Das ist unglaublich!"

Ihre Stimme schwoll an: „Er hat mich missbraucht! Verbraucht, gebraucht, benutzt!" Sie schluckte, offenbar litt sie an ihren Vorwürfen; sie schluckte erneut, bevor sie hervorstieß: „Ich bin sprachlos!"

Ich stand noch immer. *Wenn ich mich jetzt dazu setzte, gab es sicher eine endlose Rechtfertigungsdebatte. Ich hatte eigentlich keine Lust, mich zu rechtfertigen, aber andererseits war es schließlich meine Geschichte und vielleicht konnte ich noch etwas daraus lernen.* So gab ich nach, als Hans mich mit leichtem Druck auf meine rechte Schulter zum Sitzen animierte, direkt gegenüber von Irene. Er nahm den Platz rechts neben mir ein.

Ich blickte in Irenes Augen und auf ihren vollen Mund, der nun von scharf geschnittenen Einkerbungen begrenzt war. Sie hatte beide Unterarme aufgestützt und blickte mich von unten durch ihre ehemals langen Wimpern an. Sie versuchte ein schwaches Lächeln, als sie sagte: „Du weißt nicht, was du mir angetan hast? nicht wahr?" Leise war ihre Stimme, kaum hörbar in dem Krach um uns herum.

Ich zuckte wohl unmerklich mit den Schultern, als sie fortfuhr: „Sonst würdest du nicht so gefühllos reagieren."

Mit dem Vorwurf konnte ich leben, den hatte ich schon von verschiedenen Seiten zu hören bekommen. Alle glaubten, ich wäre gefühllos. *Sollten Sie, warum sollte ich mich verteidigen?*

„Ich habe dich von ganzer Seele geliebt", fuhr sie anklagend fort, „habe mich dir ganz hingegeben, habe mich untergeordnet", und nach einer Pause sagte sie kaum hörbar, „so gut ich konnte."

Alle am Tisch blickten mich an. War das nun eine Feststellung, ein Vorwurf oder eine Lüge? Ich entschied mich für Feststellung und wartete auf die nächste Äußerung.

„Weißt du noch, wie ich mich dir zu deinem Geburtstag als Geschenk dargeboten habe?" Das stimmte. Sie hatte sich nackt auf einem Ziegenfell drapiert. Ich hatte das nicht als Selbstaufgabe verstanden, eher als einen lustigen Einfall. Sie hatte mit ihren 24 Jahren aufreizend ausgesehen mit den rappelkurzen Haaren, den schlanken Schenkeln und einer Marilyn-Figur, den Schoß geöffnet, wenn ich mich recht erinnere.

Irene hatte weiter in ihren Erinnerungen gekramt, von denen sie nun offenbarte: „Ich hatte damals gerade eine Diätkur beendet, als Überraschung zu deinem Geburtstag, um dir zu gefallen, weißt du noch?"

Ich nickte: „Jaja." Ich erinnerte mich dunkel und räumte ein: „Du hattest damals wirklich einen tollen Körper, ich war süchtig nach dir." Aber sofort bedauerte ich mein Geständnis und suchte nach einem neutraleren Ansatz: „Wir lebten halt damals blindlings drauflos, genossen jeden Tag und unsere Lust. Waren wir wirklich verliebt?", fragte ich mehr mich selbst und blickte über sie hinweg in das diffuse Körpergewühl, das sich am Ausgang des Lokals drängte.

„Aber klar waren wir verliebt", ihre Stimme klang nun viel weicher, mit Timbre: „Ich war total verknallt und du, du hast mir doch so oft deine Liebe erklärt."

„Erklärt?" fiel Marga ein, „er hat seine Liebe erklärt?"

„Naja, er hat eben nicht gesagt, ich liebe dich, sondern alle Tätigkeiten im Haushalt, einkaufen, abwaschen und sein Interesse an meinem Beruf, an der Mode, als Liebesbeweis dargestellt und natürlich kleine Aufmerksamkeiten und hübsche Geschenke mitgebracht."

Sie machte eine Pause, in der ich irritiert nachdachte, ob Irene von mir gesprochen hatte. Sie redete aber schon wieder weiter, ihre Stimme bebte: „Er hat damals immer gesagt, dass die Zeit, die er mit mir verbringe, sein größter Liebesbeweis sei."

Das stimmte, aber es hörte sich irgendwie gemein an. Es klang an diesem Tisch wie eine wohlüberlegte Strategie um mich herauszuhalten. Jede Verteidigung hätte diesen Eindruck nur verstärkt. Ich sagte nichts und nickte zustimmend.

„Ich hatte mich einfach auf unsere Beziehung eingelassen", fuhr sie nun noch immer erregt fort: „mit Haut und Haaren. Ich wollte sogar ein Kind von ihm, war mir aber nicht klar darüber, ob er eines wollte. Gelegentlich versuchte ich Georg aus seiner Reserve zu locken, aber ich wurde nicht schlau aus ihm. Er sagte nicht ja zu einem Kind, aber auch nicht nein. Das blieb für mich in den drei Jahren des Zusammenseins eine dunkle Stelle."

Irene zögerte erneut, senkte ihre Stimme: „Es war dennoch eine schöne Zeit für mich", und mit einem Blick zu mir fragte sie ruhig: „Und für dich?"

Sie sah mich mit ihren braunen Augen abwartend an. So konfrontiert, fiel ich ein bisschen in mich zusammen. Ich konnte doch nicht antworten *keine Ahnung*, was der Wahrheit entsprach, ich verpackte sie, indem ich zugab: „Damals genoss ich jeden Tag mit dir."

Wie sich das so glatt heraus sagt, aber ich wusste in jener Zeit einfach nicht, wie es weitergehen sollte mit Studium und Beruf. Naja, es waren die üblichen Ausreden, als ich noch sagte: „Ich war so froh mit dir in dieser Wohnung am Schloss und mit unseren Partys und Kinobesuchen."

Was könnte ich denn noch sagen, um nicht über die dumpfe Leere unserer Beziehung zu reden. „Weißt du noch", stocherte ich in meinen Erinnerungen herum, „diese eine Party bei uns in der Wohnung mit den verrückten Künstlern, die die ganze Nacht Wulle Bulle gegrölt und dazu getanzt haben?"

Jetzt musste ich aufpassen, dass ich kein Wort zu viel sagte. Das war doch die Party, an der sie sich in den Typen verknallt hatte, das war doch der Beginn vom Ende.

Ich beobachtete Irenes Gesichtszüge, ob und wie sie auf die Erinnerung einging. *Wieso war Irene überhaupt mit diesem Typen mitgegangen? Was fand sie bloß an ihm? Na vielleicht war es die dunkle Hautfarbe, und Rasterlocken hatten auch nicht alle. Letztendlich löste sich ja damit die Fessel unserer Beziehung auf. Klar, und das war mir nach den anfänglichen Rachegefühlen schon recht gewesen.*

„Ich wollte das alles nicht, was dann passierte", gab sie zu. Irene hatte wirklich den Faden des Geschehens aufgenommen. Sie konnte sich tatsächlich an ihren Seitensprung erinnern.

„Aber **du** hast es zugelassen!" sagte sie betont, „**du** hast nicht um mich gekämpft", und leise fügte sie hinzu, „um unsere Liebe."

Große Worte für ein alltägliches Verhalten. Scheiße, dachte ich, *worauf hast du dich eingelassen*, aber sie redete schon weiter: „Nur deshalb zog ich zu ihm!" Sie blickte mich herausfordernd an.

Marga hatte noch immer ihre Hand auf Irenes Arm liegen und Hans kippelte mit dem Stuhl. Alle warteten ab, wie ich reagieren würde.

„Du warst doch jahrelang mit dem Typ zusammen, soviel ich weiß. Ich hoffe glücklich", sagte ich mit spitzem Unterton.

Irene schnaufte: „Das erste Mal bleibt eben das erste Mal und solche Erinnerungen führen ihr Eigenleben." Sie seufzte tief.

„Das ist doch schön", tönte nun der Alte dazwischen, „dass ihr euch jetzt ausgesprochen habt. Es lohnt sich doch immer, Versäumnisse nachzuholen", versuchte er weiter zu glätten.

Fehlte nur noch die Moral von der Geschichte, dachte ich, als er wirklich noch eins drauf setzte: „Jetzt könntet ihr euch doch wieder vertragen."

„Warum sollten wir", erwiderte ich angestochen und weiter, „das ändert doch nichts an den Tatsachen. Sie ist ausgezogen und hat mich verlassen."

In dem Augenblick wusste ich, das hätte ich nicht sagen sollen. Ich war nicht im Reinen mit der Geschichte, ich war noch immer nachtragend. Ich hätte ihr großmütig verzeihen können aus meiner, wie ich glaubte, Position der Stärke, aber ich war wieder zurückgefallen in Kleinmut, in die Position Auge um Auge, Zahn um Zahn. Ich genoss widerstrebend die kleine Rache des Rechthabens und gleichzeitig fühlte ich die dumpfe Leere der Isolation, ein selbst erzeugtes Leid als ambivalente Lustbefriedigung. War das dekadent?

Niemand sagte daraufhin ein Wort. Die Augen wanderten von einem zum andern und dann durch den Raum, fixierten andere Gesichter, dann die Lampen an der Decke, den Bartresen, blickten ins Leere.

Ich erhob mich und brummte: „Also dann, vielleicht ein anderes Mal, ich bin müde." Und ich verließ das Lokal. Im Hinausgehen hörte ich Irenes Stimme: „Was soll ich machen? Ich kann ihn nicht mal hassen."

Kapitel 9

„Warte Markus", hörte ich noch die Stimme von Hans aus dem Geräuschchaos des Lokals tönen. Ich wartete nicht, sondern ging mit großen Schritten in den Abend hinein, der sich zunehmend in eine warme Nacht verwandelte. Ich war froh, der unangenehmen Situation zu entkommen. Frische und Kühle umgaben mich und die aufgestaute Hitze fühlte ich als Schweißtropfen den Rücken hinunter laufen. Das Hemd klebte. Ich ging schneller, weil ich den Eindruck hatte, es wäre jemand hinter mir her. Es war nicht nur diese unangenehme Empfindung. Ich fühlte mich tatsächlich bedroht, wie schon lange nicht mehr. Meine innere Ruhe war erschüttert, vielleicht war sie doch nicht so fundamental gewesen, wie ich es mir eingebildet, eingeredet hatte? Irene war hinter mir her. Dass das Leben so zusammen schnurren konnte, 25 Jahre innerhalb von Minuten verschwinden konnten, beunruhigte mich.

Dann sah ich Licht in einer Eckkneipe. Plötzlich bekam ich Lust auf einen anderen Raum, auf andere Gestalten, auf andere Stimmen, auf eine einfache Kneipe, auf eine andere Atmosphäre.

Auf jeden Fall wollte ich diesen Abend mit Irene vergessen, wollte diese Erinnerungen nicht mehr, aber sie füllten mein Denken, meine Empfindungen aus. Ich war noch immer erregt, wütend über mich? Schwer zu sagen. Mein Kreislauf lief auf Touren, mein Herz klopfte, es konnte natürlich auch vom schnellen Gehen verursacht worden sein.

Wie Irene aussah! ich musste schon wieder an sie denken, unglaublich! Diese ehemals attraktive, schöne Frau, so verändert. Das war überhaupt der größte Schreck gewesen, der Kontrast ihrer Verwandlung durch die Zeit. Wenn man miteinander alt wird, verwischen sich die Veränderungen, die man am Partner bemerkt oder auch nicht bemerkt, durch die alltäglichen Gewohnheiten, aber so? ganz unerwartet? Es war schrecklich gewesen, genauso wie bei dem letzten Wiedersehen mit meinen ehemaligen Kommilitonen. Da stand man abgenutzten, ausgeleierten Gestalten gegenüber, die, vom Lebensüberdruss gezeichnet, behaupteten, dass sie ihre Jahre erfolgreich genossen hätten. Es war ja auch egal, es hatte eben keinen Sinn sich um andere Personen Gedanken zu machen.

Aber um mich sollte ich mir Gedanken machen.

Was sollte ich tun? Ich konnte doch nicht meinen Wohnort wechseln, weil Irene hinter mir her war, hatte aber das deutliche Gefühl, sie nicht so einfach los zu werden. „Ich kann ihn nicht mal hassen", hatte sie in der letzten Minute gesagt. Bedeutete das nicht auch, ich kann ihn auch nicht mal lieben? Hätte sie doch gesagt „ich hasse ihn nicht", wäre ich beruhigter gewesen, aber ich kann?...Diese verklausulierte Einschränkung! Das war einfach zu blöd, über diese Formulierung nachzudenken. Typisch.

Ich bestellte also ein Bier, was sonst? Hatte gar keine Lust auf Bier, aber Wasser? Starrte also auf den Inhalt des Glases, wie der Schaum sich auflöste und horchte auf die Gesprächsfetzen um mich herum.

Die Ablenkung war nur kurzfristig. Wieder fing ich an zu grübeln.

Wo lag bloß die Lösung für diese alte Beziehungsgeschichte? Gab es denn eine Lösung? Ich konnte sie nicht loslassen, das war klar.

Wieder ging meine Erinnerung zurück zu der Nacht vor 25 Jahren, als sie mich verließ.

Hätte ich wirklich um Irene kämpfen sollen? War sie mir so wichtig gewesen? Hätte ich sie zurückerobern sollen? Wie wäre mein Leben dann verlaufen? Eine Familie mit ihr? Kinder?

Mir ging ein Schauder über den Rücken.

Aber was hatte ich von meinem Leben? Hätte ich es besser mit ihr gehabt?

Bisher hatte ich mir diese Fragen niemals gestellt.

So eine Beziehung ist doch kein Auto, das man für ein paar Jahre fährt und dann durch ein anderes ersetzt oder zeitweise nur noch zu Fuß geht. Aber so habe ich mich verhalten, wurde mir bewusst.

Es fiel mir echt schwer, meine Stimmung zu halten, nicht ins Hadern zu verfallen:

Wie wäre es gewesen, mit einem Menschen an meiner Seite in einer Wohnung, im Bett und am Tisch, jeden Tag, jahrelang zusammen, alles teilen, mitteilen. Das schien mir unmöglich. Nur eine einzige Zukunft haben und die auch noch teilen! Ich wollte mehrere Leben leben und diese als Geschichten aus meinen Erfahrungen immer neu zusammenstellen, sie variieren, ausschmücken oder auch schweigen können, manchmal nichts von mir geben, die andern in die Irre führen, auf falsche Wege bringen, Fährten legen. So wäre ich nicht zu kontrollieren, hoffte ich, nicht mal von mir selber. Ich wollte viele Leben in dem einen leben, wollte mich immer wieder neu aus der Freiheit meiner persönlichen Entscheidung erfinden. Stimmte doch oder belog ich mich? Ich war nicht sicher.

Das volle Glas Bier stand noch vor mir, als Beweis einer unabwendbaren Wirklichkeit um mich herum. Ich befand mich in einer Kneipe, allein mit dem Bier und hatte mich gegen Irene entschieden, gegen ein vorhersehbares Leben mit ihr, damals.

Aber nun, an diesem Abend? Stand ich an einem Scheideweg? Sollte ich die Beziehung wieder aufnehmen? Unmöglich, wies ich die Idee von mir, aber sie ließ sich nicht verdrängen. Ich sah ihr Gesicht vor mir, ihre Augen, die fast noch dieselben waren und ich hörte ihre Stimme, ihre sanfte Ausdrucksweise, die doch etwas in mir berührt hatte. Und eine innere Stimme, die mir zuflüsterte: was soll schon sein, wenn du auf sie zugehst. Du könntest es versuchen. Zu deiner liebgewordenen Singlewelt kannst du immer zurück.

Übrigens, sagte die Stimme, so toll ist das andauernde Alleinsein doch auch nicht, oder? Klar musst du keine Konflikte aushalten, wenn du keine Bindungen eingehst, aber warum rennst du jeden Abend in das Lokal? Du willst doch nur der Einsamkeit entrinnen. Frei sein, nennst du das, nicht wahr? Und bist du in den letzten Jahren auch nur einem Menschen richtig nah gekommen? Hast du noch einen Freund?

Ich sah mich um. Hinten in einer Ecke saß ein altes Paar. Sie blickten sich an und lächelten sich zu. Vor ihnen standen zwei Weingläser auf der massiven Tischplatte. Es schienen einfache Leute zu sein, die vermutlich viele Jahre körperlich gearbeitet hatten. Sie wirkten irgendwie feierlich, hatten sich ein bisschen in Schale geworfen. Wie lange die wohl schon zusammen lebten? Jetzt nahm er ihre Hand auf und streichelte sie. Ihre Augen sahen ihn liebevoll an, ihr Gesicht strahlte. In diesem Augenblick lag ein Zauber über den beiden. Ich wandte mich ab, blickte auf mein Glas mit dem abgestandenen Bier.

„Möchten Sie etwas anderes trinken", hörte ich die dunkle Stimme des Wirtes durch einen kaukasischen Akzent gefärbt. Ich blickte auf, zog die Schultern hoch, schüttelte verneinend meinen Kopf.

„Die beiden dort in der Ecke", redete der Kneipier weiter und nickte in die Richtung des Paares, „die feiern heute ihr 30jähriges Zusammenleben hier im Kiez. Sie kommen regelmäßig, seitdem die Kinder letztes Jahr aus der gemeinsamen Wohnung ausgezogen sind."

Ich klappte meine Ohren zu, so gut es ging. Mich interessierten nicht anderer Leute Geschichten. Trotzdem blickte ich wieder in ihre Richtung. Sie sprachen angeregt miteinander, sahen auch zu mir hinüber, nickten leicht in meine Richtung und lächelten. Die Gesichter blühten auf, fröhlich wurden sie. Ich fühlte Trotz in mir aufsteigen, etwas Neid und dann wurde ich wehmütig. Ich schüttelte mich und verlangte die Rechnung. Beim Hinausgehen musste ich wieder an Irene denken.

Die Straße war leer. Ich war allein. Ein leichter Windhauch verwehte die ersten Herbstblätter. Eine Straßenseite war vom Mondlicht angestrahlt. Der Stuck der alten Hausfassaden trat im Schattenspiel plastisch hervor. Ich ließ meine Aufmerksamkeit, mein Bewusstsein auf den Linien der Fassaden entlang spazieren. Ich war froh, mich mit den Erscheinungen, den Äußerlichkeiten abzulenken. Dann plötzlich empfand ich wieder die Leere. *Wo war ich, wenn ich mit meinem Ich nicht an den Fassaden klebte? Ich bemerkte den Raum, der sich zwischen mir und den Stuckprofilen schob, die Fensterlöcher, die ich sah. Da war viel Raum, viele Leere, und wenn ich meine Augen abwandte, sie zurückholte, wenn ich und der Beobachter eins wurde, fühlte ich diese Leere in mir, diese unglaubliche Weite, in die ich hinein raste, aufgesogen wurde, zu einem ganz kleinen Punkt entschwand.*

Und plötzlich fühlte ich wieder mein Herz schlagen, aufdringlich, rasend und laut im Rhythmus meiner Schritte, die ich unbewusst aufgenommen hatte und ich versuchte, den Rhythmus zu verändern, die Schritte zu verlangsamen um das Herz zu beruhigen. Es gelang nicht.

Ich sollte an etwas anderes denken.

Meine Bewusstheit erstreckte sich zunehmend wieder über meinen Körper. Die Straße und die begrenzenden Häuserwände kehrten in die gewohnten, festen Erscheinungen zurück. Ich bekam wieder Halt.

Was will ich denn auf dieser Straße? Nichts! Na ja, ich könnte nun nachhause gehen. Sofort sah ich mein Wohnzimmer vor mir. Schnell wechselte ich das Bild und ließ in Gedanken heißes Wasser in die Wanne ein. Auch das zog mich nicht an. Ich versuchte es mit meiner Lieblingsmusik, die mich immer in Stimmung brachte, „It`s feeling like rain" mit Buddy Guy, aber ich konnte sie nicht hören, nur ganz schwach, es war keine Wirkung zu spüren.

Etwas fehlte mir. Meine alltägliche Gewissheit war dahin.

Meine leere Wohnung ertragen, das konnte ich also nicht, wollte ich auch nicht, mich an dem Alleinsein ergötzen wie sonst, schien mir plötzlich krank, fürchterlich. Ich blieb abrupt stehen.

Keinen Schritt weiter in diese Richtung. Aber welche Alternative hatte ich? Zurück in das Lokal, wo sie vermutlich alle noch saßen? Das wäre auch nur für den Augenblick eine Lösung, nur für diesen Abend, diese Nacht. Und morgen würde ich wieder vor dem Problem stehen. War es denn überhaupt ein Problem?

Hm... ich hatte mich doch vor Jahren entschieden, wollte allein leben, hatte meiner Meinung nach genug Enttäuschungen erlebt in meinen Beziehungen. Eine Irene war nicht mehr dabei gewesen. Wie doch so eine erste Liebe alles überstrahlt. Vielleicht wäre es doch gut mit ihr gegangen, wenn ich damals nicht aufgegeben hätte? Aber nun nach 25 Jahren? War doch eigent-

lich nicht möglich, oder doch? Nochmal in einer Beziehung so dicht leben? Vielleicht wäre ich überrascht von mir? So gut kannte ich mich eigentlich gar nicht, war ich doch vielen Schwierigkeiten ausgewichen, wollte es immer überschaubar haben. Nun ja, probieren könnte ich es doch noch einmal. Irene kenne ich doch schon ziemlich gut und außerdem hat sie mich gesucht und ausfindig gemacht.

Nur...tja, wenn bloß das Äußere nicht wäre, wie sie aussieht, diese Fülle, ob ich damit klar komme? Ich mochte doch immer nur die Schlanken. Offensichtlich fordert die Zeit ihre Opfer. Wenn ich an Elisabeth Taylor denke oder an Brigitte Bardot, die sind auch nicht absichtlich dick geworden. Das kann passieren. Muss schrecklich sein, wenn der Körper macht, was er will oder anders gesagt, die Hormone machen, was sie können. Und bewundere ich nicht sogar auf meinen Spaziergängen Straßenbäume, die mit den Jahren zu einem kräftigen, dicken Stamm heranwuchsen? So `n Unsinn! Was mir für Gedanken durch den Kopf gehen, um mich von einem Schritt in eine Ungewissheit zu überzeugen.

Aber es kam noch verrückter, als ich an unsere sexuellen Ausschweifungen denken musste, damals, und die waren mir in sehr guter Erinnerung geblieben. *Irene hatte doch eine saftige Möse und sie war schnell zu erregen. Zwei bis drei Orgasmen waren selbstverständlich gewesen in jeder Position, Löffellage, Hundestellung oder dem Missionar, das ganze Programm. Zwischendurch auch mal im Stehen beim Einkaufen in einer Umkleidekabine, das war schon witzig. Einmal hatten wir uns an einer Autobahnraststelle an einem schrägen Hang nieder gelegt, waren ständig runter- und rausgerutscht, bis wir dann endlich an einem Warnschild Halt fanden: **Achtung Kinder.***

Ja, mit Irene hat es immer Spaß gemacht. Deswegen war ich auch sauer auf sie, als sie mit dem Typen abzog. Sie war schon immer unersättlich. Vielleicht ist da noch ein Rest am Köcheln. Wäre auch nicht übel den Schwanz mal wieder in eine warme Höhle zu stecken, statt immer nur die eigene Handwärme zu spüren. Mit Selbstbefriedigung bin ich ja schon seit Jahren total zufrieden, habe ich irgendwie perfektioniert, kann ich halt immer frei darüber verfügen. Mich aufgeilen, ist ja mit dem Internet einfach und kostenlos geworden. Nutten haben mich wirklich nie gereizt, find ich blöd, pervers, aber den Schwanz richtig scharf machen, abspritzen und dann einfach entspannen, Musik hören, nicht reden müssen, nicht darüber nachdenken, was eine Frau an meiner Seite macht, ist schon super bequem. Leider ist das Spiel nun mit den Jahren nicht mehr so einfach. Die Lust entschwindet mehr und mehr und mit Sado Maso nachhelfen, ist auf Dauer auch nicht erfolgreich. Man gewöhnt sich zu schnell an alles.

Ich ließ meine Gedanken weiter schweifen, kam zu einem vorläufigen Ergebnis:

Sex ist schön, aber offenbar mit der Zeit nicht mehr so wichtig. Ich habe meine Midlifecrisis schon hinter mir.

Und was sprach nun für eine Beziehung? War es wirklich die Angst vor dem Alleinsein im Alter? Ich wusste es nicht, nur, dass ich bisher gerne alleine war. Meine Einstellung konnte ich natürlich ändern und für ein Experiment hatte ich noch genügend Jahre vor mir. Also, redete ich mir mutig zu, dann versuche es.

Ich drehte mich auf der Stelle um und ging in die entgegengesetzte Richtung, die paar Kilometer zurück, zum Lokal, in der Hoffnung, dort noch Leben und Irene anzutreffen.

Es war so ein Stunde vor Mitternacht. Meine Schritte wurden ausgreifender, die Tritte prallten gegen das Pflaster, sie schallten in der Stille. Nur ganz vereinzelt begegneten mir noch die Schönen und Helden der Nacht auf der Suche nach passenden Seelen. Augen, Bella Donna geweitet, warfen mir feurige Blicke zu.

Ich ließ mich nicht mehr ablenken von meinem vorgenommenen Weg. Stracks schritt ich an den paar Versuchungen mit unsichtbaren Scheuklappen vorbei, eilig, eine Verabredung vortäuschend, die ich auf alle Fälle einzuhalten gedachte.

„Hallo Süßer", rief mir eine nur mit Tanga und einer Pelzjacke bekleidete Blondine spitz hinterher. Und kurz vor dem Szenelokal, ich schritt gerade über den Platz mit den rauschenden Platanen, brummte ein wohltönender Bariton aus einer Hauseingangsnische: „Komm her zu mir, meine Rosette ist so wild auf dich." Das war verlockend, aber ich hatte mich endgültig entschieden.

Noch einige Schritte, ich riss die Tür auf, gähnende Leere vor mir, bis auf den Typen mit der geklebten Brille und die Frau, die Irene getröstet hatte. Marga hieß sie, glaubte ich mich zu erinnern.

Die Stühle waren schon hoch gestellt, Peer war mit Wischlappen unterwegs und Johann räumte die Flaschen in die Kühlung. Die beiden Gäste standen zusammen am Tresen und unterhielten sich. Als ich in der Tür stand, blickten sie zu mir und drehten sich grinsend und dann lachend wieder zur Theke. Sie lachten aus vollem Halse.

Zögernd trat ich näher, war irritiert und enttäuscht, wollte es mir nicht anmerken lassen. Aber tief drinnen, spürte ich Traurigkeit aufsteigen. Während ich still auf die beiden zuging, drehten sie sich immer noch lachend wieder in meine Richtung und riefen fast unisono: „Wussten wir es doch! Wir hatten mit Irene und Hans gewettet, dass Sie zurückkommen. Wir haben gewonnen!"

Verständnislos blickte ich sie an. Die Kellner nickten mir lächelnd aufmunternd zu.

„Und wo sind die beiden, ich meine Hans und Irene?" wollte ich wissen. Marga antwortete ganz sachlich: „Hans hat Irene mitgenommen. Sie war müde und nach eurem Streit erschöpft, hatte ja auch noch keine Unterkunft festgemacht. Hans meinte, in seiner Wohnung sei genügend Platz. Vor einer halben Stunde sind sie losgezogen."

Ich konnte es nicht glauben, wollte es nicht wahrhaben. *Dieser Hans! Schon wieder hatte er sich in mein Leben eingemischt.* Marga lächelte, sie sah mir meine Betroffenheit an, legte ihre Hand auf meinen Arm. Ihr Gesicht kam mir verändert vor. Es war jetzt ganz weich, die Härte war verschwunden, als sie sagte: „Komm, trink noch etwas. Möchtest du einen Whisky oder ein Portwein?" Sie duzte mich. Ich nickte bei Portwein.

Merkwürdig, wie sanft und mütterlich sie nun auf mich wirkte. Ich hatte sie vor einer Stunde ganz anders erlebt. Die in die Stirn gekämmten Haarfransen verdeckten ihre Augen, aus denen sie mich mitfühlend betrachtete. Ein Mundwinkel war hochgezogen, das wirkte lustig und gleichzeitig gefährlich. Ihre Oberlippe war geschwungen schmal verzogen und ihre volle Unterlippe glänzte dunkelrot von einem Lippenstift. Wie hypnotisiert musste ich einige Minuten auf diesen Mund starren.

2. Teil

Kapitel 10

Damals ahnte ich nicht, wie oft ich noch von diesem schönen, so sinnlich geformten, ausdrucksvollen Mund bezaubert werden würde. Im Laufe der Zeit waren es zahlreiche Momente, in so vielen unterschiedlichen Situationen, die mich fasziniert und begeistert auf dieses sprechende, lachende, selten melancholisch erscheinende Wunder der Natur starren ließen. Am meisten genoss ich ihren Mund, wenn Marga im Lotus Sitz auf mir saß und sie mich küsste. Ich lag auf einem Lager, das wir hin und wieder teilten, auf dem Rücken und sie, die professionelle Tantra Meisterin, hockte mit überkreuz geschlagenen Unterschenkeln auf meiner Beckenschale und hatte meinen Schwanz in ihrer Möse.

Stundenlang saß sie so meditierend und dabei summend in dieser Haltung. Sie war zierlich und leicht, fast dünn und doch weiblich in den Formen, ein wenig erinnerte sie mich an eine Hungerkünstlerin.

Mit jedem Atemzug hob und senkte sich ihr Becken und ihre Vagina massierte meinen Penis, auf und ab gleitend in ihrem meditativen Atemrhythmus. So wurden die Minuten, ohne sie zu zählen, ohne sie wahrzunehmen zu viertel Stunden, zu halben, zu ganzen. Zeit war endlich aufgehoben, spielte überhaupt keine Rolle mehr.

Und die wundervollen Gefühle der gemeinsamen Hingabe vertrieben meine Gedankenschleifen. Nur einsaugen, rausdrücken, pulsieren aus der Mitte des Körpers. Alle Spannungen an den Rändern lösten sich auf. Eine unendliche Leichtigkeit verbreitete sich wellenförmig aus, bis in die entferntesten Teile der Gliedmaßen.

Ich war nicht mehr da, kein Gewicht fühlbar, der Schwerkraft entschwunden, kein Schmerz mehr, schon gar nicht im Kopf, keine Gedanke mehr, die mir Sorgen bereiten konnten, keine Schuldgefühle mehr, nur Ausdehnung, grenzenloses Volumen, eins mit Marga und dem uns umgebenden Raum, übergehend in die Materie der begrenzenden Wände und darüber hinaus getragen in die Weite, hinein in den Straßenraum, in die Stimmen und Schritte der Menschen dort draußen.

Dort draußen? Hier drinnen? Bedeutungen waren unwichtig geworden. Zusammenfließen in Wolkenformationen, in Vogelgezwitscher, in das Rauschen der Blätter.

Wo war ich hingekommen? Wo waren wir zusammen hingeflogen? Die Materie, der Körper war grenzenlos, leicht, hell, unbeschreiblich süß. Ich schwebte und lag, ich war nicht mehr, sie war nicht mehr. Es war etwas Unsagbares geschehen. Wie zurückkommen? Musste ich zurückkommen? Bleiben, da draußen bleiben, außerhalb bleiben, keine Begrenzungen spüren, keine Einschränkungen. Und die Zeit? War Zeit vergangen? Was ist Zeit? Wozu Zeit? Einfach lassen, zulassen, bleiben, nicht aufwachen, nicht wach werden, weiter so, schlafen, träumen. Wieso träumen? Ich träume nicht, ich vögel mit Marga, mit dieser Göttin des Tantra.

Wenn ich damals in jener Nacht geahnt hätte, dass leben innerhalb der alltäglichen Verpflichtungen möglich sein konnte, wäre ich gleich mit ihr gegangen, hätte sie angefleht mich mitzunehmen. Aber ich musste Umwege gehen. Hatte wohl meinen Grund. Hat denn alles einen Grund?

Beweg dich nicht so schnell Marga, ich komme nicht mit. Ich bin noch woanders. Nimm mich mit Marga, lass mich nicht zu-

rück. Ach, sie ist schon entschwunden, fort mit ihrem Orgasmus, hinweg geflogen. Ich friere, mir ist kalt. Mein Schwanz ohne Schutz, ausgeliefert, überflüssig, flüssig? Mist, wo sind nur die seidenen Tücher? Zurück, zurück in unseren Raum, bin wieder eingetroffen, gelandet.

Ich muss Marga unbedingt fragen, wann sie diese Technik zum ersten Mal benutzt hat und mit wem. Ich wollte sie sowieso schon einige Male zu ihrer Vergangenheit im Ashram befragen. Ich komme einfach nicht dazu. Ich verliere mich ständig.

Ich verlor mich tatsächlich in der Alltagswelt des Zusammenseins, in den Aufgaben, in der Gruppe, der ich seit einigen Wochen angehörte.

Wie war es eigentlich dazu gekommen? Ich, als überzeugter Single, lebte nun in einer Gruppe. Ich war mir selbst ein Rätsel! Es gab keine nüchterne Erklärung. Schon oft hatte ich darüber nachgedacht, wie es dazu kommen konnte. Ich, in einer Gruppe, die sich ständig wandelte, deren Anzahl schwankte, Neue kamen, Bekannte, Vertraute verließen uns, kehrten nach Tagen zurück oder auch nicht.

Die Räumlichkeiten waren ideal, 300 qm, zehn Räume, eine Riesenküche und Bäder. Es war wie ein Traum, als ich das erste Mal die Etage besuchte. Hans hatte mich und noch einige ´Auserwählte´, wie er sich ausdrückte, zur Besichtigung eingeladen. Wir standen zusammen im Vestibül, groß wie ein Festsaal mit fünf leuchtenden, farbigen Bleiglasfenstern, der luftig und einladend war, so groß wie meine Wohnung insgesamt, in der ich damals noch lebte. Und Hans schwärmte von der Möglichkeit, dass wir alle zusammenziehen könnten. Es wäre seine Wohnung, er hätte sie nach dem Tod seiner Frau geerbt, fühlte sich so allein in den dreihundert Quadratmetern. Das konnte ich nachvollziehen. Er hätte schon ein paarmal mit Leuten zusammen gewohnt, aber es sei immer wieder schief gegangen. Warum? wollte er nicht erzählen, er würde es bei Gelegenheit erläutern. Es seien halt immer die unselige Geschichten um Geld und Eifersüchteleien gewesen. Es sollte ein letzter Versuch sein, bevor er sich sonst endgültig von der Etage trennen müsste.

Es war ein tolles Angebot, das er uns machte. Jeder bekäme zwei Räume, einen großen und einen kleineren. Wir würden uns zu fünft die Küche und das Vestibül als Wohndiele teilen. Und egal wie viel Miete jeder von uns bislang bezahlt hätte, dieselbe Summe käme in die Gemeinschaftskasse um die Unkosten zu decken.

Es war nicht nur ein großzügiger Vorschlag, sondern auch ein Experiment. Ein Experiment für jeden von uns. Hans meinte, es ginge nur in dieser Zusammensetzung. Er würde uns gut genug kennen und nur so sei der Versuch einer Lebensgemeinschaft sinnvoll, vielleicht auch erfolgreich, mindestens lehrreich.

Naja, keiner widersprach. Wir standen da im Vestibül, waren sprachlos und sahen uns an. Wir kannten uns ja mehr oder weniger aus dem Szenelokal. Die Blicke gingen abschätzend von Person zu Person. Ich sah Marga, die in Gedanken versunken, von einem Sonnenstrahl irritiert den Kopf hob, dann lachte und „warum nicht?" von sich gab. Sie wurde mir immer sympathischer.

Neben ihr stand Freddy, seinen Namen kannte ich noch nicht, aber seine Geschichte von der Immobilienpleite. Er rückte an seiner geklebten Brille, die ihm immer wieder schräg ins Gesicht rutschte. Er grinste unsicher und gab zu bedenken, er könne nur 250 Euro beitragen. Hans, der neben ihm stand, nickte lächelnd, schubste ihn in die Seite und sagte, das sei doch alles schon geregelt.

Und dann stand da noch Irene. Sie war dezent gekleidet, in weite Gewänder gehüllt, hatte ihre Haare rostrot gefärbt. Sie sah jünger aus. Ich hatte bisher vermieden sie länger anzusehen. Hin- und hergerissen von meinen Gefühlen, sagte ich mir, *trau dich, es ist eine einmalige Gelegenheit, um mit dir und ihr ins Reine zu kommen,* und dann ging ich auf sie zu, nahm sie in meine Arme, drückte sie an mich und gestand, dass ich sie an dem Abend leider nicht mehr in dem Lokal angetroffen hätte und das nun nachholen wollte, was ich seit Tagen vorgehabt hätte. Sie strahlte mich an und ich erkannte in Ihren Augen die alte Liebesbereitschaft.

Vorsichtig löste ich mich von ihr, ging zurück in den Kreis, der sich locker gebildet hatte, bemerkte einen freien Raum an meiner rechten Seite, der mir vorher nicht bewusst geworden war. Hans beobachtete meine Unsicherheit, die Art, wie ich versuchte die freie Stelle durch Positionswechsel zu verringern. Die Lücke, sagte er spaßend, wäre für Andro reserviert, der vorübergehend in seinen Räumen wohnte. Er hätte ihn für eine unbestimmte Zeit aufgenommen, um ihn zu unterstützen. Heute wäre Andro jedoch leider verhindert.

Es entstand eine Pause, ich wusste nichts zu sagen und den anderen ginge es wohl ebenso. Hans begegnete der irritierenden Situation mit dem Vorschlag, wir könnten alle auch diese Möglichkeit nutzen, und in unseren Räumen vorübergehend einen Freund oder Freundin beherbergen (seine Worte). Das gehöre für ihn zum Konzept, Platz wäre doch genug da und eine Putzfrau käme zweimal in der Woche.

Voller Zuversicht versanken wir dann zum ersten Mal in der farbigen Sesselgruppe, in der wir uns nun regelmäßig zusammenfanden und freuten uns auf die ungewisse Zukunft, die wir mit viel Champagner feierten.

Die Räume der Etage waren wirklich überwältigend, wie wir bei der anschließenden Begehung sahen. Vom Vestibül gingen Flügeltüren in die einzelnen Gemächer, zuerst in einen großen Raum mit Balkon zur Straße, daran anschließend ein kleinerer, von vielleicht 20 qm und beide verbunden durch eine zweiflügelige Tür. Alles war renoviert, Strukturtapeten in Pastelltönen gestrichen und die Flügeltüren in einem Bordeauxrot gehalten, das fantastisch zum Eichenparkett passte. Die Raumhöhe erinnerte an Schlossbegehungen, auch die Aneinanderreihung der Räumlichkeiten, dazu eine hochherrschaftliche Küche mit zwei riesigen Fenstern, ein Raum, der für sich schon wie ein Loft wirkte. Das war alles umwerfend und ich freute mich auf unser gemeinsames Projekt vor allem auch, weil ich endlich mein ödes Heim aufgeben konnte.

Das ist nun einige Wochen her und ich bereue es nicht. Das einzige, was mir schwer fällt, ist den Verführungen standzuhalten. Ständig verliere ich mich in Plaudereien über die Vergangenheit während der nachmittäglichen Treffen am Kuchenbuffet, für das Hans regelmäßig fantastische Überraschungen bereithält.

Da sitze ich nun mit den Gleichgesinnten des Luxuslebens, die offenbar alle viel Zeit haben und versuche die Geheimnisse unserer Herkunft zu ergründen. Manchmal glaube ich, dass ich der einzige bin, der noch regelmäßig arbeitet. Aber dieser Gedanke taucht nur kurz auf, denn ich werde durch die Musik von Satíe im Hintergrund abgelenkt und von den Köstlichkeiten auf der Anrichte. Auf einer Etagé sind heute Obsttörtchen und Sahnerollen dekoriert und auf dem obersten Silbertableau liegen wieder die Petit Fours, von denen hier niemand lassen kann. Mit der Kuvertüre aus heller und dunkler Schokolade sind sie nicht nur ein Augenschmaus. Jedes Stück ist, auf unnachahmliche Art gefüllt und mit Nüsschen, Pistazien oder Mandelsplittern dekoriert, eine Sünde wert. Der Mokka duftet aus der Porzellantasse mit dem Goldrand. Hans hat auch an die Schale mit Schlagsahne gedacht, die in der französischen Machart halbflüssig mit Vanille verfeinert, den Gaumen süßsauer ausfüllt und den Geschmack der Himbeertörtchen köstlich umschmeichelt.

Marga, mir gegenüber, trinkt wie immer ihren Grüntee aus China. Sie liebt die dunkle Version, die die Magenwand beruhigt und Hungergefühle nicht aufkommen lässt, wie sie ausschweifend ihre Diät anpreist. Sie beobachtet genau wie die Leckereien weniger werden und genießt, wie sie sagt, allein mit den Augen. Beobachtet jeden von uns, unseren Gesichtsausdruck, unsere Völlerei, wie wir nochmals zulangen, dabei überlegen, welches Törtchen zu dem vorher genossenen eine Steigerung wäre und sie gibt dazu Empfehlungen. Überhaupt weiß sie genau, was in den einzelnen Kompositionen enthalten ist, wie sie schmecken und welche Kunstwerke der Patisserie für Freddy, Irene oder mich gemacht sein könnten. Ob sie die heimliche Meisterin dieser Verführungen des nachmittäglichen Dauerfestes ist?

Andro käme natürlich auch infrage, weil er ebenfalls nichts von der Etagé nimmt. Sie möge nichts Süßes, nur Saures und Herbes. Deshalb stehen mehrere Schalen mit in Knoblauch eingelegten grünen und schwarzen Oliven, dazu Peperoni, Auberginen, glasierte Pilze, alles mit Rosenblättern dekoriert, als Antipasta auf der Anrichte und dazu kommt noch der überwältigende Duft der Dartura Pflanze, der uns aus einer Ecke des Salons benebelt. Geschirr klirrt dezent, Gläser klingen, der Portwein ist dunkelrot und süffig. Wir prosten uns zu: „Auf den schönen Augenblick." Die herbe Süße rinnt wärmend und belebend hinunter. Meine Nackenhaare stellen sich auf. Marga hat mich beobachtet und lächelt.

„Wie wär's", nicke ich ihr zu, „wenn du uns heute etwas von dem Ashram erzählst?"

Sie zieht die Nase kraus und schüttelt unmerklich den Kopf. Ihr Blick geht nach innen, kurz schließt sie die Augen, wölbt die Lippen vor und seufzt: „Ach, warum soll ich von etwas erzählen, was niemand verstehen kann, der nicht dort war."

Ihre Augen sind weit geöffnet und wandern von einem zum anderen. Sie seufzt noch einmal, diesmal weniger tief und sagt: „Ihr gebt ja doch keine Ruhe, bis ihr endlich Erfolg habt", und dabei lächelt sie.

Sie ändert ihre Haltung auf dem dicken Kissen und richtet sich auf, die Beine hat sie im Lotus Sitz untergeschlagen. Wie eine Buddha Figur sieht sie aus, aber ohne den Bauch des kleinen chinesischen Buddhas, der in meinem Gemach auf einem kleinen Tisch thront und den mir Marga letzte Woche geschenkt hat.

Meine Gedanken kehren wieder zur Gruppe zurück, als ich Margas leicht raue Stimme höre. Ihre schöne Altstimme erfüllt die Luft, eine flirrende Schwingung legt sich auf mich. Ich lasse mich gehen, lasse los und sinke in den Sessel, erwartungsvoll Alles andere verschwindet aus meiner Wahrnehmung, nur ihre Worte noch, von denen die ersten mir verloren gingen, bis ich endlich bereit bin zu zuhören......

„....alles Vergangenheit", höre ich gerade noch und dann: „Ich warne euch, nehmt das, was ich erzähle als eine Geschichte, nicht als Wirklichkeit. Es sind nur Erinnerungen, die im Hervorholen durch die Gegenwart gefärbt werden, durch diesen Augenblick, durch euch, durch eure Erwartungen. Ich vermute, ihr möchtet wissen, wie's dazu kam, dass ich fünf Jahre dort in Indien im Ashram lebte, ob ich erleuchtet wurde und wenn ja, wie es sich anfühlte, als es geschah. Oder?"

Keiner sagt ein Wort, wir blicken alle zu ihr, niemand will die Atmosphäre durch eine lapidare Nachfrage stören. Stille breitet sich aus, die endlich, unterbrochen von einem tiefen und langen Atemzug Margas, die Spannung steigernd, von ihrer Stimme aufgehoben wird:

„Ich hatte eine Erbschaft gemacht, nicht viel, aber es reichte um meinen Job als Buchhändlerin aufzugeben und die Reise zu unternehmen, von der ich wie besessen war. Ich wollte nach Indien um mich kennen zu lernen, eintauchen in eine andere Kultur, in andere Religionen. Gelesen hatte ich einiges. Ich war 30 und nicht an einer Familienaufgabe interessiert. Ich wollte mich nicht auf eine Familie mit Mann und Kindern einlassen. Eher in einer Gruppe mit geistigen Exerzitien aufgehen, mich für die Anhebung positiver Energien einsetzen. Es gab viele geistige Führer in Indien. Ich entschied mich für Osho. Vorher hatte ich die Orte von Krishnamurti, Shri Aurobindo und Sai Baba besucht, die Unterschiede erfahren und verworfen. Für mich kam nur eine Erleuchtung aus der sexuellen Kraft infrage. Diesen Weg fand ich im Ashram in Poona. Kundalini ist für mich die stärkste Kraft, da sie aus meiner Mitte kommt, aber davon später."

„Als ich nach Indien loszog, war ich ziemlich rundlich. Das war sicher auch ein Grund um von hier weg zu gehen. Ich war ein Genussmensch und konnte den üppigen Torten und Süßspeisen nicht widerstehen, hatte so meine 65 Kilo drauf und die Hoffnung in einem Land der Vegetarier abzunehmen. Ich war damals auch ziemlich faul, bewegte mich nicht, machte keinen Sport, brauchte wirklich eine total andere Umgebung um aus dem Trott herauszufinden."

„In Poona habe ich dann die ersten Jahre in der Küche des Ashrams gearbeitet. Anfangs untergeordnete Dinge erledigt und nach 2 bis 3 Jahren, ich weiß nicht mehr so genau, die Leitung übernommen. Wir mussten täglich zwischen 500 und 1000 Gerichte herstellen, überwiegend vegetarisch. Ich war natürlich entsetzt, als mich die Sanyassin in der Aufnahme des Ashrams für die Küche einteilten. Da wollte ich auf keinen Fall hin, wollte doch meditieren und in geistige Höhen fliegen. Ma Laxmi hatte mich von oben bis unten fixiert und mir auf den Kopf zugesagt, was mein Problem war: *„Essen beruhigt und stimmt friedlich, nicht wahr?"* Kann mich genau an ihre Worte erinnern, als wäre es gestern: *„Du wirst in der Küche arbeiten und dort meditieren, in unserer Working Meditation. Lass dich überraschen, wie schnell du abnehmen wirst"*, sagte sie abschließend."

„Die ersten Wochen waren schwer, acht bis neun Stunden stehen, schnippeln, putzen, rühren und Essen austeilen. Das ging mir oft gegen meine Suchtnatur. Ich weiß gar nicht mehr, wie oft ich fliehen wollte, nicht nur aus der Küche. Später habe ich verstanden, dass ich vor mir selber fliehen wollte, vor meiner Faulheit und dem bequemen Leben, das sich in der Hitze der Küche als Fluchtziel aus der Vergangenheit immer wieder meldete."

„Kundalini war anfangs überhaupt nicht. Abends war ich so erschöpft, es reichte gerade noch zu einer Lecture mit Osho und danach sofort ins Bett, allein, klar. Aber dann lernte ich mit der Arbeit, in der Tätigkeit, warum es Working Meditation heißt. Ich hatte das immer für einen Trick gehalten, um die Anfänger zu beschäftigen, billige Arbeitskraft mit dem Schein von Spirit zu umweben."

„Nach Wochen des monotonen Schuftens entdeckte ich ganz nebenbei, wie schön diese Arbeit war, wenn ich nicht innerlich dagegen kämpfte, sondern automatisch und perfekt alle Handgriffe beherrschte, die Zwiebeln und Mohrrüben in feine, gleichgroße Scheiben schnitt, eine so dick wie die andere. Der Geist wurde frei, von Tag zu Tag mehr und ich fühlte mich nicht mehr schwerfällig mit der Erde verbunden. Manchmal schwebte ich geradezu über dem Fliesenboden. Ich wurde nicht nur innerlich leichter und fröhlicher. Ich freute mich nun auf jeden Tag und auf die Vielfalt der Gerichte, die wir gemeinsam herstellten. So wurde ich tatsächlich auch körperlich leichter, ich hatte mühelos Gewicht verloren."

„In dieser Phase begann ich zum ersten Mal die anderen Sanyassin in der Küche wahrzunehmen. Natürlich hatte ich sie jeden Morgen begrüßt, kannte deren Namen, Ma Samati, Ma Shakti usw., es waren überwiegend Frauen. Aber nun nahm ich sie einzeln in ihrer persönlichen Ausstrahlung wahr, blickte in ihre Augen, die blitzten, lachten, zwinkerten, mir zu zwinkerten und hörte ihre Stimmen, die so fröhlich klangen, wenn sie zur Ashram-Musik sangen und summten."

„Ma Maria kam aus Italien. Sie hatte in der Küche das Sagen und legte die Speisepläne fest, bis ich diese Arbeit übernahm. Sie stimmte jeden Tag gegen Ende der Kocharbeit, kurz bevor das Essen serviert wurde, ein neapolitanisches Lied an, das sie oft variierte. Wer den Text konnte, trällerte mit, wir andern summten oder sangen ohne Text. Dieser Gesang schien mir täglich wie ein Dankeschön für unsere gute Arbeit, die sie belohnen wollte."

„Gerade in diesem Augenblick höre ich in meinem Kopf wieder dieses kleine Lied und ich könnte vor Freude zerfließen. Aber wie lange die Verwandlung gedauert hat, will ich nicht im Einzelnen erzählen, nur dass ich am ersten Tag gedacht habe: nein das nicht auch noch, ein neapolitanisches Liebeslied an dem Ort, den ich für meine spirituelle Entwicklung ausgesucht habe."

Marga reckt ihre Arme, faltet die Hände im Nacken. Ich sehe ihren schlanken Oberkörper, der sich streckt und ihre schön geformte Brust. Die Warzen sind in dem eng anliegenden Top nicht zu übersehen. Sie lächelt zu mir hinüber, streicht sich mit der einen Hand die Haarfransen aus den Augen und mit der anderen über ihren rasierten Hinterkopf. Das erinnert mich an die Empfindungen in meinen Händen, an das letzte Mal, als sie auf und davon geschwebt war. Was für eine schöne Frau sie mit ihren 45 Jahren ist, unglaublich präsent, strahlend jung; und mein Blick geht nach links zu Irene, streift kurz Hans, der versonnen vor sich hin blickend sagt: „Ich wäre auch gerne in so einer Küche gewesen."

Meine Augen bleiben an Irene hängen, ach, meine alte Irene. Sie hat sich ganz Marga zugewandt, ich sehe nur ihr Profil. Sie wirkt elektrisiert, völlig aufgewühlt, angezogen von dem Bericht aus der Ashramküche. „Erzähle weiter Marga", ruft sie, „was ist mit der Kundalini-Energie. Ich bin so neugierig!"

Irenes Gesicht glüht und sie lehnt sich weit nach vorn, als wolle sie aus dem Sessel aufspringen. Freddy, rechts von Marga, Irene gegenüber, blickt starr auf ihre eingefrorene Bewegung, ist in unbewusster Absicht, wie mir scheint, bereit aufzuspringen, seinen Platz zu verlassen, falls sie springen sollte. Seine Augen nehmen jede Regung von Irene auf. Ob sich etwas anbahnt? „Ja, ja, erzähl weiter", seine Stimme ist dumpf, tonlos, nur mühsam zu verstehen, sie klingt wie ein Reflex auf Irenes Wunsch, mehr wie ein müdes Echo.

Er hat den endgültigen Schritt aus seinem Sumpf, in dem er noch immer watet, bisher nicht getan. Er lebt neben sich und neben uns. Dass er sich trotzdem wieder eingefunden hat zu unserem jour fix, ist bewundernswert. Inständig hoffen wir alle auf eine baldige Besserung seines Zustandes.

Im Augenblick ist er wieder in sich zusammengesunken. Seine Gesichtsfarbe ist so ungesund wie eine Zitronenrolle, weißlich mit gelben Flecken. Vielleicht kommt noch ein bisschen Farbe in sein Gesicht, wenn Marga über Kundalini spricht und eine Übung mit uns macht, denke ich und sehe sie direkt an: „Ja, Marga, erkläre uns bitte die Kundalini-Energie. Gibt es eine Übung, die wir zusammen machen können?"

Eine Tür klappt und Andro setzt sich wieder zu uns, links von Freddy. Mir war ganz entgangen, dass er während Margas Bericht den Raum verlassen hatte. „Entschuldigung", sagt er lässig, „ich wollte nicht stören", als ihn alle ansehen.

Er oder sie ist wirklich schön, mit dem überschlanken Körper und dem Profil, das ich nun in Ruhe betrachten kann, da er konzentriert zu Marga blickt. Ein leichtes Lächeln liegt um seine Mundwinkel, ein bisschen überheblich, aber das könnte täuschen, vielleicht meinem Vorurteil zu zuschreiben? Ich habe hin und wieder den Eindruck, dass er sich über uns lustig macht, uns belächelt, unsere neue Häuslichkeit miefig findet. Es ist nur so ein diffuses Gefühl. Er hat nie derartiges von sich gegeben, ist ja ziemlich zurückhaltend und wortkarg, macht widerspruchslos den Abwasch, wenn es erforderlich ist, räumt auch im Vestibül auf und verschwindet höflich lächelnd relativ schnell in die Räumlichkeiten, die er mit Hans teilt. Manchmal kommt es mir vor, als könne er meine Gedanken lesen, weil er genau das sagt, was ich als Frage gerade überlegt habe.

Kapitel 11

Wenn sie eine Ahnung davon hätten, dass ich ihre Gedanken zwar nicht lesen, aber fühlen kann, würden sie nicht so unbefangen sein. Muss aufpassen, dass ich mich nicht verrate. Die finden mich sowieso schon merkwürdig genug, ich sie aber auch. Dieses Gelaber über Alltagsprobleme geht mir so auf den Geist, dieses endlose kleinbürgerliche Bestätigungsgeplapper und jetzt noch diese überflüssige Beschäftigung mit Kundalini. Was ich vorhin vom Flur mitbekommen habe, war doch Bullshit. Arbeit als Meditation, pah! Die haben keine wirklichen Probleme. Lange bleibe ich nicht hier. Ich muss wieder los, in die Freiheit, auf die Straße, durch die Parks, mal wieder unter den Brücken schlafen, vielleicht in Paris? Auf jeden Fall unter freiem Himmel weiterziehen.

Klar ist's hier schön warm und kuschelig, aber zu kuschelig. Das wär was für 'n Winter, aber im Winter will ich in Marokko sein. Ist zwar ein weiter Weg, aber sind ja noch ein paar Monate hin. Muss nur aufpassen, dass mich Hans nicht verplant mit seiner Idee fürs Fernsehen, völliger Quatsch. Ist ja 'n netter Kerl, aber völlig naiv, so 'n Macher, hat ständig Pläne mit anderen im Kopf, schon irgendwie liebenswert, aber gefährlich, wenn ich in seine Fänge geraten sollte und nicht mehr wegkomme. Der will mich protegieren, wie er das nennt. Kennt wohl irgendwelche Redakteure vom Kulturprogramm, meint, das wäre eine große Sache, mich als Modell, als Prototyp für 'ne Weiterentwicklung der Menschheit zu präsentieren; der hat doch ein Rad ab! Ich hätte doch das männliche und weibliche in einer Person integriert, meint er. Das ist doch nichts Neues, gab's doch schon immer, hieß in der Antike Hermaphrodit. Aber Hans ist überzeugt, dass sei jetzt so 'n Gesellschaftstrend mit Transvestiten und Geschlechtsumwandlungen, nur wirkliche Androgyne seien eben sehr selten. Deshalb könnte ich als ´ne mögliche Lösung für Konflikte zwischen den Geschlechtern gelten. Haha, das ist totaler Blödsinn. Die Konflikte bleiben doch, trage ich in mir selbst aus, manchmal tagelang hin- und hergerissen zwischen männlichen und weiblichen Anteilen.

Was hat Markus gerade gefragt? Ob Marga eine einfache Kundalini-Übung kenne? Für uns? Und ob damit die sexuelle Energie wirklich gesteigert werden kann? Oh, Markus, du stellst Fragen. Jetzt reden se schon wieder, statt endlich mit der Übung zu beginnen. Es ist immer dasselbe mit denen, sie reden anstatt zu handeln. Endlos wird diskutiert um Nichtigkeiten. Entweder halten sie sich in der Vergangenheit auf oder in Wunschträumen. Die blicken einfach nicht durch.

Freddy ist auch so eine arme Sau, die nicht von der Vergangenheit loskommt. Lamentiert endlos über sein Schicksal. Wann wird der mal Verantwortung für sein Leben übernehmen? Werd´ ich sicher nicht erleben. Tut mir schon echt leid, dass er keinen Ausweg findet. Hier in der Gruppe ist er ja gut aufgehoben, wird er ein bisschen gehalten und abgelenkt von seinen Gehirnschleifen. Am liebsten würd´ ich ihn mitnehmen <on the road>, aber diesen Fehler habe ich schon einmal gemacht, brachte nichts. Muss jeder selber wissen, kannst niemand helfen, der nicht will.

Worum geht's jetzt? Ob Kundalini gefährlich ist? Das ist ja zum Verblöden. Bekloppte Frage! Die Irene natürlich. Ja klar, ist alles gefährlich, das Leben erst recht. Ich könnte den Hitler machen, wo ist der Teppich? Also wirklich Irene. Sie ist ja im Grunde eine liebe Person, so ´n richtiges Weib mit Gefühl und allen Attributen, leider ziemlich eindimensional, festgezurrt in Vorstellungen von ewiger Treue und endloser Liebesbereitschaft. Kann mich nicht genau an ihre Worte erinnern, aber ich glaube, sie ist deshalb dem Georg, ach nein dem Markus, auf den Fersen. Ganz schön blöd, sich von solchen Gedanken abhängig zu machen. Da lebte sie Jahrzehnte in verschiedenen Beziehungen, hatte, wie sie mal sagte, eine schöne Boutique und dann Panik, schmeißt alles hin und sucht ihren ersten Lover. Mit so `ner Person könnte ich überhaupt nicht, die ist mir in jeder Hinsicht zu voluminös. Sie ist lieb, keine Frage, aber viel zu fürsorglich, immer bereit zurückzustecken. Ich hab´ was gegen Menschen mit `nem Opferwahn.

Ist schon spannend, wie sich die Gruppe so zusammenrauft. Irene wollte ja anfangs überhaupt nicht einziehen. Aber sehr viel reden musste Hans dann auch nicht, um sie zu überzeugen. Wie ich von ihm gehört habe, war sie ziemlich rasch umgefallen und dann Feuer und Flamme, vor allem, als sie mitbekam, dass ihr alter Lover auch mitmachen wollte. Da hatte sie überhaupt keine Einwände mehr. Naja! Also Irene, das Leben mit oder ohne Kundalini ist gefährlich.

Die reden ja immer noch. Kundalini-Energie ist Sexenergie. Ja, soweit waren wir vorhin schon mal. Hans nickt zustimmend. Klar, davon versteht er was, hat er viele Jahre aktiv und passiv bis zum Exzess ausprobiert! Das gefällt mir an ihm. Trotz seines Alters ist er noch impulsiv und handlungsfähig, leider auch besitzergreifend, aber nicht aus Liebeshunger, nur aus Machthunger. Naja, er kann auch nicht aus seiner Haut. Er sucht, sonst hätte er mich nicht gefunden. Klebt noch am schönen Schein, an dieser Wohnung, an seinen alten Geschichten, die er gerne erzählt und sogar aufgeschrieben hat, der Angeber. Verrückt! Er sucht, will über die Erscheinungen hinaus, die Essens des Lebens ergründen, sagt er. Ein paar Mal ist es ihm wohl gelungen, den beeindruckenden Macher aufzugeben. Wenn er in meiner Nähe ist, sich in meine Aura verliebt, ist er wirklich ohne Arg, ganz weich, im unmittelbaren Augenblick neugierig und total sensibel. Wie ´n Schwamm saugt er dann neue Erfahrungen auf. Hübsch, wie er gerade zu mir rüber blickt. Er merkt ziemlich schnell, wenn ich an ihn denke oder auf diese Weise kommuniziere.

Endlich mal Stille im Raum, das tut gut. Marga hat ihre Augen geschlossen. Wie sie da sitzt, im Lotus Sitz, ganz schön stolz. Eine intensive Aura ist um sie rum, besonders um den Kopf. Sie sieht witzig aus mit ihrer Antifrisur. Schon eindrucksvoll, wie weit sie gereist ist. Von der könnte ich noch einiges lernen. Sie hat wirklich eine außergewöhnliche Art uns liebevoll zu begegnen.

Die spricht mich an. Bei ihr findet jeder Liebe ohne irgendwelche Bedingungen. Ist selten.

Was sagt sie? Wir sollen aufrecht sitzen und die Töne, die sie summen wird, übernehmen? Sie will einen Kanal öffnen? So ein Quatsch, was für 'n Kanal? Wir sollen uns vorstellen, wie die Energie fließt, neben oder an der Wirbelsäule? Vom Kopf zum Sacrum? Sacrum? Meint sie den Hintern? Ach so, zwischen dem Geschlecht und dem Anus, was soll da sein? Ein Wurzel-Chakra? Ich fasse es nicht. Was die sich alles ausdenken. Von Chakren habe ich schon mal gehört, soll aus Indien kommen, aus dem Hinduismus, also gut Wurzel-Chakra, meinetwegen, probiere ich mal. Das Bewusstsein soll ich dort hinschicken? Was heißt das denn wieder, als Brief oder SMS? Ach so, die Aufmerksamkeit, awareness, na sag 's doch gleich Mädchen. Bewusstheit! Noch so'n Begriff, kann doch keiner was mit anfangen. Und nun? Tief einatmen und anhaltend summen. Schon ein komischer Klang! üüüüüüüüüüüüüü üü üüü üü üüü üü üüüü-mmmmmmmmmmmm

Was, nochmal? Wie lange soll denn das gehen?

üüüüüüüüüüüüüü üü üüü üü üüü üü üüüü-mmmmmmmmmmmm

Eigenartig, fange an zu vibrieren. Holla, es kribbelt sogar. Was sagt sie? Frauen aktivieren damit den G-Punkt, aha! und Männer die Prostata. Da kriege ich ja die doppelte Dröhnung. Es ist ein

Gefühl, als hätte ich einen Vibrator im Hintern. Gefällt mir!

üüüüüüüüüüüüüü üü üüü üü üüü üü üüü ü-mmmmmmmmmmmmm

üüüüüüüüüüüüüü üü üüü üü üüü üü üüü üü-mmmmmmmmmmmm

Worauf können wir achten? Ja, stimmt die Vibration steigt nach oben, na ja, sie verteilt sich, ja, fühlt sich wie eine dünne Röhre an, könnte man sagen und nun wechseln auf u-m, das ü weglassen und dafür u, verstehe ich nicht, mach mal vor, ach so: uuuuuuuuuuuuu uu uuu uu uuu uu uuu u-mmmmmmmmmmmm

uuuuuuuuuuuuu uu uuu uu uuu uu uuu u-mmmmmmmmmmmm

Was kann sich öffnen? Ein Chakra? Das Sex-Kraft-Chakra öffnen, aber wie? Wie denn öffnen? Nach vorn und nach hinten. Und eine Farbe könnten wir auch sehen, ein dunkles Rot?

Ich sehe noch nichts,

uuuuuuuuuuuuu uu uuu uu uuu uu uuu-mmmmmmmmmmmm

uuuuuuuuuuuuu uu uuu uu uuu uu uuu-mmmmmmmmmmmm

uuuuuuuuuuuuu uu uuu uu uuu uu uuu-mmmmmmmmmmmm

aber warm wird mir da unten. Wenn sie so weitermacht, vergesse ich noch meine Kinderstube. Irgendwie schon interessant, was Marga aus dem Ashram mitgebracht hat. Könnte ich auch mal hin. In Indien ist es im Winter doch auch warm, wärmer als in Marokko?

Hoppla, jetzt habe ich den Anschluss verpasst.

Was summen die anderen? Klingt nach oo-mm kenne ich, habe ich mal im Fernsehen gesehen, das waren kahlköpfige Mönche in Tibet mit orangefarbenen Gewändern und Zimbeln in der Hand.

oooooooooooooooo ooo oo oooooo-mmmmmmmmmmmm

oooooooooooooooo ooo oo oooooo-mmmmmmmmmmmm

Tja, warum nicht? Tut gut, wirkt ganz harmonisch. Ach so, das aktiviert das Gefühls-Chakra, den Solarplexus. Ja, muss ich das denn alles wissen, um meinen Gefühlen nahe zu sein? Was können wir außerdem noch wahrnehmen? Ein sich rechts herum drehender Wirbel, ähnlich wie ein Wasserstrudel beim Ablassen

oooooooooooooooooooooooooooooooo-mmmmmmmmmmmmmm

oooooooooooooooooooooooooooooooo-mmmmmmmmmmmmmm

des Badewassers? Wie soll ich bloß meine Aufmerksamkeit an der Stelle halten, wenn ich an Badewasser denken soll. Versteh ich nicht! Egal, muss ich auch nicht, aber tatsächlich fühle ich was lebendig werden, über dem Bauchnabel. Ist ja unglaublich, was Töne auslösen können.

Ich mache mal kurz die Augen auf. Marga sitzt immer noch wie ein Buddha da, so aufrecht und energiegeladen, die hat was Übermenschliches, wie soll ich sagen, Heiles um sich herum. Ich weiß nicht, aber sie ist mir ganz nah, ob das Liebe ist, die sie ausstrahlt? So ein starkes Mitgefühl, ein füreinander Dasein. Wundervoll ist das.

Die andern sind auch total eins mit sich, still und konzentriert auf den Ton. Hans sieht aus wie ein alter Trottel, der dem Heim entkommen ist. Diese entspannte Gesichtsmuskulatur lässt ihn ein wenig debil erscheinen. Ein hübscher Schein. Und Irene? Hat offenbar Mühe sich aufrecht zu halten. Schwankt hin und her, zerfließt und hält sich fest. Immer noch Angst? Markus, links neben mir kann ich nicht sehen, wenn ich mich nicht bewegen will. Scheint ganz in der Übung versunken, angenehme Schwingungen gehen von ihm aus.

Nur von rechts kommt ´ne große Unruhe. Freddy zappelt, ist nervös, bewegt ständig die Hände, ist mit ´ner Fliege beschäftigt. Ach, Freddy, du hast mein ganzes Mitgefühl. Wie schwer fiel es mir vor Jahren im Internat, die innere Ruhe zu trainieren, als alle um mich herum quatschten und Unsinn machten. *Hallo mein Kleiner, komm zurück zu dir, zu dem erwachsenen Andro.*

Marga hat schon wieder einen neuen Ton angestimmt und die Aufmerksamkeit auf Ihr Herz gelenkt und wir könnten das auch tun, sagt sie. Du gefällst mir immer mehr, Marga. Wie liebevoll du uns aufforderst dem eigenem Herzen zu begegnen aaaaaaaaaaaaaaaaaaaaaaaaaaaaaaa-mmmmmmmmmmmmmm

Und mit den Händen eine öffnende Bewegung machen? Vom Herzen in den Raum hinein, ganz langsam und wieder zurück? Dreimal? Wunderbar.

aaaaaaaaaaaaaaaaaaaaaaaaaaaaaaa-mmmmmmmmmmmmmm
aaaaaaaaaaaaaaaaaaaaaaaaaaaaaaa-mmmmmmmmmmmmmm
aaaaaaaaaaaaaaaaaaaaaaaaaaaaaaa-mmmmmmmmmmmmmm

diese Weite vor mir. Es klingt so warm und süß, macht mich so groß, meine Augen werden feucht, unglaublich.

Was? Schon wieder wechseln? Die Aufmerksamkeit zum Kehlkopf bringen und e-m summen und mit der Bewusstheit verbinden, schlägt sie vor!

eeeeeeeeeeeeeeeeeeeeeeeeeeeeee-mmmmmmmmmmmmmm

eeeeeeeeeeeeeeeeeeeeeeeeeeeeee-mmmmmmmmmmmmmm

eeeeeeeeeeeeeeeeeeeeeeeeeeeeee-mmmmmmmmmmmmmm

Ganz sanft summen, beobachten, ob sich vielleicht ein Energiewirbel vorne oder im Nacken bildet?

eeeeeeeeeeeeeeeeeeeeeeeeeeeeee-mmmmmmmmmmmmmm

eeeeeeeeeeeeeeeeeeeeeeeeeeeeee-mmmmmmmmmmmmmm

eeeeeeeeeeeeeeeeeeeeeeeeeeeeee-mmmmmmmmmmmmmm

Auch eine Farbe sei möglich, 'n Hauch von Türkis, südseewässrig. Ach Marga, was dir so alles begegnet und einfällt.

Zwei Chakren gäbe es noch, wenn wir noch Lust hätten, weiter zu machen. Ich höre keine Einwände, außer von rechts die fortwährenden Ruckelei von Freddy, aber da muss er durch.

Das dritte Auge! Ich bringe also Bewusstheit auf die Stelle oberhalb der Nasenwurzel, so wie Marga vorschlägt. Lege einen Finger auf die Stelle, wie sie es wünscht, um die Aufmerksamkeit zu schärfen,

eieieieieieieieieieieieiei eieieieieiei-nnnnnnnnnnnnnnnnnnnn

eieieieieieieieieieieieieiei eieieieieiei-nnnnnnnnnnnnnnnnnnnn

und mache mit dem Zeigefinger eine kreisende Bewegung rechts herum, von innen betrachtet, wie eine Spirale vom Kopf in den Raum hinaus

eieieieieieieieieieieieieiei eieieieieiei-nnnnnnnnnnnnnnnnnnnn

eieieieieieieieieieieieieiei eieieieieiei-nnnnnnnnnnnnnnnnnnnn

eieieieieieieieieieieieieiei eieieieieiei-nnnnnnnnnnnnnnnnnnnn

Es dauert nur Sekunden, bis ich in Trance falle. Die Anweisungen von Margas liebevoller Altstimme lassen mich nicht mehr los und ich folge ihr auch in das letzte Zentrum, in das Kronen-Chakra im Schädel, und öffne mit Hilfe von einem schrillen

liiiiiiiiiiiiiiiiiiiiiiiiiiiiiiiiiiiiiiiiiiiiiiiiiiiiiiiiiiiiiiiiiiiiiiiiiiiiiiiiiiiiiiiiiii

iiiiiiiiiiiiiiiiiiiiiiiiiiiiiiiiiiiiiiiiiiiiiiiiiiiiiiiiiiiiiiiiiiiiiiiiiiiiiiiiiiiiiiiiiiiii

eine Stelle im Bereich der Fontanelle, bis ich glaube, meine Schädeldecke zu durchdringen und auf einem leuchtenden Strahl den Körper zu verlassen und den, der unter mir sitzt, zu sehen. Irgendwas von mir klebt an dem Lichtstrahl und betrachtet die Szene, wie wir alle im Kreis sitzen. Marga strahlt, ihr ganzer Körper leuchtet und auch über ihrem Kopf ist etwas Helles, ist ein Strahl zu ahnen. Es ist eine intensive Atmosphäre von Präsenz, dichte Energie, die uns alle umhüllt. Wärme, die uns fließend umgibt.

Mein Bewusstsein kehrt in den Körper zurück und lässt sich an der Wirbelsäule hinabgleitend im Sex-Chakra nieder. Ich fühle eine unbändige Lust zu vögeln, empfinde mich unmittelbar und gleichzeitig nehme ich alle in der Gruppe wie einen gemeinsamen Körper wahr. Ich öffne meine Augen, blicke in die Augen der anderen, die sich ebenfalls öffnen und von innen leuchten, voller Freude und Mitgefühl. Alle sind mir ganz nah.

Ich erhebe mich langsam, nach und nach auch die anderen. Der Schleier der materiellen Wirklichkeit ist für diesen Moment zerrissen. Wir sehen uns ungeschminkt, unverfälscht, vertrauensselig an. Angefüllt mit Energie, fühle ich die starke Kraft in jedem von uns. Ich wende mich nach links zu Markus, umarme ihn, fließe in ihn hinein und er in mich und ich sage, kaum hörbar: Verzeihe mir, dass ich für diese Stunde die Rolle des Erzählers übernommen habe. Er lächelt vielsagend und dreht sich zur Gruppe. Ob er mich verstanden hat?

Kapitel 12

Andro hat schon Recht, dachte ich, nachdem wir uns ganz unerwartet und spontan umarmt hatten. Es war ein unglaubliches Erlebnis, ihm in der Meditation so deutlich nah zu sein, ihn wie einen Doppelgänger zu spüren. Ich setzte mich wieder und beobachtete, wie er zu Marga ging, beide strahlend. Sie umarmten sich vorsichtig, zart, respektvoll. Ich hörte, obwohl beide ein paar Meter entfernt standen, ganz deutlich ihre Stimmen, eigenartig, was diese Meditation für eine Wirkung hat.

„Und du, Andro", fragte Marga, „bist mit aufgestiegen? Unter welchem Geschlecht?", lachte sie ihn an.

„Aber Marga", antwortete er, „dem Geschlecht war es ganz egal, beide haben es genossen, wenn du es wissen willst. Du hast fantastisch geführt. Es blieb ja keine Wahl. Es war sehr schön, dir dort zu begegnen, in diesem Lichtraum der Liebe, oder wie nennst du diesen Zustand?"

„Ach lass", sagte sie leise, „wir reden besser nicht darüber. Du bist gelehrig, hast mich überrascht. Ich hatte nicht vor, dich soweit mitzunehmen. Du hast einfach losgelassen, nicht wahr? Ich spürte, wie du ganz leicht wurdest, aufstiegst und weg wolltest. Hast du gemerkt, dass ich dich gehalten habe, damit du uns nicht schon heute verlässt?"

„Pst", machte Andro mit einem Seitenblick zu Hans, der sich angeregt mit Irene austauschte. Die beiden saßen Hand in Hand und flüsterten. „Du hast recht mit deiner Wahrnehmung", hörte ich wieder Andro, „lange bleibe ich nicht mehr, aber vorher möchte ich noch einiges von dir lernen."

Meine Aufmerksamkeit wurde von Freddy in Anspruch genommen. Er stöhnte über seine eingeschlafenen Beine und diese AHs und OHs überdeckten die Stimme von Andro.

„Ich fand es ziemlich anstrengend. Alles tut mir weh", dröhnte Freddy in die Runde und schüttelte wieder seine Glieder, „habe mich gelangweilt, konnte nur mit Mühe sitzen." Offenbar wollte er jammern und Mitgefühl auf sich ziehen. Alle sahen zu ihm hin, aber niemand sagte ein Wort.

„Tja", fing er wieder an, „habt ihr euch etwa dabei unterhalten? Ich habe immer nur auf meine Uhr geblickt. Zwanzig Minuten hat das gedauert", sagte er vorwurfsvoll. „Nur atmen und diese Töne summen, wozu soll das gut sein?"

Marga und Andro hatten sich nun ganz Freddy zugewandt. Sie lächelten. Andro machte einen kleinen Schritt auf Freddy hin, als Irene aufsprang, Hans hielt noch ihre Hand umklammert, und erregt rief: „Mach doch nicht alles kaputt, Freddy! Hast du denn gar nichts gespürt? Die Wärme im Körper? Diese Leichtigkeit? Dieses mit allem verbunden sein?" Sie blickte ihn erwartungsvoll an.

„Mir haben die Beine weh getan und mein Rücken hat geschmerzt", brummte Freddy, „und außerdem war immerzu eine Fliege um mich herum."

„Dann hast du ja jedenfalls schon mal deinen Körper gespürt", ließ ich meinen Kommentar auf ihn los. „Du hast wirklich ganz schön rumgezappelt, Freddy. Was hat dich denn innerlich bewegt?", wollte ich noch wissen. „Oder warst du nur mit der Außenwelt beschäftigt?". Ich sah ihn aufmunternd an, wollte ihn ein wenig unterstützen.

Freddy sah mich verständnislos an, als er fragte: „Was meinst du mit innerlich bewegt? Ich habe doch schon von meinen

Schmerzen gesprochen, damit war ich völlig beschäftigt. Hast du denn keine Probleme mit dem Körper gehabt?" Neugierig sah er mich an und machte noch eine hilflose Handbewegung, die seine Situation unbewusst unterstrich.

„Anfangs", erwiderte ich, „war ich unruhig und meine Gedanken kreisten um die Gruppe und was aus uns hier zusammen werden sollte. Aber als Marga dann mit ihrer Atmung und ihrer Stimme loslegte, so warm und berührend, danke Marga für die Einführung", nickte ich ihr liebevoll zu, „empfand ich eine Ruhe, die mich immer mehr und mehr ausfüllte. Klar, musste ich ein paarmal meine Position verändern, weil ich auch nicht gewohnt bin so lange auf einer Stelle zu sitzen. Aber die Töne lenkten mich ab und ich versuchte die Aufmerksamkeit auf die Energiewirbel zu lenken. Das gelang mir mit der Zeit immer besser, je länger es dauerte. Meinetwegen hätte die Übung noch länger dauern können."

Freddy wollte etwas entgegnen, machte bereits eine abwehrende Geste, als Irene, die schon unruhig hin und her wippte, auf ihn zuging und dabei sagte: „Freddy", und Ihre Stimme klang fest, „ich mag dich und ich glaube, dass weißt du auch, aber du bist in allem so ablehnend, du blockst alles ab und vor allem dich selbst."

Sie stand jetzt vor ihm, legte eine Hand auf seinen Arm. Er versuchte die Berührung abzuschütteln, aber Irene fasste noch fester zu. Mit ihrer ganzen Wucht stand sie vor dem zierlichen Freddy, der nun ein wenig in sich zusammenfiel.

„Das Leben ist schön", sagte sie übertrieben deutlich. „Und es geht weiter, Freddy", fuhr sie fort, „komm, mach die Augen auf, schau mich an, schau in die Runde, alle haben ihre Geschichte, tragen sie mit sich herum. Du bist nicht der einzige, der etwas verloren hat und was bedeutet schon der Besitz, den du verloren hast? Hast du nicht dafür die Freiheit bekommen etwas Neues zu probieren?"

Irene stotterte: „Ich... Ich bin ganz überrascht, was ich gerade für ein Statement von mir gegeben habe. Entschuldigt bitte." Verlegen lächelnd ging sie langsam rückwärts zu ihrem Platz, ohne den verdattert vor sich hin blickenden Freddy aus den Augen zu verlieren und setzte sich wieder neben Hans. Der nickte zustimmend:

„Du sprichst mir aus der Seele. Ich fühle mich so verändert nach dieser Erfahrung. Ich habe noch nie bei so 'ner Sache mitgemacht. Wenn ich ehrlich bin, habe ich früher nur darüber Witze gemacht. So 'n Blödsinn habe ich gedacht, Meditation, wofür soll das gut sein? War doch eine Meditation? nicht wahr Marga?" Und er blickte zu der neben Andro stehenden Marga, die still vor sich hin lächelte.

Sie blickte in der Runde langsam von einem zur anderen und begann: „Ich habe schon damit gerechnet, dass ihr nicht nur gute Erfahrungen machen werdet. Es war doch etwas total Neues, nicht wahr?" Sie schaute nochmals in die einzelnen Gesichter, die nickten und zustimmend brummten, bis auf Freddy.

„Aber", sprach sie weiter: „Ihr wolltet ja etwas von meiner Welt hören und ich bin überzeugt, dass ich solche Erfahrungen nicht nur mit Worten beschreiben kann. Deshalb habe ich euch gleich mitgenommen auf diese Reise, auf eine Reise zur inneren Kraft."

„Von Kraft habe ich aber leider nichts gespürt", fiel Freddy wieder ein, „nur Langeweile, Müdigkeit und Muskelschmerzen". Er stand noch immer so vornübergebeugt an der Stelle, wo ihn Irene verlassen hatte. Marga wandte sich ihm lächelnd zu. „Freddy", sagte sie, „du musst nicht mitmachen, du musst gar nichts machen. Du kannst so bleiben, wie du bist. Es war nur ein Angebot um die innere Kraft, den Energiefluss kennen zu lernen."

„Aber", stieß er hervor, „wozu soll das gut sein? Ich verstehe nichts davon, ich komme mir total blöd vor mit meinem Körper und meinen Fragen."

Er trat ein wenig zurück, blickte nach hinten, wollte sich hinsetzen, zögerte, blickte dann zur Tür, als wollte er den Raum verlassen.

„Nein, nein Freddy", sprang nun Hans auf und machte einen Schritt auf ihn zu. „Bleib, bleib hier! Ich finde es gut, dass du dein Unbehagen so klar ausdrückst. Ich kann dich teilweise sogar verstehen. Weißt du, anfangs hatte ich auch diese Unruhe in mir und immer wieder diesen Gedanken, wie lange werde ich das Sitzen aushalten, aber dann fing es an zu vibrieren, ich glaube, das war im Solar Plexus und mir wurde warm und beim Herzen fühlte ich mich frei werden und dann kamen diese Bewegungen der Hände vom Herzen in den Raum hinein, sie wirkten so befreiend und ich hatte das Gefühl, ich würde euch mein Herz reichen. Das berührte mich tief und...", seine Stimme kickste und er schluckte.

Es entstand eine Pause. Die Stille legte sich wie ein weiches Tuch über die Gruppe, wurde dann von Margas dunkler Stimme unterbrochen, als sie direkt zu Freddy sagte: „Also, Freddy, bleib, setz dich noch mal und höre dir wenigstens an, was ich noch erklären möchte. Dann kannst du besser entscheiden, ob du weiter an unserem Experiment teilnehmen willst."

Das klang wohl versöhnlich, denn Freddys Gesicht klärte sich. Er wurde aufmerksamer. Er brauchte offensichtlich Zuwendung, vielleicht auch mehr Druck? Jedenfalls setzte er sich, stöhnend zwar, aber immerhin und Marga redete und redete:

„Ich habe heute auf euren Wunsch mit der Übung begonnen. Sie dauerte zwanzig Minuten. Wir könnten sie jeden Tag um zehn Minuten steigern, bis wir auf eine Stunde kommen. Nur durch regelmäßiges Üben können wir die Energie kennenlernen und für unser Leben intensivieren. Mit der Zeit wird sich der Kanal, von dem ich anfangs gesprochen habe, öffnen und die Kraft wird von unten nach oben strömen. Wir werden mit dem Boden verwurzelt sein und gleichzeitig eine Verbindung nach oben über unseren Körper hinaus wahrnehmen, diese bewusst fühlen. Das Summen dient nur dazu", wobei sie bei **nur** Anführungsstriche mit den Händen um das Wort in den Raum machte, „die Kraftzentren zu aktivieren. Die Phänomene, die ich während der Meditation erwähnte, wie zum Beispiel Farben sehen oder Energiewirbel spüren, treten vielleicht auf, wenn wir sie gar nicht erwarten. Und wenn sie nicht auftreten, ist es auch in Ordnung. Das Allerwichtigste ist eben keine Erwartungen zu haben, einfach loslassen, geschehen lassen. Übrigens ist es mit Tönen bedeutend einfacher die Kundalini-Kraft zu erfahren, als mit anderen Techniken. Jedenfalls ist das meine Erfahrung."

„Was gibt es denn noch für Techniken?" Irene war neugierig geworden.

„Nun ja", antwortete Marga, „es gibt viele Techniken, Irene, viele unterschiedliche Meditationen um zum inneren Kern vorzudringen oder besser gesagt eingelassen zu werden. Wir können den Prozess sowieso nie erzwingen. Das Zauberwort war und ist: geschehen lassen. --- Aber nun die Antwort auf deine Frage, Irene. Kundalini ist auch der Name für eine Meditation, nicht nur für die Kraft, die wir erleben wollen. Die Kundalini-Meditation werden wir das nächste Mal kennenlernen. Sie ist für alle jene geeignet, die im Körper Spannungen und Schmerzen spüren und auch für die, von den Gedanken nicht loskommen."

Sie sah sich im Kreis um. Ihre Augen blieben an mir hängen: „Du Georg, könntest die Kundalini als hilfreich empfinden". Ich sah sie groß an.

„Wieso?", fragte ich verdattert, „warum sagst du das?"

„Naja, Georg. Hast du am Hals bei den Tönen eee-mm irgendetwas wahrgenommen?" Ich überlegte angestrengt und schüttelte den Kopf.

„Gar nichts?", fragte sie nach.

„Naja, nichts von dem, was du angedeutet hattest", musste ich einräumen, „keinen Wirbel, keine Farbe, eigentlich nichts von den möglichen Phänomenen der unteren Chakren. Nur meine Schultern habe ich deutlich gespürt, ziemlich verspannt war ich wohl."

„Ja genau", unterbrach Marga, „das habe ich gesehen, du hast deine Schultern hochgezogen. Ich glaube, du neigst dazu den Schultergürtel zu versteifen. Hast du auch manchmal Halswirbelprobleme?"

Ich war perplex, was sie sagte stimmte, und mir blieb nur übrig zuzustimmen. Ich nickte und fühlte mich ein bisschen durchschaut.

„Und nun, Marga? was soll ich machen?", fragte ich zurück. „Ich leide schon darunter, kann ich die Verkrampfung denn irgendwie lösen? Massage hilft ja nur kurz", fügte ich noch hinzu.

Marga nickte zustimmend und wandte sich an Freddy: „Siehst du, du bist nicht alleine mit deinen Problemen in unserer Runde."

„Nein, auf keinem Fall", riefen Hans und Irene fast gleichzeitig dazwischen.

„Schulter und Nacken sind meine Problemzonen und die Knie, aber das kommt vom meinem Gewicht", Irene konnte nicht an sich halten, „vielleicht sollte ich auch die Working-Meditation in der Küche machen, wie du Marga. Ich möchte so gern Pfunde verlieren."

Marga lächelte verständnisvoll und wollte antworten, aber Hans drängte sich gestikulierend dazwischen: „Meine Wirbelsäule hat auch gar keine Kraft mehr. Deswegen konnte ich anfangs kaum sitzen. Aber, Marga, was mich überrascht hat, war, dass ich die Schmerzen nach einiger Zeit nicht mehr gespürt habe."

„Ja, Hans", ging sie auf ihn ein, „ich habe dich aus den Augenwinkeln beobachtet. Du hast in der zweiten Hälfte der Übung deinen Rücken hin und her bewegt, wahrscheinlich unbewusst, das hat die Schmerzen kompensiert. Die Wirbelsäule braucht die Kraft der Rückenmuskulatur um sich zu halten und die ist bei den meisten Menschen nicht ausreichend trainiert. Nun, da haben ja alle einen Grund die Kundalini kennen zu lernen. Wie steht es mit dir Andro?" Und sie blickte ihn schelmisch an.

„Ich mache alles mit, was du vorschlägst. Von dir kann ich 'ne Menge lernen. Mein Körper ist noch prima elastisch und beweglich, aber trotzdem, warum nicht? Und vielleicht hilft's auch gegen Zukunftsfantasien."

„Was meinst du damit Andro? Ich versteh dich nicht".

„Ich denke manchmal, auch gerade, wenn ich zur Ruhe komme, wie vorhin in der Übung, an die nächste Zukunft. Das lenkt mich dann ab. Ich bin dann nicht richtig da, verliere auch den Anschluss, bin nicht präsent, steh auf 'm Schlauch."

Alle sahen zu Andro, soviel hatte er noch nie von sich einge-bracht. Er wirkte animiert, wippte auf den Fersen wie auf einem Trampolin.

Marga nickte zufrieden und erklärte: „Schön, dass ihr mir ein Feedback gegeben habt. Ich glaube, die Kundalini-Meditation wird euch helfen, Spannungen loszulassen und Muskeln zu akti-vieren und das Beste, was ihr vermutlich erleben werdet, ist den Kopf zu leeren, die Gedanken loszulassen. Das wird vermutlich auch das Schwierigste sein, denn daran klammern wir uns am meisten. Wir suchen Halt in den Gedanken über uns, über die Vergangenheit", sie blickte dabei aufmunternd zu Freddy, „auch über die Zukunft", nickte sie Andro zu, „und ganz selten sind wir im hier und jetzt, im Augenblick. Wir versäumen den lebendigen Moment."

Margas Augen blitzten vergnügt, als sie weitersprach: „Das Denken auszuschalten ist eine schwierige Aufgabe, aber auch eine lohnende. Alle Meditationen haben das Ziel die Gedanken ruhen zu lassen, eine Pause im Denken zu machen, nur im Sein zu sein, nichts wahrzunehmen, nur den Augenblick, vielleicht das Nichts oder die Existenz, die Leere im Raum oder den eige-nen inneren Raum zu erfahren, früher sagte man Gott dazu. Aber das würde uns zum Glauben führen. Was wir erleben wol-len, ist dagegen real, wir wollen einen Kontakt herstellen zu die-ser Energie, zu dieser Kraft, die Schopenhauer `Wille´ nannte."

Eine andächtige Stille folgte, niemand rührte sich, alle Blicke ruhten weiter auf Marga, die von ihrer Rede mitgerissen schien.

„Naja", sagte sie nach einer Pause, „entschuldigt bitte, es ist so mit mir durchgegangen. ---- Also, wo waren wir stehen ge-blieben? Ach ja, ich weiß schon, nächste Woche Kundalini-Schüttelmeditation. Ich erkläre euch dann kurz vorher wie es abläuft. Wenn man zu viel weiß, passiert oft gar nichts. Bringt euch ein Handtuch mit und zieht lockere Sachen an. Es wird schweißtreibend."

Stöhnen und Brummen kam aus Freddys Ecke und auch Irene seufzte. Marga reagierte lachend als sie hinzufügte: „Lasst euch überraschen. Ich verspreche euch auch noch ruhige Meditation. Eine wird uns in Kontakt mit dem kosmischen Klang bringen, den wir dann im Körper als Resonanz spüren werden. Die nennt sich Nada Brahma. Eine andere heißt Vipassana, in der nur der Atem beobachtet wird, aber meiner Meinung sind diese für Anfänger nicht so gut geeignet. Wir wollen es uns doch so leicht wie möglich machen und Freude soll es machen, nicht wahr?"

Marga nickte allen zu, drehte sich auf dem Absatz um und verließ den Raum. Andro folgte ihr und rief noch ihren Namen, aber sie winkte ab. Die Tür schloss sich hinter beiden. Wir waren unseren Fragen und uns selbst überlassen.

„Was hältst du von Marga?", Irene sah mich an. „Wie kommst du darauf mich zu fragen", blockte ich wieder ab. „Naja", forderte sie mich heraus, „du hast doch mit ihr gevögelt, oder?"

„Hey, was hat das denn mit Kundalini zu tun?", verteidigte ich mich und ruckelte in meinem Sessel. Es wurde mir unangenehm darüber zu reden. „Woher weißt du das eigentlich?", versuchte ich mich aus der unangenehmen Situation zu befreien.

„Na weißt du, wenn man euch beide zusammen sieht, knistert es doch; vor allem bei dir. Du bist doch wie auf Droge, hängst an ihren Lippen, immerzu starrst du sie an, rennst ihr wie ein Hündchen hinterher." Irene hielt abrupt inne, ihr Gesicht hatte sich gerötet und sie atmete heftig.

„Entschuldige Georg", sie versuchte sich zu fassen, „ich bin zu impulsiv".

Hans legte seine rechte Hand auf ihren Arm, so hatten sie vorher auch gesessen. Während ihres Ausbruchs hatte sie gestikuliert, nun beruhigte sie sich langsam.

Freddy stand noch immer unschlüssig vor seinem Sessel, blickte von Irene zu mir und zurück, dann stellte er mehr für sich fest: „Ich hab das gar nicht mitbekommen. Was ist denn hier abgelaufen? Was war mit Georg und Marga? Erzähl mal Irene."

„Nein, nein ich will nicht, es ist mir so rausgerutscht. Ich wollte doch nur von Georg wissen, wie er Marga als Teil unserer Gruppe findet, in der Session vorhin."

Ich rappelte mich auf, darauf konnte ich ziemlich neutral eingehen und deshalb sagte ich: „Sie hat gut geführt, fand ich. Sie war klar und hat ein paar Sachen gesagt, die für mich hilfreich waren. Mit dem Summen hatte ich ja anfangs Schwierigkeiten, konnte die Töne nicht so lange halten wie sie. Unglaublich, wie lange sie die Vokale halten kann und wie sie das schafft mit den Anweisungen zwischendurch, ist schon genial. Und ihre warme, raue Altstimme gefällt mir auch sehr." Ich hielt inne, merkte gerade noch, wie ich mich von meinem Gefühl hatte treiben lassen und wie sich das Gesicht von Irene veränderte, angespannter, verkniffener wurde.

Hans schüttelte seinen Kopf und raunte: „Ich weiß nicht, irgendetwas stimmt hier nicht. Die Atmosphäre hat sich in den letzten Minuten so verändert. Da ist so eine Spannung. Ist die zwischen euch?" und er blickte von Irene zu mir und wieder zu ihr. Dann sagte er: „Irene, du bist so ernst und siehst so deprimiert aus, was hast du?"

Sie schluckte, wischte mit einem Finger eine Träne aus dem Augenwinkel. „Ach, Hans", richtete sie sich auf, „ich bin eifersüchtig! auf Marga! Was sie alles macht. Und auf ihre Fähigkeiten. Und dann kann der Georg sie auch noch vögeln, und wer weiß, wie oft die beiden so rumvögeln!", brach es laut aus ihr heraus und sie schniefte.

Hans drehte sich zu ihr, nahm sie in seine Arme und strich ihr übers Haar. Es wurde ganz still im Raum, nur vom Schniefen unterbrochen. Irene beruhigte sich und suchte nach Worten: „Weißt du Hans, dass die beiden vögeln, finde ich schon in Ordnung, aber ich bin neidisch auf Marga. Wie sie aussieht! Und vermutlich zaubert die mit ihrer Energie einen Orgasmus hin, dass einem Hören und Sehen vergeht. Ist doch so, nicht?" sprach sie in meine Richtung.

Ich musste nichts sagen, da sie bereits weiter redete. „Ich stelle mir vor, dass Marga mit der Kundalini-Kraft stundenlang Ekstasen erlebt und ich will auch mal wieder richtig ficken."

Puh, dachte ich, *jetzt war's raus. Wie komme ich nur aus ihrer Schusslinie,* suchte ich vergeblich und hektisch nach einer Lösung. Ich wollte nicht ihr Opfer werden, jedenfalls nicht solange ich mit Marga intim war. *Käme als Opfer der Freddy infrage?* Aber der stand wie ein Holzblock da, bewegte sich nicht, schien in einem Zustand der Lähmung gefallen.

Hans hat sich ja bereits als Beichtfreund zum Ausweinen angeboten. Aber außerdem hat er ja irgendein Ding mit Andro am Laufen. Das ist ein Durcheinander hier, stellte ich innerlich fest, als Freddy sich doch langsam in Irenes Richtung bewegte und sich neben ihr auf der linken Seite niederließ. Das war eine echte Gelegenheit ein bisschen die Spannung aus der aufgeladenen Situation raus zu nehmen.

Ich entschied, mich vorzuwagen: „Was das Vögeln mit Marga angeht, machst du dir, Irene, die falschen Vorstellungen. Das ist keine Ekstase, sondern ein langer, geruhsamer Meditationsprozess."

Ich versuchte alle sinnlichen Vokabeln zu vermeiden, als ich weitersprach: „Wir sind zwar vereinigt, aber wir atmen nur, nichts weiter, wir achten auf die Atmung und wie die Energie fließt. Das wirklich Überraschende dabei ist, dass man so leicht wird. Ich bilde mir dann ein zu schweben, habe keinen einzigen Gedanken mehr und bin über einen unsagbaren Zeitraum ohne Ich. Das ist ein Gefühl, nein das ist eben kein Gefühl, das ist nichts, das ist mehr wie im Samadhi-Tank, wie in einem vorgeburtlichen Zustand."

Ich schwieg, hatte ich schon wieder zu viel geschwärmt?

Irene blickte zwar zu mir, aber irgendwie abwesend. Freddy streichelte ihren Rücken wie eine gut funktionierende Maschine und Hans sah mich neugierig und offen an. Dann fragte er: „Was hast du von dem Gefühl gesagt? Samadhi-Tank? Was ist das denn?"

Ach je, das war mir nur so rausgerutscht. Jetzt musste ich etwas erklären, was ich selbst noch nicht erlebt hatte, aber Marga hatte mir diesen Zustand so genau beschrieben, dass ich anscheinend unbewusst für die stille Ekstase des Beisammenseins mit ihr diese Umschreibung gewählt hatte.

„Samadhi-Tank", erklärte ich die technischen Details, „ist eine liegende Röhre, etwas länger als ein Mensch mit einem Meter Durchmesser. Ein Drittel ist mit einer hochprozentigen Salzwasserlösung gefüllt, in die man sich hineinlegt. Untergehen kann man da nicht. Wenn die Röhre geschlossen wird, ist es total dunkel drin. Luft kommt natürlich hinein. Und da ruht man dann eine halbe oder ganze Stunde und überlässt sich der Zeit. Manche können es nicht lange aushalten, bekommen Luftnot, auch Angst, Erinnerungen überfluten sie. Andere fühlen sich geborgen, genießen den zeitlosen Raum und geben sich dieser Erfahrung hin."

„Was für eine Erfahrung denn?", fragte Freddy aufgeschreckt.

Ich antwortete nach einem Zögern: „Der Erfahrung, nicht denken zu müssen, nichts machen zu können und trotzdem gehalten, getragen zu sein." Jetzt hatte ich aber genug geredet. Es wurde mir schon wieder unangenehm.

„Hast du denn schon mal in solch einem Tank gelegen", wollte nun Irene wissen. „Nein", räumte ich ein, „das weiß ich von Marga".

„Was?", schnappte sie ein, „immer Marga! Ich werde noch wahnsinnig! Mach, dass du rauskommst! Geh mir aus den Augen!"

Kapitel 13

Es waren einige Tage vergangen. Ein herbstlicher Nachmittag schimmerte noch mit vereinzelten Sonnenstrahlen durch die farbigen Gläser des Vestibüls und beleuchtete die erhitzten Gesichter der Gruppe, die nach einem fünfzehnminütigen Schütteln des Körpers, dem darauf folgendem ausgelassenen, wilden Tanzen und einem endlosen Minuten langen Stehen mit geschlossenen Augen, langsam zur Ruhe kamen, aber immer noch von den heftigen Körperverrenkungen erregt, aufgewühlt und in Schweiß gebadet vor sich hin schwankten. Langsam öffneten sie die Augen, als Marga dazu aufforderte und um ein Feedback bat.

Sie, das waren wir, die sechs Personen, die in dieser komfortablen Etage seit einigen Wochen miteinander lebten, kochten, aßen, uns unterhielten, meditierten und auch Zärtlichkeit austauschten, wenn es Zeit und Situation zuließen. An diesem Nachmittag war es Zeit für die Kundalini-Meditation, zu der Marga alle eingeladen hatte und nach einem vor- und fürsorglichen Gespräch war sogar Freddy einverstanden gewesen, es über sich ergehen zu lassen.

„Und du meinst Marga", fragte er sie noch kurz vorher, „dass Kundalini mir hilft aus meinen Gedankenschleifen herauszufinden?"

Freddy war nun auch der erste, der sich äußerte und zu Marga rüber blickend sagte: „Es hat ganz schön geschlaucht, heftig war es. Ich hatte große Mühe mich frei zu schütteln. Die Arme wollten nicht mitmachen, aber so nach zehn Minuten fühlte ich mich wie eine Holzpuppe, die an Fäden hing und von irgendwoher dirigiert wurde. Ich vermute, dass ich einen Muskelkater bekommen werde. So heftig habe ich mich schon lange nicht mehr bewegt, vor allem beim anschließenden Tanzen."

Marga nickte und erkundigte sich: „Ja, sag mal Freddy, wie ging es mit deinen Gedanken, konntest du sie loslassen?"

Er überlegte eine gute Weile, blickte ins Leere und dann machte er: „Tja und hm", und sagte, „meine üblichen, lästigen Gedanken an die Zukunft konnte ich nicht mehr festhalten. Das war nicht möglich, weil ich auf das Schütteln achten musste. --- Aber etwas ist mir gerade noch eingefallen. Bevor wir anfingen, hatte ich wieder diese depressiven Gedanken, die hin und wieder auftreten. Dann denke ich, alles ist schrecklich, das Leben hat keinen Sinn und ich schaffe nichts Vernünftiges. Ich stiere dann vor mich hin. Aber jetzt, jetzt ist das Gefühl weg und die Gedanken sind weit entfernt von mir, wie einer anderen Person zugehörig. Jetzt bin ich nur noch Körper, Atmung, Schweißtropfen und fühle mein Herz schlagen --- das ist ungewohnt, Marga und es macht mir auch Angst", fügte er noch hinzu. „So habe ich mich schon lange nicht mehr erlebt, höchstens ganz früher mal beim Sport."

Freddy blickte verunsichertin die Runde. Er schien von seinen Äußerungen selbst überrascht, seine Augen blieben kurz an Marga hängen und wanderten dann zu Irene: „Wie hast du denn die Schüttelei überstanden Irene?" Jetzt erst griff Marga ein und nickte auffordernd zu Irene: „Ja, berichte mal, wie bist du klargekommen, Irene? Was ich beobachtet habe, warst du ziemlich locker. Das Tanzen hat dir richtig Freude gemacht, oder?"

„Es war wirklich irre", stimmte Irene freudig mit einem Lachen zu, „ich hätte nicht geglaubt, dass ich so eine Ausdauer habe. Im Augenblick fühle ich mich aufgeladen, wie unter Strom. Toll fand ich in den letzten fünfzehn Minuten das Stehen und nach innen horchen. Ich war nahezu leer, ohne innere Stimmen. Ich fühlte mich eher wie ein Halm im Winde, der hin und her schwankte." Sie lächelte und setzte hinzu: „Aber jetzt muss ich unter die Dusche."

„Warte noch ein paar Minuten", hielt Marga sie zurück. „Hans will schon die ganze Zeit etwas sagen, nicht wahr Hans?"

Er atmete tief und laut ein und seine Stimme klang dunkler als sonst: „Es war eine interessante Erfahrung, aber meine Knie sind ziemlich lädiert und das Schütteln war nicht so, wie ich es gerne gewollt hätte. Mein Nacken schmerzt jetzt auch und ich habe den Eindruck in meinem Gehirn ist alles durcheinander geworfen. Und witzig ist, dass ich euch und den Raum hier neu sehe. Es ist alles heller und klarer geworden. Gibt es so etwas Marga?"

„Das ist wunderbar, Hans", antwortete sie, „das kenne ich auch. Als wären uns die Augen geöffnet worden, nicht wahr? Und das Verrückte ist, jedes Mal passiert etwas anderes, etwas Überraschendes. Wir wollen jetzt noch Markus und Andro hören. Was sind deine Erfahrungen Markus?"

Markus sagte sie zu mir. Sie benutzte diese Namen selten, eher förmlicher. Naja, ich muss mich äußern, aber wo anfangen? Ich fühe schon wieder diese Leere in mir, dieses Wegdriften. „Also", fing ich an, meiner Stimme einen Ton zu geben: „Danke Marga, dass du mich aufforderst. Vielleicht hätte ich keinen Mut gehabt mich zu äußern". Alle sahen zu mir, zum Markus, aber niemand kannte den Georg dahinter, den Georgie. *Los Markus rede*, forderte er von mir:

„Mein Nacken schmerzt jetzt schon, das gibt einen Muskelkater", stellte ich lapidar fest, „die Schultern wollten nicht loszulassen. Es hat mir sehr geholfen Marga, als du herumgegangen bist und deine Hände draufgelegt hast. Da wurde mir erst richtig klar, was ich alles festhielt. Wie ich mich im Moment fühle, kann ich noch nicht sagen. Ich brauche Zeit zum Verarbeiten. Jedenfalls war es anstrengend und total ungewohnt, aus der Wirbelsäule diese Schüttelbewegung zu machen. Ganz kurz hatte ich mal die Vision einer Verbindung von oben nach unten, aber nicht lange, eine Sekunde vielleicht."

Ich schwieg, überlegte, hörte Georgie drängen: *nun rede schon.* „Zum Tanzen fällt mir gar nichts ein. Da habe ich mich nur so automatisch bewegt, hatte kaum Freude dabei, bewegte mich eher wie ein Roboter, abgehakt, ohne Kontakt zum Boden". Ich schwieg, bemerkte wie einige Augen mich erstaunt ansahen, wie sich Stirnen kräuselten, aber Georgie mahnte: *reiß dich zusammen, los rede.*

„Also, etwas muss ich noch loswerden", hörte ich mich sagen, „in der letzten Phase ging es mir ziemlich dreckig, ich bekam so einen Druck im Schädel und dann fühlte ich mich allein, ganz weit weg von euch, isoliert. Ich stand zwar fest auf meinen Beinen, aber es war kein Empfindung da, so wie du es erlebt hast, Irene. Nichts war da, nur die Leere um mich herum. Ganz allein war ich. Und dann stiegen Bilder auf, von ähnlichen Erfahrungen, in denen ich so deprimiert war." Ich zögerte, sah in die Runde, sah alle Gesichter, sie waren mir interessiert zugewandt, dass ich Mut fasste:

„Zwei, drei Ereignisse von früher tauchten auf. Ich sah mich, nein, ich fühlte vielmehr diese Verlassenheit, als die alte Situation wieder hochkam, die von damals, als mich Irene verließ, als die Tür hinter ihr zuschlug. Entschuldige Irene, aber diese Gefühle sind ja nur in mir. Du hast vermutlich nichts damit zu tun." Ich spürte, wie eine Scheißwut hochkommen wollte, schluckte und räusperte mich: „Noch `ne andere Geschichte aus der Vergangenheit machte mir dann zu schaffen. Wieder eine mit `ner Frau als Auslöser. Das war in einer Liebesbeziehung ein paar Jahre später nach unserer, Irene." Meine Stimme wurde leiser.

„Also, diese Frau, mit der ich zusammen lebte, hielt mich oft hin". Ich musste mich zusammenreißen, bevor ich weitersprechen konnte: „Sie war nicht offen zu mir. Sie verabredete sich häufig und ich wusste nicht, ob mit Sexpartnern oder Freunden. Es war alles sehr geheimnisvoll und das Blöde war, dass ich sie liebte. Ich wartete Stunde um Stunde und fühlte mich sehr verlassen, damals. Dann überkam mich diese lähmende Leere, die ich nur durch übertriebenes Abreagieren durchbrechen konnte: Ich schmiss Geschirr gegen die Wand oder lief die ganze Nacht kopflos durch die Straßen."

Die Gruppe wurde unruhig, einige wippten von einem Fuß auf dem anderen. Eine unangenehme Spannung war entstanden. Hans setzte sich mit den Worten: „Ich kann nicht mehr stehen, meine Knie, wisst ihr."

Aber Georgie war nun in Fahrt in mir und wollte reinen Tisch machen: „Ja, da gibt es noch andere Situationen, die auch diese Leere hervorriefen. Immer, wenn Augen auf mich gerichtet sind, so wie jetzt! Wenn ich ʼwas Wichtiges sagen will, sagen möchte und nicht kann. Dann spüre ich diese Leere im Kopf, Leere um mich herum und so ʼn Isolation breitet sich aus. Früher hielt das stunden-, ja tagelang an, bis ich gelernt hatte, damit klarzukommen. Scheißgefühl, sag ich euch. Davon scheinen noch Reste in mir lebendig zu sein, sonst hätte ich wohl nicht wieder davon angefangen. Was meint ihr dazu?" Ich blickte von einem zum anderen in der Runde, die so etwas wie eine Familie für mich geworden war. Niemand sagte etwas. Hans blickte zu Boden, Marga sah mir in die Augen, Freddy an die Decke und Irene? Ich wollte es nicht genau wissen, wo sie hinschaute.

„Bevor wir auseinander gehen", beendete Marga schließlich das anhaltende Schweigen mit einem Blick und einer Geste zu Andro: „will Andro dazu etwas sagen. Du wolltest schon mehrmals Markus unterbrechen, nicht wahr? Einige Male hast du den Mund bewegt, wie ein Fisch, der nach Luft schnappt."

„Ja", und Andros Stimme klang männlicher, weniger hoch als sonst, auch lauter, „ich wollte dem zustimmen, was Markus berichtet hat. Ich kenne diese Isolation als Lebensgefühl, seit ich denken kann. Auf dieser Ebene existiere ich. Und hier bei euch gab es hin und wieder Momente, in denen ich diese Leere vergessen konnte. Ich wollte mich dafür bedanken."

Niemand, auch Marga, wagte daraufhin weiter zu fragen, was Andro während der Meditation erlebt hatte. Sein überraschendes Statement berührte alle. Fragen schienen nicht mehr wichtig. Die Schüttelei hatte genug Material an die Oberfläche gespült.

Alle waren noch in Gedanken versunken auf ihren Plätzen, als Andro leise nochmals, „Danke", sagte und ruhig den Raum verließ.

Irene gab sich als erste einen Ruck und ging lächelnd, mit großen Schritten, zu mir, den Markus, der versunken im Sessel, den Blick zum Boden gewandt, erst in dem Moment bemerkte, dass er umarmt wurde, als sich die angenehme wohltuende Wärme über ihn ausbreitete. Er erhob sich. Sie drückte ihn an sich. Er versank in ihrer Fülle. Es war angenehm. Er spürte, wie seine Augen feucht wurden. Es fühlte sich sehr sicher an. Auf jeden Fall war keine Leere mehr um ihn.

Kapitel 14

Später saßen Irene und Markus im Vestibül auf dem Boden in einer Ecke gemütlich mit diversen Kissen gepolstert. Irene hatte sich umgezogen. Sie trug nun einen langen schwarzen Rock, der ihre Figur streckte und eine dekorative, rote Korsage, in der ihre Brust ruhte. Vor ihnen stand ein kleiner Tisch mit Tellern vom nachmittäglichen Büfett. Markus griff sich eine gefüllte Aubergine und Irene knabberte am Käsegebäck.

„Davon wusste ich gar nichts, Georg", sagte sie und streichelte dabei ein wenig seinen Unterarm. „Hast´ mir nie was davon erzählt."

„Naja", reagierte ich in meiner Rolle als Markus, „damals hätte ich die Leere niemals zugegeben. Vielleicht hatte ich sie auch noch nicht gespürt. Gespürt hatte ich immer nur die Reaktion, meine Wut auf dich oder auf die anderen. Aber jetzt ist mir schon viel wohler, nachdem ich mich geoutet habe." Ich schwieg und dachte an die Vergangenheit.

Irene schwieg respektvoll, bis sie sich nicht mehr bremsen konnte: „Du warst echt mutig vorhin vor der Gruppe. Zuerst war ich ja wütend auf dich, weil du die schöne Atmosphäre, in der ich mich befand, zerstört hast. In dem Augenblick dachte ich, typisch Georg, kaum ist etwas positiv, muss er es kaputtmachen. Tut mir leid, es war meine erste Regung", sagte sie, als sie meinen traurigen Blick auffing. „Aber, als du weitermachtest und zum eigentlichen Kern kamst, war ich betroffen. Nun hatten wir doch drei Jahre zusammen gelebt und ich hatte dich nie richtig verstanden".

Sie blickte mich zärtlich an. Es wurde mir unbehaglich. Ich musste vermeiden, dass sie mir zu nahe kam. Ich setzte mich auf und machte ein ernstes Gesicht und verschanzte mich hinter der Rolle von Markus. Der zuckte nun mit den Schultern, als er sagte: „Ja, so war es eben und nun sind 25 Jahre vergangen. Mach dir keine Gedanken um mich, ich habe inzwischen meine Überlebensstrategien gelernt."

Ich musste das Thema wechseln, wollte keinesfalls ihre unbändigen Gefühle und vor allem kein Mitleid auf mich ziehen. „Was hast du denn die 25 Jahre so getrieben, Irene? Bisher haben wir ja noch keine Gelegenheit gehabt uns auszutauschen", versuchte ich es förmlich.

„Finde ich auch besser so", erwiderte Irene, „besser als diese blöden Einführungsrunden, in denen jeder so was Formales von sich gibt".

„Hallo Hans", rief ich in Richtung Tür, als er gerade eintrat, „komm doch mal zu uns. Irene will ein bisschen von früher aus ihrem Leben erzählen". Irene zog eine Schnute und sah mich etwas enttäuscht an. „Du bist mir einer", wehrte sie sich, „woher weißt du denn, dass ich unter diesen Umständen wirklich von mir reden will. Und warum soll Hans dazukommen?", flüsterte sie in mein Ohr. Sie rückte ganz nah.

„Ach du", ich gab meiner Stimme den sanften Markusklang, „ich dachte, dass es Hans interessieren könnte. Er hat sich doch in der ersten Nacht so liebevoll um dich gekümmert, nachdem du mich ausfindig gemacht hattest. Aber vielleicht kennt er bereits alles von dir?"

„Ih, bewahre, warum sollte ich Hans von mir erzählen? Es geht doch nur dich an, oder?" Irene blickte schon wieder so zärtlich.

„Also gut, ich will nicht so sein", gab sie nach und rief: „ Hans! komm setz dich dazu. Georg will wissen, was ich in den 25 Jahren gemacht habe", und sie kicherte dabei vor sich hin.

Nun, als Georg war ich froh, ihr nicht allein ausgeliefert zu sein. *Wer weiß, was sie alles erzählt und ob sie nicht den alten Georg wieder an sich ziehen will? Es ist immer gut, einen neutralen Zuhörer dabei zu haben. Es bringt uns einfacher zueinander.* Laut sagte ich: „Eine Kleingruppe ist doch besser als eine kleine Gruppe."

Sie sahen mich irritiert an, hatten den Sinn nicht verstanden, war ja auch nicht wichtig.

„Wo anfangen?" Irene starrte an die Decke. „1986 war ich 24", sagte sie und dann, „ja, und ich hatte Georg verlassen. Ihr wollt hoffentlich nicht die Gründe hören?"

Wir kamen gar nicht zu Wort, schüttelten brav verneinend die Köpfe. Irene sprach schon weiter:

„Mein neuer Lover war umwerfend kreativ. Es waren zwei tolle Jahre, eigentlich meine heißesten Jahre. Wir waren ständig unterwegs, in London, Paris, Wien, wollten nach New York. Wir verstanden uns sagenhaft gut im Bett und bei der Arbeit. Wir machten zusammen Mode. Ich war doch Modedesignerin und er Dekorateur. Er konnte auch prima nähen und hatte irre Ideen. Eine Kreation nach der anderen entwarfen wir, alles Einzelstücke, eigentlich mehr Kunstwerke und damit zogen wir von Modenschau zu Modenschau, nicht zu den großen, nein, nein, immer zu den parallel laufenden alternativen Off-Vorführungen. So wurden wir als Team bekannt. Vor allem mit unseren Lichterketten als Nahtbetonung."

Sie stoppte ihren Redeschwall: „Habt ihr davon gehört?" Wir nickten einfach, wollten erst mal nur zuhören.

„Wir hatten damals viel Plastikmaterial zu Röcken und Hosen verarbeitet. John entwarf die weiblichen Klamotten und ich die Sachen für junge Männer. Auf dem Laufsteg haben wir die Garderobe dann jeweils passend zum Geschlecht vorgeführt. Tja, da schaut ihr zwei, was? Hättet ihr nicht gedacht von eurer Irene, stimmt's?"

Sie genoss sichtlich ihre Vergangenheit und unser staunendes Schweigen. Sie setzte sich noch mal so richtig in Positur, holte tief Luft, ihr hübscher Busen quellte aus der engen Korsage.

„In Berlin haben wir dann am Savignyplatz eine Modeboutique aufgemacht, die beste Gegend heute. Damals vor der Wende, gab es viel Leerstand dort. Nach der ersten Modephase in den siebziger Jahren waren der Platz und die Gegend nicht mehr im Trend. Die Szene war nach Kreuzberg gezogen. Aber uns war es recht. Es war ein großer Laden mit großen Schaufenstern, kostete wenig Miete. Mit unseren schrägen Klamotten waren wir dort die Avantgarde oder so was ähnliches. Naja, Berlin hing damals noch immer am Tropf der BRD, d.h. es gab eigentlich keine Kundschaft mit Geld. Das erste halbe Jahr kamen viele Leute und wir wurden bekannt, nur verkauft hatten wir nichts. Unsere Ideen fanden alle toll, aber kaufen und tragen wollte sie kaum jemand. Wir hätten damals in New York leben sollen."

Sie hatte sich schon in Rage geredet, Ihr Gesicht glühte und einzelne Schweißtropfen rannen in kleinen Rinnsalen am Hals hinunter, die sich in der Furche ihres Busens sammelten und verschwanden. Dabei wanderten ihre graugrünen Augen träumerisch zur Raumdecke. Dann richtete sie sich auf, zupfte an ihrer Korsage, lachte lauthals über sich selbst und berichtete weiter:

„Jedenfalls war kein Geld in der Kasse und immer nur die Kosten, das hält keine Beziehung aus. John hatte als Dekorateur ein paar Jahre gearbeitet und Geld gespart und ich hielt uns in der Zeit mit Näharbeiten für einen Zwischenmeister über Wasser. Wir hätten meinetwegen so weitermachen können, aber er wollte nicht mehr, nachdem sein Erspartes aufgebraucht war. *„Was soll das werden mit uns beiden"*, sagte er, *„du als Näherin und ich als dein Gehilfe? Komm, lass uns Schluss machen. Der Laden läuft nicht, die Liebe ist auch am Ende und mit `ner Arbeitsbiene vögeln, ist nicht meine Sache"*. Das waren seine letzten Worte und er verschwand. Ich glaube, er ging in sein Heimatland zurück, wollte schon länger seine Familie in Namibia kennen lernen. Jedenfalls war er weg und ich hatte noch ein paar Monate den Laden mit Schulden am Hals. Glücklicherweise brauchte ich keine Wohnung aufzugeben. Ich wohnte im Laden, hinten im Lagerraum hatte ich es mir wohnlich eingerichtet, aber dann musste ich leider raus. Es zog mich nach Köln. Ich wollte dort nochmal eine Boutique aufmachen. Zwischendurch hatte ich für die Zeitschrift Brigitte gearbeitet, machte Kinderstricksachen und die wurden dann mit niedlichen Kindern fotografiert und veröffentlicht."

Irene stockte, das Lächeln aus ihren Augen verschwand. Sie wurde ernst und als sie weitersprach, war ihre Stimme merkbar leiser. Ihre überquellende Lebensfreude war merkbar gedämpft.

„Tja, die Kinder, durch diese Arbeit kamen mir doch schon ein bisschen Zweifel an meinem bisherigen Leben. John hatte mir klar gemacht: *„Keine Kinder, hörst du, ich verlasse mich auf dich. Wenn du schwanger wirst, hau ich ab"*. Ich hatte verstanden. Deshalb hatte ich ihm auch gar nichts von meiner ersten Abtreibung gesagt, als es mir eine Woche lang beschissen ging. Erst hatte ich mit dem Entschluss gerungen und dann kamen die Schmerzen und die Trauer. Da bin ich einfach mit unserem VW-Bus abgehauen und er hat gar nichts mitbekommen."

Irene schluckte, ihre Stimme versagte, ihre Augen wurden feucht und sie suchte ein Taschentuch. Hans reichte ihr seines. Wir schwiegen, blickten uns verlegen an und dann zu Irene, die sich räusperte und mit belegter Stimme fortfuhr, während sie mit einer Hand einen unsichtbaren Schleier aus ihrem Gesicht entfernte:

„Mit dem VW-Bus hatten wir zusammen viele Reisen gemacht, aber zwischendurch war ich auch einige Male allein unterwegs, und das war sehr schön." Irene hielt inne, blickte verträumt in die Ferne, bis sie nach einigen Minuten wieder in den Raum zurückkehrte.

„Lasst mich mal überlegen, wo befinde ich mich jetzt eigentlich? Ja, ich glaube, ich hab es wieder. Nach der Brigitte Zeit ging ich also nach Köln. Das muss so gegen 1990 gewesen sein. Ich hatte mir fürs erste ein Apartment gemietet, für mich und die Klamotten, die ich noch aus dem Laden gerettet hatte. Dann tauchte ich in die Szene ein. Sind ja viele aus dem WDR da zu Haus: vom Rundfunk und Fernsehen, ihr wisst schon. Eigentlich interessante Leute. Kleinkunst und Jazz sind in Köln Spitze, ohne Frage. So lernte ich einige Redakteure kennen. Tja, und anstelle eine Boutique zu eröffnen, ließ ich mich in so 'ne Beziehung ein, mit einem Kulturheini von Dritten Programm --- Naja, hört sich jetzt abwertend an. Ich will nicht den Schluss vorweg nehmen. Also, das war schon ein gediegener Typ, belesen, gebildet und charmant. Walter hieß er, war ein bisschen älter, so an die zehn Jahre und total auf mich abgefahren. So 'ne Type aus Berlin kannte er noch nicht, so voller Ideen und kreativ, wie ich damals war. Ich zog dann in seine Wohnung in Köln Nippes, das ist 'ne gute Gegend. Da wohnte er schon ziemlich lange. Ich glaube sogar, dass er dort seine Jugend verbracht hatte. Es waren vier Zimmer, schön eingerichtet, ein bisschen modern, ein bisschen antik. Naja, ich hab das dann nach meinem Geschmack umgestellt. Ließ er alles machen, neue Tapeten, neue Vorhänge, er hatte ordentlich Schotter. Das war am Anfang, in den ersten Monaten auch ganz schön. Er las mir seine Kommentare für die Sendungen und die Buchbesprechungen vor und ich sollte konstruktiv kritische Äußerungen von mir geben. Irgendwie hatte er völlig falsche Vorstellung von meinem Kulturkreis. Aber egal, alles was ich sagte, vorschlug, fand er bedenkenswert und hilfreich. Er hatte den Spleen, Literatur und Kultur an die untere Bildungsschicht heranzuführen und da war ich ihm die Muse, wie er sagte. Naja, fünf Jahre mit so viel Kultur ohne anständig gefickt zu werden, war eine lange, anstrengende Zeit. Könnt ihr euch das vorstellen?" hielt sie fragend, spitzbübisch lächelnd inne.

„Ja und dann", fuhr sie nach kurzer Pause fort, in der sie mit dem Taschentuch den Schweißstrom bändigte, der erneut während ihres hitzigen Redeschwalls ausgebrochen war, „lebte ich ja bequem und luxuriös und das Essen war gut. Ich hätte mich mit der Situation arrangiert, wenn er wenigstens meinem Wunsch nach Kindern ernst genommen hätte. Er wand sich bei unseren Gesprächen wie ein Wurm und kam immer mit dem Argument, es seien sowieso schon zu viel Menschen auf der Welt oder noch blöder, unsere Welt wäre noch nicht so weit, nicht friedlich genug, alles würde zerstört werden usw. *In dieser Welt Kinder zu zeugen, wäre unverantwortlich*", das war der O-Ton. Es waren natürlich reine Schutzbehauptungen, aber das habe ich erst ganz langsam begriffen. Nämlich, als ich merkte, dass er überhaupt keine Verantwortung übernehmen wollte, für nichts, weder für sich selbst, als er die Stelle des Programmdirektors angeboten bekam, noch für mich, als ich endlich soweit war eine Boutique aufzumachen, Räume gefunden hatte und er eine Sicherheit hinterlegen sollte und auch nicht für uns beide, als er immer wieder neue Ausreden erfand um die Heirat zu verschieben. Wir lebten doch so schön miteinander, behauptete er, jeder wäre doch seines eigenen Glückes Schmied. Wir hätten unsere persönliche Freiheit und er verdiene genug Geld, das für uns reiche und ich, ich hätte doch genug Zeit um ein bisschen für ihn zu sorgen. Das Sorgen wurde mit der Zeit jedoch eine Plage. Er ließ schließlich alle schmutzigen Klamotten irgendwo liegen, ebenso die Küchen- und Hausarbeit. Als er dann nicht mal Geld für eine Putzhilfe ausgeben wollte, kündigte ich innerlich. Was bin ich froh, dass ich mit dem keine Kinder habe. "

Sie seufzte erleichtert, wischte sich den Schweiß von Stirn und Busen. Mit dem Tuch fächerte sie sich frische Luft zu und nach einigen Minuten der Abkühlung fühlte sie sich soweit hergestellt, dass sie uns als Zuhörer bemerkte.

„Ach", sagte sie und setzte sich bequem hin, schubste mit beiden Händen die Brüste an die rechte Stellen und gluckste vergnügt, „ich habe euch gar nicht mehr wahrgenommen, na so was, aber jetzt erzähle ich schnell den Rest. " Sie holte tief Luft.

„Die einzigen Vorteile, die ich aus diesen fünf Jahren gezogen habe, waren die Kontakte, die über den Sender und die Einladungen zu Kollegen von ihm liefen. Dadurch lernte ich Leute kennen: Architekten, Regisseure, Autoren, die alle im Süden ein Häuschen hatten. Was sage ich Häuschen, das waren schon prächtige Villen. Da haben wir zusammen dann mehrmals im Jahr unsere Ferien verbracht. Eingeladen wurde er von allen Seiten so als Bindeglied zum Öffentlich-Rechtlichen Fernsehen. Hinter vorgehaltener Hand hörte ich mehrmals: aber bringe auf jeden Fall Iréne mit. Ich war für alle das Unterhaltungsprogramm, das Zirkuspferd, auf dem man hin und wieder reiten konnte. Ihr versteht schon, was ich damit andeuten will, nicht wahr?", und dabei blickte sie uns schelmisch an. Wir nickten nur, nicht ganz verstehend, um sie nicht zu unterbrechen. Hans ließ seine kritischen Augen über ihre weiche Fülle gleiten.

„Ich wollte eigentlich damit sagen, dass ich mich mit dem einen oder der anderen nonverbal ausgetauscht habe, ohne überflüssiges Liebesgeplänkel. So kam ich dann auch zu meinem kleinen Häuschen da unten in der Mittelmeersonne. Hatte mir einer der reichen Lover zur Verfügung gestellt. Das ist zwar nur ein gemauerter Schuppen oder Stall, was weiß ich, am Rande seines Grundstückes. *„Kannst du dir schön machen und einrichten"*, sagte Rinaldo eines Tages zu mir, als wir nach einer Schmusenacht am Morgen über sein Terrain stolzierten. Das Ganze war ein bisschen runtergewirtschaftet, aber stabil, mit Holztür, kleinen Fenstern, einem dichten Ziegeldach und Strom war auch schon drin. Eine gemauerte Steinbank steht vor der Hütte, darüber wächst eine Bougainville und die Sonne scheint, wenn sie scheint, den ganzen Tag auf die Bank und auf einen kleinen, gemauerten Brunnen in der Nähe eines Olivenbaums".

Sie lächelte träumerisch, lehnte sich gegen die Wand und zog wieder an der Korsage. Ihre Brust hob sich noch voller heraus. Ich musste einfach hinsehen.

„Ja", seufzte Irene tief und zufrieden auf, „da lebe ich nun seit vielen Jahren. Ich habe mich vom Walter getrennt, als mir klar wurde, dass er nur eine Haushaltshilfe mit Möse für den monatlichen Fick und eine mütterliche Aufsicht für seine Kindlichkeit benötigte. Da unten, oberhalb von Genua ist die Welt für mich in Ordnung. Ich brauche fast nichts. Ich male, verkaufe meine Bilder auf einem kleinen Markt und auch meine schrägen Klamotten, die ich immer noch entwerfe und selber nähe. Hin und wieder laden mich die alt gewordenen Kavaliere zum Essen ein, auch mal zum Vögeln, wenn ihre Weiber unterwegs sind."

Irene schwieg und träumte. Hans und ich ruckelten uns auf. Die Beine waren uns eingeschlafen. „Aber", machte Hans nun seinen Mund auf: „Warum bist du hier bei uns, wenn es da unten so schön ist?"

„Ach so", tauchte Irene wieder auf, „ja klar, das habe ich ganz vergessen zu erwähnen. Ich hatte all die Jahre einen Hund bei mir, der mir als Welpe zugelaufen war. Er war mir ein guter Freund, der mich überall hin begleitete und bewachte. Den habe ich unglücklicherweise auf dem Weg vor dem Häuschen mit meinem VW-Bus überfahren."

Sie schluckte und ihre Augen wurden feucht. Sie fuhr mit dem Tuch über das Gesicht und schnäuzte sich, bevor sie fortfuhr.

„Er sprang immer voller Freude um das Auto herum und wollte in die Reifen beißen. Das war wirklich ein schreckliches Unglück für mich. Er war zwar schon über zwölf Jahre alt, von Rheuma geplagt und konnte oft nicht aufstehen. Wenn er rannte, lief er nur mit drei Läufen, weil das vierte von einem Unfall steif geblieben war. Aber er war so ein lieber Kerl, hatte braungraues gelocktes Fell und den Kopf eines Jagdhundes. Jedes Wort verstand er. Und ich musste dann erleben, wie er stundenlang litt und jammerte, bis er sein Leben aufgab. Danach habe ich ihn unter der Olive begraben und lange über den Verlust getrauert."

Irenes Augen füllten sich wieder mit Tränen und sie schluchzte einige Minuten hemmungslos. Hans reichte ihr weitere Taschentücher. Sie trocknete die Augen, schniefte kurz und fuhr mit leiser Stimme fort: „Er war mir der treueste Freund. Ich konnte nicht mehr in dem leeren Haus bleiben, ich musste weg, mich ablenken von meiner Traurigkeit, von dem Verlust. Und das war mir doch schon gut gelungen, nicht wahr?"

Sie schniefte wieder und trocknete nochmals die Tränen: „Bis vorhin, bis jetzt, bis ich mich wieder an ihn erinnern musste. Es geht mir schon besser", sagte Irene bestimmt, als sie unsere mitfühlenden Gesichter bemerkte. Sie setzte sich auf, wand sich aus dem Arm von Hans und erhob sich.

„Er ist in die ewigen Hundejagdgründe eingegangen", sagte sie gefasst und wollte sich entfernen. Markus hörte innerlich die Stimme Georgies: *Komm, nimm sie endlich in die Arme*, er erhob sich, eilte Irene hinterher und sagte: „Komm mal zu mir Irene", drückte sie an sich und sie legte ihren Kopf an seine Schulter und seufzte: „Danke Georg".

So standen sie eine ganze Weile aneinander gelehnt und gaben sich gegenseitig Halt. Die Tränen liefen ihr über die Wangen und Markus überließ Georgie einen letzten Wortschwall: „Danke Irene, dass du alles so offen von dir erzählt hast. Jetzt verstehe ich besser deine Suche nach der vergangenen Zeit", und er streichelte ihr Gesicht und trocknete die Tränenspuren.

Hans schaute zu, fühlte sich ausgeschlossen, aber auch zufrieden. Er nickte vor sich hin, hatte sein besorgtes Echsenantlitz aufgesetzt und rappelte sich hoch. Vorsichtig seine Knie schonend, drehte er sich auf die Seite und knarzte mit seiner unnachahmlichen Stimme: „Hat sich ja doch gelohnt, der ganze Aufwand, nich´? Hätte nicht gedacht, dass ihr beide euch noch einmal in den Armen liegen würdet." Zufrieden vor sich hin glucksend, verschwand er in seinen Räumen.

Kapitel 15

„Freddy, wer ist das denn?" Irene starrte die Person an, die an seiner Seite durch die Eingangstür in das Vestibül trabte. „Das ist Verena", sagte Freddy, „ich habe sie mal mitgebracht. Sie wollte meine Räume sehen und euch kennen lernen. Ich hatte von uns erzählt", brummte er noch halblaut vor sich hin.

Irene war gerade aus dem Raum von Markus getreten, hatte die Klinke noch in der Hand, die Tür noch nicht ganz hinter sich geschlossen, als sie abrupt in der Bewegung innehielt und Verena von oben bis unten fixierte. Grüne Haare, auf einer Seite bis zur Schulter, blitzende, neugierige Augen, die schwarz umrahmt hervorstachen. Die Nase hatte auf beiden Flügeln einen Stecker und aus der Unterlippe stak eine Metallspitze heraus. Verena lachte schrillte über den anhaltenden Gutachterblick von Irene und fragte unbefangen: „Nun? Jefalle ick dir, oda findst de wat auszusetzn an mir?"

„Das ist Irene", sagte nun Freddy um die Situation zu retten. „Irene hat in ihrer Jugend auch die Welt provoziert", versuchte er sich in Diplomatie.

Irene winkte ab: „Lass nur Freddy, ich komm schon mit der Jugend klar". Dann deutete sie auf die Jacke von Verena und fragte: „Selbst bestickt und beklebt, Ja? Sieht geil aus, wie die bunten Fetzen überall rumflattern. Und sag mal, dein Mini ist doch aus Gummi, stimmt's? Wahnsinn, dieses rot, und schön glänzend, passt prima zu den gelben Strümpfen, wie der Storch im Salat. Ich meine, wegen der grünen Stiefel. Hast du das extra gemacht oder ist das spontaner Wahnsinn?"

Irene hatte offenbar den richtigen Ton getroffen, denn Verena nickte selbstbewusst, schien einiges auszuhalten, war es wohl gewohnt aufzufallen.

Markus rief aus seinem Zimmer: „Was gibt es denn zu sehen?" und zwängte sich durch den Türspalt, da Irene noch immer die Klinke in der Hand hielt. „Toller Aufzug", stellte er fest, „was machst du beruflich? Arbeitest du für eine Agentur?"

„Ph", machte Verena, „ihr seid blöd. Ick arbete doch nich´. Ick lebe! Mache, wat mir Spaß macht". Sie hatte einen schnippischen Ton angeschlagen. „Na klar", vermittelte Markus, „dann bist du hier richtig, nicht wahr Freddy? Hast du Verena deswegen mitgebracht?"

„Tja, hm", grummelte Freddy in sich hinein, „also, wisst ihr, sie wollte eben einfach mal mitkommen. Ich habe ihr doch so viel von uns er-zählt, auch von den Meditationen und darauf ist sie angesprungen. Fand sie irre interessant."

„Lass mal Freddy", schaltete sich Verena ein, „ick kann schon füa mir alleene redn. Also, ick hab letztes Jahr ooch so ´n Seminar mitjemacht. Hatte mir meen damalijer Macka zum zweunzwanzisten Jeburtstach jeschenkt. Der war ooch schon mal in Indien jewesn, netter Kerl, aba so abjeklärt. Der wollte nur noch meditieren, naja, da habn wia uns dann Tschüss jesacht. Aba det Seminar, det war schon geil, vor allem die Frau, die det leitete, war der Hammer. Und als Freddy mir so vorschwärmte, von eusch und ´ner Frau, die zu eusch jehört, so mit Pony und rasiertm Schädel, da dacht ick mir, Mensch, die kennst de doch. Läuft doch niemand von den Halbtoten so abjetakelt rum. Naja, und hier bin ick nun. Is´ sie da? Hab ihren Namen vajessen. Würd ihr mal jerne die Flosse reichen und ´n bisschen quatschen. Hab noch ´n paar Fragen."

Verena pausierte, sie hatte sich nach vornüber gebeugt, als wollte sie losrennen. Ihr Gesicht war gespannt. Die Augen strahlten, sie lächelte so breit, dass die Oberlippe nicht mehr ihre oberen Schneidezähne bedeckte. Ein tolles Gebiss blitzte hervor und Markus konnte sich nicht zurückhalten, ging ein paar Schritte näher um dann überrascht festzustellen: „Mensch, Verena, hast du dir die Zähne spitz schleifen lassen? Das ist stark, ein Raubtiergebiss, muss doch wehgetan haben? Oder?"

Sie winkte ab. „Vajangenheit", sagte sie nur und dann, „wo is´ nu´ die Ponyglatze?"

Marcus schüttelte noch immer seinen Kopf, Irene richtete sich zu voller Größe auf, als sie endlich antwortete: „Marga ist nicht da. Sie ist für ein paar Tage verreist, leitet irgendwo ein Wochenendseminar. Aber du kannst dich mal hinsetzen und ein bisschen dein Tempo drosseln und du Freddy", fügte Irene hinzu, „setz dich auch und erzähl mal, wie du an dieses Wunder der Darstellungskunst rangekommen bist."

Sie setzten sich in die bunten Sessel, Verena überkreuzte ihre Storchenbeine. Sie waren auch wirklich extrem dünn, naja, wie sie selbst. Markus saß ihr gegenüber und musste ständig seinen Blick kontrollieren, weg von dem hoch rutschenden Lackrock, der einen Tanga geradeso bedeckte. Irene beobachtete ihn von der Seite und lachte vergnügt. „Na Georg, erinnerst du dich an unsere Zeit?"—„Ach Irene, das ist mir aber peinlich". Es klang ein bisschen unglaubwürdig.

Freddy rutschte unruhig auf dem Sessel herum, wollte aufstehen um etwas zu holen, fragte schließlich: „Willst du was trinken Verena?"

Sie winkte ab: „Späta vielleicht, wenn wa zu dir jehen, kannste mir `nen Cocktail machen", sagte sie und fixierte ihn genervt. „Also Freddy, los, setz dir endlich mal hin un´ erzähl schon, wie du mir uffjejabelt hast", und dabei lachte sie wieder unbefangen herzlich.

Freddy gab sich einen Ruck, sie sahen ihn förmlich zusammenzucken, und er erzählte von seinem abendlichen Touren durch die Kneipen und Szenelokalitäten auf der Suche nach einer passenden Hälfte. Das wäre wohl auch sein Problem gewesen, sagte er, er hätte sein ganzes Leben nach einer so genannten besseren Hälfte gesucht. In den letzten Wochen wäre ihm langsam klar geworden, dass er nach einer ganzen Frau Ausschau halten müsste. Aber das sei genauso schwierig gewesen. Gesehen hätte er ja jede Menge, aber wie hätte er herausfinden können, ob sie ihm passen, also, er korrigierte sich, mit ihm harmonieren würden. Irene und Markus wechselten wegen der altmodischen Wortwahl einen vielsagenden Blick und grinsten.

Schließlich konterte Verena: „Freddy, wat hast de denn von 'ner harmonischen Beziehung, is doch langweilig. Heut´ musste Kontraste aushalten. Kiek mir an! Jejensätze ziehn sich an. Wa? Ick will aba damit nich´ jesacht haben, dass ick dir anjezojen habe, vasteeste?"

Freddy schaute ein bisschen bedröppelt und Irene meinte noch, dass das ja 'ne ganz altmodische Brautschau gewesen wäre und wollte dann wissen, wo er auf seine schräge Begleiterin gestoßen sei?

„In dem Secondhand Shop am Mariannenplatz, den kennt ihr doch auch, nicht wahr?", gab Freddy sein Geheimnis preis. „Ich wollte mir mal ein adrettes Outfit aus vergangenen Zeiten anschaffen, so mit Hut und Regenmantel, wie in der schwarzen Serie die Ganoven ausgestattet waren."

„Aber wieso denn Freddy?", fragte Markus und Irene fast gleichzeitig.

„Tja hm, ich hatte einfach mal Lust in eine andere Rolle zu schlüpfen, vielleicht würde ich dann Eindruck auf die Weiber machen, dachte ich. Die sahen mich doch überhaupt nicht, die etwas Interessanteren. Naja, da habe ich die Verena dort gesehen, einige Male. Bin dann immer wieder hin, weil ich ihre Art toll fand, wie sie mich beraten hat. Sie arbeitet dort für ein paar Stunden in der Woche. Erst dachte ich ja, sie stöbere dort auch nur so rum. Machen ja viele, probieren verrückte Sachen an. Ist da manchmal wie im Theater oder im Fasching. Echt unterhaltsam dort. Kann man viele Stunden verbringen, nette Leute kennen lernen. Treffen sich da sowieso mehr die Individualisten. Naja, so war es."

Er zögerte, dann sagte er noch: „Verena fand ja die Sachen, die ich probierte todlangweilig. Deswegen hat sie mir geholfen."

Freddy blickte ein bisschen hilfesuchend zu Verena, die endlich wieder munter wurde und ihre Meinung äußerte: „War echt zum Brüllen, wat er sich ausjesucht hatte. Freddy sah wie 'n Buchhalter aus 'm letztn Jahrhundert aus, der hat wirklich 'n Talent sich zu vastecken. Dat hat dann mit ihm 'n bisskn jedauert. Er kam ja imma wieda, weil er sich nich' entscheidn konnte. Aber jetzt Freddy, kannste mal allet probieren, uf Brautschau jehen mit de Klamotten. Zieh doch mal allet an, komm zeich dir mal!"

„Ja, los Freddy", riefen alle im Chor.

Nach einigen Minuten kam er verhalten grinsend zurück und ging durch den Raum wie auf einem Laufsteg. Er trug eine graue Hose aus den siebziger Jahren mit breitem Schlag und ein blaugrün kariertes Sakko wie früher die Moderatoren im Fernsehen, darunter ein rosa Hemd mit breiter Blumenkrawatte und auf dem Kopf eine originellen, graue Schiebermütze, ein Arbeiterattribut. Sie applaudierten und johlten begeistert. Freddy drehte sich um sich selbst wie ein Tanzbär und lachte befreit.

Die Tür zu den hinteren Räumen sprang auf. „Was ist denn hier los?" Hans stürmte herein, gefolgt von Andro.

„Freddy hat sich verschönert", rief Markus und, „er will mal endlich im Mittelpunkt stehen."

Die Augen der Dazugekommenen blieben nur kurz an Freddy hängen, wanderten zu Verena und dann von ihr zu Freddy und zurück.

„Und die da?", deutete Hans auf Verena, die noch immer lässig hingegossen im blauen Sessel saß. Markus übernahm die Information und klärte die beiden auf.

„Toll", sagte Andro nur und strahlte Übermut aus, „gefällt mir!"

Hans wiegte seinen Kopf, sein Gesicht hatte Furchen gebildet. „Was machen wir mit ihr?", fragte er mehr sich selber als die anderen.

„Verena heiß′ ick", polterte sie los, „kannst mir schon direkt ankieken. Ick bleib nich′, keene Angst. Wollt′ nur mit Marga quatschen und Freddys Bude ankieken, der wollt mir ′nen Cocktail mixen."

Hans war kurz sprachlos, alle grinsten, nur Andro ging auf sie zu. Er gab er die Hand, sagte: „Willkommen Verena, ich bin Andro." Sie nickte hoheitsvoll.

Jetzt machte Freddy wieder auf sich aufmerksam: „Nun komm schon Verena! Ich will mein Versprechen einlösen für diene Hilfe beim Aussuchen der Klamotten. Komm, wir gehen in mein Boudoir was trinken. Ich mixe dir einen Cocktail mit Creme", und sie zogen beide ab.

„Jetzt macht er auch noch auf gebildet", spottete Irene.

„Freddy ist ja gar nicht wiederzuerkennen", sagte Hans, schüttelte seinen Kopf, blies wieder seine Lippen auf und ließ die Zunge über seine Unterlippe gleiten. Jetzt sah er wieder wie die gutmütige Echse aus. Markus dachte kurz an die Abende in der Kneipe und wandte sich dann an Irene:

„Was meinst du zu Freddys Wahl?" Irene druckste herum: „Ich weiß nicht. Sie finde ich toll, aber für ihn? Sie ist viel zu jung und zu frech. Ich glaube auch, dass sie nur zufällig zusammenge- kommen sind. Das war keine Wahl. Freddy weiß noch immer nicht, was er eigentlich will, denke ich. Ist nur so eine Grenz- überschreitung. Wie er selbst sagte, die Sehnsucht nach einer anderen Rolle. Vielleicht lernt er was aus der Konfrontation. Verena ist ja klar, die bringt alles auf ´nem Punkt. Warten wir's ab. Ich glaube, die macht sich nur ein Spaß mit Freddy. Naja, und eigentlich wollte sie auch nur die Marga sprechen."

„Marga?" Andros Stimme tönte scharf dazwischen. „Wieso? Marga?" Er war die ganze Zeit über hin und her gewandert, wie auf heißen Kohlen, nervös um sich blickend. Voller Unruhe frag- te er noch: „Was hat Verena mit Marga zu schaffen?" Es klang unwirsch.

Irene erzählte von dem Seminar und alles was sie von Verena wusste. „Sie hat also ein Meditationsseminar mitgemacht", murmelte Andro und wirkte verunsichert. „Ist ja interessant. Hätte ich nicht gedacht. Schade, dass Freddy sie in Beschlag ge- nommen hat. Naja, vielleicht treffe ich sie noch später. Ich muss noch mal weg", fügte er lauter an. Er grinste vielsagend, als er mit einem Nicken die Gruppe verließ.

Hans blickte ihm versonnen nach. Ein wehmütiger Zug lag um seinen Mund. Markus meinte eine Frage wäre angebracht: „Was ist mit euch beiden eigentlich los, Hans? Du wirkst in letzter Zeit so abgeschieden, zurückgezogen. Andro ist oft unterwegs, stimmt's? Was macht das Projekt fürs Fernsehen?"

Hans winkte kraftlos ab, als er sagte: „Er will nicht, auf keinen Fall. Es ist nichts zu machen. Naja, es war halt so `ne Idee. Ich merke einfach, ich bin nicht mehr der Alte, also ich meine nicht mehr der Jüngste. Früher habe ich alle mit meiner Begeisterung mitgerissen. Aber Andro ist so entschieden und klar, was seinen Weg angeht. Wahrscheinlich hast du recht gehabt, Markus, damals im Lokal, als du mich gewarnt hast. Aber trotzdem, ich genieße seine Gegenwart, seine Jugend, seine Ideen und hin und wieder ein bisschen Sex." Es klang ziemlich kleinlaut, vor allem der letzte Teil der Äußerung.

„Was macht Andro denn sonst so", wollte Markus noch wissen und blickte neugierig zu Hans hinab, der sich in dem gelben Sessel niedergelassen hatte. Irene rappelte sich aus ihrem Sessel auf, sagte kurz: „Bis später mal", und ging auf die Tür zu, die noch immer offen stand. Hans folgte ihr mit den Augen und besah belustigt ihren ausladenden Formen hinterher, die nun hinter der Tür verschwanden.

„Ja", überlegte Hans laut, „was Andro macht? Ich glaube, dass er eine Freundschaft mit Marga im Auge hat. Also eine platonische oder besser gesagt eine Lernfreundschaft. Er bewundert sie, spricht viel von ihr, von ihrem Wesen. Die Meditationen haben einen großen Einfluss auf ihn ausgeübt. Er überlegt nach Indien zu gehen. Deshalb war er vorhin auch so elektrisiert, als er von Verenas Erfahrungen hörte."

Markus legte eine Hand auf die Schulter von Hans und sagte freundschaftlich: „Ach Hans, wie schnell sich doch alles verändert, nicht wahr?" und blickte ihn besorgt an.

Er suchte nach den richtigen Worten: „Weißt du Hans, ich wollte dir schon längst mal danken für deine Initiative, uns hier wohnen zu lassen. Die Gruppe ist eine großartige Bereicherung für mich. Danke für deine Großherzigkeit", sagte er und streichelte ein wenig die Schulter von Hans.

„Ist schon gut", Hans wiegelte ab, „hab mir selber einen Gefallen getan. Es war doch zu einsam in den Hallen hier", und er lachte verlegen und begann wieder mit den Lippen rumzumachen.

Als die Tür von Freddys Raum klappte, sprang auch eine andere auf. Andro stand wartend bereit um sich auf Verena zu stürzen, die sich lachend von Freddy mit einem: „Wia sehn uns noch", verabschiedete.

„Hallo Verena, warte mal", rief Andro, „habe noch Wissensdurst!" Er rannte hinter ihr her, Verena drehte sich um: „Wat willste denn?"

Andro setzte ein strahlendes Lächeln auf und fragte unvermittelt: „Du kennst Marga?" Als sie nickte, drang er auf sie ein: „Woher kennst du sie? Bist du mit ihr befreundet?" Verena sah ihn skeptisch an: „Warum willste denn dat wissen? Nee, ick bin nich´ mit ihr befreundet. Ick hab se uff nem Seminar kennen jelernt. Sie war eene vom Team."

„Auf einem Seminar hast du sie kennen gelernt?" Andro konnte seine Neugierde nicht zurückhalten. Sein Gesicht glühte, seine Stimme war erregt: „Was war das für ein Seminar? Entschuldige, dass ich so neugierig bin. Hast du noch ein paar Minuten Zeit? Wollen wir uns nicht setzen?"

Verena zögerte, sie wollte raus an die Luft, aber Andro sagte: „ Ach bitte, Verena", und sie ließ sich überreden. Sie setzen sich in die Sessel.

„Det war letztet Jahr", eröffnete Verena den Bericht und sie erzählte von einem Seminar mit dem Titel: <Top Quest>, dass sie aus purer Neugierde mitgemacht hätte, und soweit sie wisse, auf alte Indianer Rituale basierend, als <Vision Quest> aus den USA importiert worden sei. Es seien sieben Tage einer intensive Selbstfindung gewesen, wie sie sich ausdrückte, davon zwei Tage in der Natur. Sie seien einzeln der Natur ausgeliefert gewesen, ohne die gewohnten Sicherheiten.

Aufmerksam lauschte Andro, nickte zuweilen und wollte jeden Tagesablauf genau wissen, vor allem wie Verena die Nächte im Freien, nur mit Kerzen und Decken ausgestattet, verbracht hätte.

„Wir musst'n uns 'n Schutztier suchen", erklärte sie, „nachdem jeda Teilnehma 'nen Platz in 'er Natur jefunden hatte, dann Kontakt mit 'm inner'n Kind uffnehmen un' mit uffenen Oojen de Nächte durschmachen."

Jeder wäre für sich selbst verantwortlich gewesen und sie hätten auf die Geräusche des Waldes lauschen sollen, auf den Wind und auf Informationen achten, die fürs Überleben wichtig wären. Sie hielt inne, ihr Blick ging ins Weite und sie nickte zufrieden vor sich hin.

„Ja", sagte nun leise Andro, „das kenne ich. Ich habe schon oft in der Natur genächtigt und dort Kraft gefunden. Ich stelle mir dann immer einen Braunbären vor, der mich beschützt. Hast Du denn hilfreiche Informationen erhalten?", fragte Andro vorsichtig nach.

„Hm", machte Verena, nicht sehr gesprächig, „eijentlich sind dat janz pasönliche Erfahrungn, weeßt de? Un' bisher hab ick die ooch keenen erzählt. Marga sachte ooch imma, wir sollten uns davor hüten die Enerjien zu zastreuen."

Sie zauderte, bevor sie weiter sprach: „Det war `ne himmlische Information, weeßt de? Det ist ooch nich´ mit Worte zu sajen."

Sie schaute wieder in die Ferne und schien etwas zu hören. „Det war `n Schalmeienkonzert --- un´ Jlockenjeläut kam ooch imma näher. Det is´ nich´ zu beschreibn. Da kannst enfach nüscht mit anfangen, Andro. Det war ´n unfassbaret Erlebnis und det sauste auf mir runta und durch mir dursch. Ick war wie jeplättet danach. Hatte Mühe, wieda in die Gruppe zu kommn. Aba Marga hatt´ sich dann jleich um mir jekümmart. Die sah sofort, dass ick wat Unjewöhnliches erlebt hatte. Wundervoll präsent war se und nahm mir in die Arme. Die schaffte det, ick weeß nich´ wie, mir wieda uff de Erde zu stelln und det Erlebnis als wischtige Botschaft anzunehmn. Den janzen Tag lang jing ick wie uff Wolken. Tja, die Marga", sagte sie noch.

Andro nickte zustimmend: „Ja, sie ist ein ungewöhnlicher Mensch. Ich bin auch total begeistert von ihr. Und so ein Seminar hat sie geleitet?", wollte er nochmal von ihr hören. Verena sah ihn groß an.

„Ja", sagte sie nur, „von Freddy hab ick jehört, dat ihr mit Marga hier rummeditiert, so janz varückte Tantra Meditationen macht. Würde jern mitmachen. Meinst de, det jinge?"

Sie blickte Andro hoffnungsvoll an. Ihr war erst in dem Moment diese Idee gekommen und sie wollte gleich eine Zusage. Andro zog die Schultern hoch und nickte gleichzeitig mit dem Kopf. Das sah wirklich ambivalent aus, so wie er sich in dem Moment fühlte.

„Ich werde mit der Gruppe reden, natürlich muss Marga zustimmen." Andro war von Verenas Absicht angenehm berührt und fragte neugierig: „Hast du schon viele solche Gruppenerfahrungen gemacht?"

„Einiges schon, aba ick muss jetzt wirklich jehen. Lass uns 'n andamal darüba quatschen." Sie erhob sich.

Andro stand ebenfalls auf: „Und wo kann ich dich treffen?" Dabei blickte er aus seiner Höhe auf die von einem Sonnenstrahl beleuchtete grüne Haarpracht von Verena.

„Frach den Freddy, der kennt den Laden, wo ick arbeete," und schon klappte die schwere Tür hinter ihr zu.

„Starke Frau", murmelte Andro in sich hinein, als er durch das Vestibül ging, „die hat echt viel Männliches an sich, ein richtig androgynes Temperament."

Kapitel 16

„Nun kommt bitte zur Ruhe", rief Marga in die Gruppe. Einzelne unterhielten sich noch angeregt. Hans saß wieder neben Irene und konnte nicht an sich halten. Seine Augen waren nicht mehr so verhangen, die Falten seines Gesichts waren nahezu verschwunden, er sah 20 Jahre jünger aus. Freude blitzte aus seinen Augen, die auf Irene gerichtet waren und die ihm nun mit ihrem Zeigefinger der rechten Hand auf dem Mund zu verstehen gab, still zu sein.

Freddy saß ihnen gegenüber und beobachtete die Schwingungen der Nähe zwischen den beiden mit großer Aufmerksamkeit, war aber immer wieder von Verena abgelenkt, die zum ersten Mal dabei war. Sie saß zwischen Irene und mir. Sie bereicherte die Szene durch ihre lichte Erscheinung. Von oben bis unten in ein weißes Baumwollgewand gehüllt mit einer Kapuze, die sie über ihr grün gefärbtes Haar gezogen hatte, das auf der linken Seite auf ihre Schulter fiel. Einen zauberhaften Anblick, fand ich, sie von der Seite betrachtend. *Sie hat an diesem nebligen Novembertag ohne Tageslicht etwas Engelhaftes, Körperloses, Unwirkliches wie eine Erscheinung,* dachte ich noch, während ich auf die Anweisungen wartete, die Marga für die nächste Stunde versprochen hatte.

Freddys Augen ging immer noch von Irene zu Verena hin und her, kamen nicht zur Ruhe. Er sah besser aus, sein Kleidungsstil hatte sich geändert, nicht mehr so abgerissen, irgendwie frecher. Verena schien einen gewissen Einfluss auszuüben. Seinen Schnauzer hatte er auch letzte Woche abgenommen. Alle waren überrascht von seinem neuen Gesicht. Es war augenscheinlich klarer und männlicher geworden.

„Freddy du bist auf dem richtigen Weg! Viel schöner als vorher. Machos sind doch vorbei.", so hatte jeder einen Kommentar für ihn gehabt und er sonnte sich seitdem unter der Zustimmung. Oft stand er vor dem großen Theaterspiegel, der im Vestibül zwischen den Türen zu Irenes und Markus´ Räumen die Szenerie widerspiegelte.

Ich sah in diesem Moment von meinem Platz Marga in dem Spiegel von hinten mit ihrem rasierten Schädel und ihrer zierlichen Gestalt in dem eng anliegenden schwarzen Bodysuit, den sie immer zur Meditation trug und ich sah auch Andro im Spiegel, der wieder neben mir saß und konzentriert auf Marga blickte, erwartungsvoll, ganz im Augenblick präsent. Seine vollen Lippen waren zu einem leichten Lächeln geschwungen und seine manchmal kalt blickenden, grauen Augen drückten mitfühlende Wärme aus. Er hatte eine bewundernswerte, aufrechte Haltung auf der Meditationsbank eingenommen, auf denen wir heute alle zum ersten Mal saßen. Es war für uns ungewohnt auf der niedrigen Holzbank mit den untergeschobenen Unterschenkeln zu sitzen, ohne Lehne, wie Freddy entsetzt festgestellt hatte. Er hatte mal wieder am meisten Probleme mit der neuen Haltung. Immer wieder rutschte er hin und her und schob mal eine Decke, dann auch ein kleines Kissen unter seine Sitzknochen und jammerte: „Ich weiß nicht, ob ich das lange aushalten werde."

Jetzt endlich klang Margas Alt durch den Raum: „Freddy, achte einfach auf deine Wirbelsäule und bewege sie mit deiner Atmung, beim Einatmen richtest du dich auf und beim Ausatmen machst du den Rücken krumm und sinkst mit dem Oberkörper zusammen. Hast du das verstanden? Und mit der Ausatmung lässt Du alle Spannungen los. Probiere das einige Male", sagte sie noch und blickte auffordernd in die Runde: „Das gilt für uns alle! Einige haben diese Erfahrung schon mit mir gesammelt, nicht wahr Verena? Und du Androa bist offenbar ein Naturtalent. Naja, die Jugend", fügte sie noch hinzu.

Marga hatte seinem Namen ein a angefügt. *Wollte sie damit seine Eigenart in das Bewusstsein der Gruppe rücken?* Schon redete sie weiter:

„Ihr müsst eure Wirbelsäule beweglich halten. Macht es euch bitte zur Regel, niemals angelehnt, sondern immer aufrecht zu sitzen und dabei mit der Atmung zu schwingen. Sehr gut Hans, übertreib es ruhig ein bisschen, aber du darfst beim Atmen den Brustkorb nicht verspannen."

Es entstand eine unruhige Geräuschkulisse aus übertriebenem Luft einziehen und ausstoßen und dem Rutschen der Holzbänke auf dem Parkett.

„Achtet einfach auf die aufrechte Haltung beim Einatmen", gab Marga erneut Hilfe, „fühlt die Sitzfläche unter euch und das Gewicht des Körpers, wie er sich verschiebt, sich hin und her bewegt. Die Knie liegen entspannt auf dem Boden, sie nehmen gar kein Gewicht auf, auch die Unterschenkel sind ohne Gewicht, die Schultern sind ohne Gewicht, sie hängen und bewegen sich locker mit der Atmung, beim Aufrichten fallen sie nach hinten und beim Ausatmen nach vorne."

Langsam beruhigten sich alle. Die gleichmäßigen Wiederholungen der Anweisungen verringerte die Nervosität und ein gleichmäßiger Atemrhythmus breitete sich hypnotisch über uns aus. Marga ließ ihre Augen über die Runde streifen und entschied eine weitere Vorgabe zu probieren:

„Mit dem nächsten Ausatmen schließen wir die Augen und summen OOMM bis keine Luft mehr in der Lunge ist. Dann wieder tief einatmen und wieder OOMM summen und dabei immer mit dem Körper schwingen. Nichts weiter, einatmen und OOMM summen und einatmen und OOMM summen und einatmen, die Wirbelsäule bewegen, die Schultern loslassen, die Spannung loslassen. Du bist nur noch Atem und Klangvibration. Zeit füllt den Körper mit der Vibration, der Klang vibriert den Körper, Körper und Klang sind eins, nichts weiter, alles lassen, geschehen lassen, Klang werden......, Klang sein......"

Dreißig Minuten sind nicht viel, bezogen auf einen Tag, eine Woche oder ein Leben, aber dreißig Minuten sind viel im Sein des OOMM, zu viel für einige in der Gruppe, in unserer Gruppe. Aber damit endete die Meditation noch nicht. Es ging weiter im Sitzen, ohne OOMM.

Marga ließ uns in Stille weiter atmen und forderte uns auf, die Hände mit den Handteller nach oben zusammen, wie eine Schale, von dem Körper weg als Geste des Gebens in den Raum zu bewegen und dann einzeln in einer Kreisbewegung wieder zum Körper zurück zu bringen und dann die Geste zu wiederholen, ganz langsam zu wiederholen, viele Male, ganz langsam, noch langsamer, ohne zu zählen, ohne zu denken, einfach nur die Geste des Gebens.

Solange, bis Marga sagte: „Dreh nun die Handflächen nach unten, dreh die Bewegung um und führe sie ganz langsam zurück zu deinem Körper...... Nimm die Energie aus dem Raum, der dich umgibt, nimm alles, was du brauchst..... Immer wieder die Hände zu dir zurück nehmen und am Körper seitlich im Halbkreis nach vorne führen und so langsam wie du atmest, bewegen sich deine Hände und nehmen die Energie, füllen dich mit allem, was du brauchst, aus diesem Raum, ganz langsam, noch langsamer, bis die Bewegung von außen betrachtet, bei geschlossenen Augen, nicht mehr als Bewegung wahrnehmbar sein könnte......"

„Und irgendwann, wenn die Hände vor dem Körper eintreffen, legst du sie ineinander, die rechte unter die linke, die Daumen berühren sich ganz leicht und nur noch die Vibration der Stille und die Schwingung des Atems bleiben."

„Zu tun ist nichts mehr, nur lauschen, Leere wahrnehmen, nichts mehr zu spüren, nichts als Leere...... Zeit verrinnt im Raum des Nichts. Nichts ist im Raum der Zeit...... Zeit fließt mit dem Atem."

Nach weiteren dreißig Minuten hörte ich aus der Stille heraus, von wo auch immer, einen Gong, der im Körper vibrierte, im Unterleib, im Herz, im Kopf, der sich ausdehnte und Margas flüsternde Stimme, rau und warm: „Mach die Augen auf. Fühl deine Sitzknochen auf der Bank, fühl deine Wirbelsäule. Strecke dich und dehne dich."

Das erste, was ich dann nach vielen Minuten des Schweigens hörte, war Hans, der überrascht verkündete: „Wie hell es hier im Raum ist, obwohl nur die eine Kerze brennt."

Dann ruckelte Freddy sich auf, durchbrach die Stille durch das Geräusch des Umsetzens und mit Stöhnen über seine eingeschlafenen Beine.

Marga wandte sich ihm zu: „Du hast tapfer durchgehalten Freddy."

Er nickte benommen, konnte seine Erfahrung noch nicht beschreiben, war noch mit dem Betasten seines Körpers beschäftigt.

Irene hatte es sich in der Zwischenzeit bereits bequem gemacht. Sie saß nun im Schneidersitz auf dem Bänkchen, hatte ihre Hände im Nacken gefaltet und blickte versonnen vor sich hin, als sie leise begann: „Ich habe mich noch nie so gefühlt, so vollständig und so leicht dazu."

Sie zögerte, blickte umher, als wolle sie die Atmosphäre mit weiteren Worten nicht stören. Aufrecht saß sie da und ihr Gesicht strahlte im Kerzenschein geheimnisvoll; ihre ganze Gestalt, eingehüllt in einem weiten dunkelroten Umhang aus Satin, glänzte mild in dem flackernden Lichtschimmer. Ihr Anblick verzauberte mich und ich hätte gerne noch eine Weile einfach nur gesessen, aber die Stimme von Verena holte mich aus meiner Träumerei.

„Danke", sagte sie mit ihrem hellen, klaren Sopran, „danke, Marga, für deene Untastützung. Ick kannte de´ kosmüsche Klangmeditation schon, aba noch nie hatt´ ick so `ne deutliche Schwingung in menem Körpa jespürt. Ick wurde jlatwech ens mit allem hier `m Raum. Wat mir überraschte, war, dass ick so ville zurückbekam, ick meene so ville Liebe. Naja, ick hab ooch von janzem Herzen jejeben", und ihre Stimme versagte für einen Moment, „ne´ Masse Kraft un´ Wärme. Zum Schluss vibriertn sojar meene Hände."

Sie lachte ein helles, befreiendes Lachen, streckte ihre Arme wieder über ihren Kopf, wobei ihr die Kapuze von den Haaren rutschte und faltete die Hände im Nacken. Dann schloss sie die Augen. Ich sah, wie sie immer noch unverändert in der Meditationshaltung auf der Bank saß, zufrieden und entspannt. Was ich von mir nicht sagen konnte.

Meine Empfindungen waren hin und her gerissen zwischen Verena und Freddy als Antipoden.

Ich bewunderte die klare Haltung von Verena, wie sie sich vorbehaltlos hingeben konnte, sich offensichtlich, wie ich natürlich nur vermutete, in diese Erfahrung fallen lassen konnte. Auf der anderen Seite, wirklich auch im Raum auf der anderen Seite, also rechts von mir, saß Freddy mit seinen kleinlichen Beschwernissen um nichts, die mich wahnsinnig machten, weil ich die bei mir ebenso spürte, aber nicht wahrhaben wollte. Ich musste wohl mit einem recht unglücklichen Gesicht und einer rührenden Haltung meine ambivalente Situation ausgedrückt haben, denn Marga hatte mich mit ihrer feinen Wahrnehmung fixiert und bat mich, etwas von mir zu geben.

„Markus, sagte sie, was ist? Du siehst zerrissen aus. Was geht dir durch den Kopf? Magst du es mitteilen oder möchtest du lieber, dass ich mit Georg spreche?"

Sie traf mal wieder meinen wunden Punkt. Normalerweise stört mich der Zwiespalt nicht, in dem ich mich befinde, ich komme im Alltag mit den zwei Rollen klar. Naja, wenn nicht auch noch Georgie dazwischen stünde, wäre es einfacher. Aber jetzt, hier nach dieser intensiven Klangvibration war ich dünnhäutig geworden. Ich brauchte Zuspruch und Mut.

Deswegen zögerte ich etwas. Marga half mir auf die Sprünge, als sie bemerkte: „Du schienst während der Meditation ganz ruhend und harmonisch, ganz mit dir im Einklang, Markus-Georg."

„Ja stimmt, das war so am Anfang", antwortete ich, wobei ich ihre Gabe bewunderte, mich in meinem ambivalenten Zustand zu respektieren, und redete weiter, „auch noch während der Phase Geben und Nehmen war ich neutral achtsam, aber dann in der ruhenden Stille der letzten fünfzehn Minuten merkte ich, wie ich über mich hinaus wachsen, mich entfalten wollte und gleichzeitig festgehalten wurde von meinem Körper, meinen Gewohnheiten. Der Geist oder das Bewusstsein, was auch immer, wollte mit dem Einatmen hinaus und das Ausatmen hielt mich schmerzlich am Boden fest. Ich spürte Angst vor der Weite, vor dem Neuen und suchte nach Vertrautem, nach Sicherheit in den wiederkehrende Gedanken. Und das machte mich wütend und jetzt werde ich zunehmend traurig". Ich schluckte, die Stimme versagte.

Marga hatte aufmerksam zugehört und meinen Zustand sofort aufgefangen, indem sie meine Gefühle umdeutete:

„Eine bedeutsame und klare Beschreibung hat Markus-Georg uns gegeben. Danke MG", sagte sie liebevoll und sprach schon weiter: „Georg beschreibt einen Wachstumsprozess, den jeder Mensch durchmacht, wenn er über sich selbst wächst. Oft bemerken wir im Alltag nicht unsere Veränderungen. Das Bewusstsein ist mit dem Alltagskram absorbiert. Aber in der günstigen Situation, wenn die Achtsamkeit nach innen gerichtet ist, registrieren wir Gefühle wie Angst und Enge und auch Eifersucht und Neid auf andere Personen. Oft folgen darauf Trauer und Wut über die eigenen Unzulänglichkeiten."

Sie schwieg und wartete, während ihre Augen von einem zum anderen schweiften. Dann wandte sie sich an Freddy:

„Wie geht es dir Freddy? Du hast gut durchgehalten, war es schwer?" Freddy strahlte, der Zuspruch tat ihm gut. „Ich will nicht nur klagen", begann er, „es ging schon besser als die letzten Male. Mich berührt gerade noch, was Markus von sich erzählt hat".

Er hielt kurz inne, überlegte, ob er noch etwas dazu sagen sollte. Ich sah, wie er angestrengt nachdachte. Schließlich schüttelte er zweifelnd seinen Kopf und sagte:

„Tja, hm. Also diesmal empfand ich mich ausgesprochen körperlich, also so ganz im Körper aufgehoben. Ich glaube fast, ich habe bisher noch nie den Körper so deutlich gespürt, zuerst durch das OOMM hier in der Mitte und er deutete auf den Unterleib, und später die Hände, die waren als Extremitäten, wie Fühler zu spüren. Im letzten Teil kam ich mit dem Atem und der Schwingung der Wirbelsäule nicht klar. Naja, Ich wollte es wohl ganz perfekt machen, war damit zu sehr beschäftigt."

Alle nickten verständnisvoll und Marga gab ein: „Großartig, Freddy", von sich, wobei sie schon den Blick zur Seite nach rechts auf Hans richtete. Der reagierte sofort, wollte wohl schon länger etwas sagen:

„Kinder, Kinder, entschuldigt bitte", maßregelte er sich sofort, „aber ich merke doch mein Alter. Was ihr bisher von euch gegeben habt, du Markus und du Verena, da kann ich nicht mithalten."

„Das musst du auch nicht", Marga legte ihre Hand auf seine linke Schulter: „Jeder macht hier seine ganz eigenen Erfahrungen. Du hast schon viele in deinem Leben gemacht, und wenn du noch etwas Geduld mit dir alten Macher hast, wirst du noch überrascht werden. Aber nun berichte mal."

„Also, wie Freddy, bin ich vor allem in meinem Körper aufmerksam spazieren gegangen, also ich meine mit meinem Bewusstsein. Habe auf alles geachtet, auf Atem, Klang, Vibrationen, aber eine Weite, Leere oder sogar Helligkeit wollte sich innerlich nicht einstellen." Er klang enttäuscht.

Marga beruhigte ihn: „Hans, ich vermute, du hast zu viele Erwartungen, zu viel gelesen? Hm?" Er zuckte mit den Schultern und sagte: „Vielleicht kann ich nicht loslassen. Aber etwas möchte ich noch erwähnen", und er räusperte sich, blähte die Lippen kurz auf, seine Augen wanderten in der Runde von einem zur anderen, bevor er verhalten und leise mit der knarzigen Stimme weitersprach:

„Eine schwarze Wand habe ich während der letzten Phase vor mir gesehen. Es war vielleicht keine Wand, mehr so eine Barriere, oder ein schwarzes Tuch? Das hing vor mir. Ich befand mich davor und konnte mich nicht rühren. Mit dem Ausatmen entschwand es ein wenig, wurde durchsichtiger, aber mit dem Einatmen wieder fester, bedrohlicher. Ich war froh, als ich dann die Augen aufmachen konnte. Das könnt ihr euch sicher denken." Er lächelte das vertraute Echsen Lächeln und nickte einige Male mit seinem großen Schädel.

Marga betrachtete ihn besorgt von der Seite und strich ihm kurz über seine grauweißen Haarreste. Die Kerze flackerte in einem Windhauch, der lautlos durch den Raum strich. Daraufhin sagte sie:

„Bei dem eben vorbei streifenden Hauch ist mir eine Idee gekommen, eine Idee die zu den Erfahrungen von Hans eine Ergänzung sein könnte. Ich werde euch bei Gelegenheit von meinem letzten Seminar berichten, dass sich um den Sinn des Lebens und auch um die Aufgabe des Lebens, um den Tod drehte. Aber jetzt möchte ich noch einiges von denen hören, die kaum etwas gesagt haben. Was ist mit dir Irene? Möchtest du jetzt?"

Irene begann zögerlich: „Ich weiß nicht. Die anderen haben schon so beeindruckend berichtet. Bei mir war alles so einfach."

Sie blickte verunsichert in die Runde, dann fasste sie sich und sagte: „Also, ich wurde so leicht. Ich war eins mit dem Atem, vollständig gefüllt, vollständig leer. Wie eine Schlange war meiner Wirbelsäule. Zeitweise war ich ohne Bewusstsein, nur die Wirbelschlange, die sich von der Sitzfläche empor aufrichtete und tanzte. Ja, es war wie ein Tanz, von unten kroch eine Kraft hoch, die mich hielt und alles um mich herum, also meine Hülle war damit verbunden und doch so weit, so entfernt. War ich grenzenlos? Keine Ahnung. Die Vibrationen hörten nicht mehr auf, auch als ich die Hände bewegte. Was war Geben, was war Nehmen? Ich habe das unbewusst gemacht, nur an diese beiden gegensätzlichen Empfindungen erinnere mich noch: Schön und klar von mir weg und belebend zu mir hin. Und zum Schluss.... wie viel Zeit haben wir eigentlich gesessen? Zum Schluss war ich nur noch durchwirkt, es stieg auf und erfüllte mich so heiter, so köstlich. Es schmeckte nach Honig, so unendlich süß, diese Empfindung, als sie sich ausbreitete, alles überschwemmend, schöner als ein Orgasmus, nein anders, ähnlich und auch wieder nicht so."

Ja, ja. Irene war weit weg von uns. Sie saß da und schaute in die Kerzenflamme. Eine überirdische Heiterkeit lag auf ihrem Gesicht, das so rund, vital und glücklich wirkte, eingerahmt von ihrer kastanienbraunen Lockenpracht.

Marga räusperte sich und beendete die knisternde Stille: „Irene, das war wundervoll. Du hast Worte gefunden für etwas, was sich kaum beschreiben lässt. Diese Kraft aus dem Wurzel-Chakra zu erleben ist ein großes Geschenk. Und Geschenke sind Überraschungen. Wir können sie nie erzwingen und nicht erwarten. Nur warten können wir, demütig warten, dann zeigen sie sich manchmal."

Andro begann plötzlich mit einem Finger zu schnipsen und, die Rede Margas unterbrechend, wie unter enormen Druck zu sprechen:

„Ich bin total überrascht von Irene. Was sie erlebt hat! Was sie zugelassen hat! Ich kann's nicht glauben. Es ist so ganz verschieden von dem, was ich erfahren habe. Zum ersten Mal bin ich verwirrt. Meine Wahrnehmung von mir ist erschüttert. Besser gesagt, ich fühle meinen Halt schwinden."

Andro rüttelte sich auf seiner Meditationsbank zurecht, setzte sich aufrecht und sah sehr ernst aus. Er blickte reihum in Augen, die ihn überrascht und neugierig ansahen.

„Also der Reihe nach", sagte er nun, „in der ersten Phase weitete das OOMM meinen Unterleib und die Vibrationen aktivierten die Geschlechtsteile, mit denen ich ja genügend versorgt bin". Er grinste.

„Ich fühlte zunehmend deutlich meine zwei Triebe als angenehm lebendig dort unten und bekam den Wunsch, diese Anlage mehr zu leben, sie als ein Lebensfundament anzunehmen und offener auszudrücken. Das war aber nur ein Gefühl, jetzt klingt es so als hätte ich darüber nachgedacht."

„Nein nein, so war es nicht", und er schüttelte den Kopf, bevor er weitersprach, „aber dann in der mittleren Phase des Gebens und Nehmens erlebte ich so widersprüchliche Empfindungen, wie nie zuvor. Das Geben war so wunderbar leicht und schön für mich. Ich gab mich in den Raum, in die Gruppe und am Horizont öffnete sich blaues Licht, das stärker wurde, als ich meine Hände hinreichte.....Aber dann, dann folgte das Nehmen. Ich konnte nicht nehmen.....Natürlich bewegte ich meine Hände zu mir, aber der Atem und die Bewegung störten sich gegenseitig. Ich wurde ganz traurig. Jetzt ist mir klar, dass ich mich bisher immer weigerte etwas anzunehmen."

„Nun", und seine Stimme wurde hastiger, „bei meiner Herkunft, in der lieblosen Umgebung des Heims und der strengen Pflegefamilie habe ich so viel Hässliches erlebt, dass ich mich schützen musste. Die Schläge und Strafen hatten mich erschüttert, einsam gemacht. Ich weigerte mich überhaupt etwas anzunehmen, ich kapselte mich ab. Und dieses Muster prägt mich bis heute."

Andro schwieg, starrte ins Leere, machte einen tiefen Atemzug und seufzte. Sein Gesicht wirkte wie gemeißelt.

Ich war gerührt von seiner Offenheit. Marga sagte noch immer nichts. Keiner rührte sich, alle warteten.

„Ja, begann er wieder, „in der letzten Phase dann, in der Stille wurde alles diffus, alles so unklar, so undeutlich. Ich hätte noch viel mehr Zeit gebraucht um wieder zu mir zurück zu finden. Plötzlich, so schnell, war die Stunde rum und ich ohne Halt, verwirrt, so verwirrt, dass ich an meiner Fassade zu zweifeln begann, an diesen künstlichen weiblichen Attributen, meinen Silikonpolstern."

Er streckte seine Brust überdeutlich vor und lachte verunsichert schrill auf. Dann fiel er in sich zusammen. Sein Gesicht wurde blass. Ich fühlte in diesen Moment mit ihm, wie nie zuvor. Und auch Irene war, wie ich bemerkte, von Andros Bericht gerührt. Sie versuchte ihn aufzumuntern. „Glaub mir Andro", sagte sie mit einer betont sanften Stimme, „die Sehnsucht, Liebe zu schenken und Liebe zu empfangen, verbindet uns alle hier in dem Raum und wir sind alle noch Schüler."

Andro blickte nicht hoch, hob ein wenig die Schultern und schwieg. Marga hatte bisher gewartet, hielt Hans auch davon ab, aufzustehen um seinen Andro zu trösten. Sie half auf ihre Art, in dem sie zu Andro sagte: „Verwirrung, lieber Andro, ist eine gute Voraussetzung zum Lernen. Lass dir Zeit zum Wachsen."

Schließlich wandte sie sich noch zu Irene: „Etwas möchte ich dir noch sagen Irene, zu der Sehnsucht nach Liebe. Man liebt zuletzt nur seine eigene Begierde und nicht das Begehrte."

Kapitel 17

Wochen sind vergangen. Den Beginn des neuen Jahres haben wir gefeiert. Unsere Lebensgemeinschaft besteht noch, wer weiß wie lange. Der alte Hans hatte sich erkältet, liegt mit Wärmflaschen im Bett. Andro träumt immer öfter laut von seinem Trip nach Indien. Vielleicht bleibt er uns noch einige Wochen erhalten. Verena kommt manchmal zu uns, wenn wir eine neue Meditation praktizieren. Die Information erfährt sie wohl von Freddy, der sich noch immer gerne bei der Auswahl seiner Klamotten von ihr beraten und überreden lässt. Letztens tauchte er in einem feierlichen Aufzug ganz in Schwarz auf, Schuhe, Hosen und Sakko tiefschwarz. Eine rote Krawatte hatte sie ihm dazu ungebunden. Sie macht sich halt gern ein Spaß mit ihm und Freddy scheint froh über die Zuwendung zu sein.

„Freddy!", rufe ich, er kommt gerade zur Tür rein, „du siehst so ausgeglichen aus!" Er strahlt mich an, als er sagt: „Ich habe für jeden eine Überraschung. Für dich eine CD Markus, mit Bluesrock."

In letzter Zeit versuchte Freddy durch kleine Aufmerksamkeiten die Stimmung zu verändern. Nach der kosmischen Klangübung war er von den Empfindungen, die einige beschrieben, ziemlich betroffen. So unterschiedliche Erfahrungen erschienen ihm unvorstellbar. Klebte er doch immer noch an den körperlichen Sensationen, den Verspannungen und den Schmerzen in seinen Beinen.

„Wieso habt ihr solche anderen, solche unterschiedlichen Erlebnisse während der Meditation? Ich denke manchmal, wenn ich von euren Erfahrungen höre, ob mir was fehlt?"

So hatte er sich eines Abends, als wir beieinander saßen, geäußert. Er wollte offenbar einen Rat. Ich erinnere mich nicht mehr genau an das, was ich ihm gesagt habe, weil ich in Gedanken versunken war. Woran ich mich aber noch erinnere, war sein offenes Gesicht mit den fragenden Augen und eine gewisse Unsicherheit, die sich in fahrigen Gesten äußerte, und dass ich ihn eine Weile schweigend musterte und überlegte, wie ich reagieren sollte, bis ich endlich hervor brachte: „Freddy. Was willst du wissen?"

„Wie kann ich zu meinem Selbst vordringen? Damit ich mehr fühle, damit ich besser weiß, was ich will."

Das kam so unmittelbar aus ihm, dass ich annahm, er müsste diese Gedanken schon eine Weile im Kopf hin und her gewendet haben. Er sah mich erwartungsvoll an, als er weiter fragte: „Kann ich das überhaupt lernen? Gibt es einen Weg? Wie hast du das gemacht?"

„Hm, nun", ich war verlegen, hatte doch auch noch nicht so viel Selbsterfahrung. Ich war oft hin und her gerissen von den verschiedenen Wegen der Selbstprüfung, war auch noch ganz von meinem Ego bestimmt, von meinen Befürchtungen, wie ich auf andere wirken könnte und vor allem empfand ich das Verstreichen der Zeit, die ich sinnlos vergeudete, als bedrohlich. Aber das konnte ich Freddy nicht sagen, dann würde er vielleicht noch mehr verunsichert werden.

Also suchte ich in meiner Erinnerung wieder nach Zitaten aus Werken der Philosophie, die ich in letzter Zeit beim Lesen im dem heißesten Nass der Badewanne, herausgepickt hatte. Ein Ausspruch von Nietzsche hatte sich mir besonders eingeprägt. Der schien mir angebracht. Vielleicht konnte Freddy damit etwas anfangen:

„Werde der, der du bist." Freddy sah mich verständnislos an. Ich überlegte und veränderte den Satz: „Werde der, der du sein könntest."

„Aber", erhob er sofort einen Einwand, „das klingt doch völlig abgehoben, total abstrakt." Er blickte hilflos, zog die Schultern hoch.

„Nun ja", gab ich ihm recht, „vom augenblicklichem Standpunkt aus betrachtet, hast du recht, aber", ich machte eine rhetorische Pause: „Stell dir mal vor, wie du am Ende deines Lebens sein wirst. Stell dir vor, du hast 70 Jahre gelebt und nicht mehr viel Zeit vor dir und du fragst dich: Habe ich mein Leben so gelebt, wie ich wollte? Bin ich der Freddy, der ich sein wollte, der seine Talente und Fähigkeiten gelebt hat?"

„Hm, das ist eine schwierige Aufgabe, sich so in die Zukunft zu versetzen", gestand Freddy und sein Gesicht war ein großes Fragezeichen.

„Klar Freddy, ich verstehe", machte ich ihm Mut, „aber überlege mal, du kennst bestimmt in deiner Verwandtschaft Personen, die so alt geworden sind, nicht wahr? Und hast du bei denen nicht auch schon manchmal vermutet, dass sie nicht alle Chancen genutzt hätten?"

Freddy wurde nachdenklich und nach einer Weile stimmte er zu: „Tja, hm, eigentlich brauche ich nur an meinen Vater zu denken. Als der nämlich begriff, dass es zu Ende ging, wurde er so traurig und unglücklich. Mit dem Krebs war es ganz plötzlich gekommen und er konnte es nicht glauben, hatte noch so viel vor. In den letzten Wochen vor seinem Tod beklagt er sich immer öfter: *Hätte ich doch früher mit der Malerei begonnen*". Er malte bis zuletzt Stillleben."

Freddy schwieg, starrte ins Leere, räusperte sich und sah mich wieder mit großen Augen an, die aus seinem glatt rasiertem Gesicht hervor traten ohne mich wirklich zu sehen. Die Beine hatte er übereinandergeschlagen und nun kreuzte er noch die Arme, als wolle er sich schützen. Er hob die Augenbrauen, die Stirne wurde faltig, als er sagte:

„Das war schrecklich, den Vater so zu erleben, nicht nur wegen der Krankheit, sondern weil er richtig verzweifelt darüber war, dass nur noch so wenig Zeit für sein Hobby blieb. Eigentlich hatte er noch gar nicht richtig mit der Malerei begonnen."

Freddy brach ab, er schluckte, suchte nach einem Taschentuch und schnäuzte sich. Über sein Gesicht legte sich ein grauer Schleier und als er weitersprach, war seine Stimme schwach, mutlos: „Tja, und was hilft mir das jetzt, Markus?"

Tröstend legte ich ihm eine Hand auf seinen Oberschenkel und sagte: „Es tut mir leid, Freddy, dass ich die traurige Empfindung ausgelöst habe. Ich wollte dir nur helfen in einen Zustand des Alterns zu gehen, in den Zustand vor dem Ende."

Ich wartete einige Minuten und versuchte es nochmal.

„Angenommen, du gehst in Gedanken in die Zukunft und stellst dir folgendes vor: Du bist alt, dir bleibt nicht mehr viel Zeit und du blickst von dort, aus der Zukunft in vielleicht 25 Jahren, zurück auf den Freddy, der hier heute bei mir sitzt, was fühlst du dann? Vielleicht sagt dir dieser zukünftige, "alte" Freddy mit Verständnis und Liebe: Werde der, der du sein könntest. Werde der, der du wirklich bist. Hörst du seine Stimme?"

Ich machte wieder eine Pause, bevor ich ihn eindringlich aufforderte: „Lass dir einfach Zeit Freddy und sage jetzt nichts. Gehe mit dem Vorstellungsbild in den nächsten Stunden umher, warte ab, was passiert und wenn du willst, gibst du mir bei Gelegenheit eine Rückmeldung, ja?"

Ich erhob mich, berührte sanft seine Schulter und überließ ihn seinen Gedanken.

Es dauerte nur zwei Tage, als Freddy mich erneut ansprach. Ich saß in dem roten Sessel, versunken in einem Buch von Irvin Yalom und hatte die Zeit vergessen, als ich seine Hand leicht auf meiner Schulter spürte und seine Stimme zaghaft zu mir durchdrang.

„Darf ich dich `mal stören, Markus? Entschuldige bitte, aber unser Gespräch hat mich nicht mehr losgelassen und, hm, zu bestimmten Überlegungen gebracht."

Etwas unwillig legte ich das Buch beiseite, sah hoch und als ich die Unruhe in seinem Gesicht wahrnahm, tat er mir leid und ich forderte ihn auf: „Na gut, setz dich Freddy. Was hast du dir überlegt? Hat das mit dem Satz zu tun: Werde der, der du sein könntest?"

Er nickte schwach und begann zögernd: „Wenn ich mir vorstelle, wer ich sein könnte, bekomme ich Angst. Angst, dass ich egoistisch werden könnte, und dass die anderen mich ablehnen könnten, wenn ich mich so verändere."

„Wieso meinst du das?" Ich wandte mich ihm ganz zu und war gespannt.

„Tja, hm", brummte und druckste er ein bisschen herum, „es ist mir schon ziemlich unangenehm darüber zu sprechen. Also, weißt du, früher als junger Mann, wollte ich Anwalt werden. So ein Anwalt für die Unterprivilegierten, verstehst du? Aber je mehr ich mich damals mit dem Ziel beschäftigte, desto klarer wurde mir, dass dazu ein gewisses Auftreten und Durchsetzungsvermögen gehörte, dass ich nicht hatte. Ich war scheu, geradezu schüchtern. Hatte ich dir nicht erzählt, wie es bei uns zuhause, in meiner Familie zuging?"

Er driftete in die Vergangenheit und ich erinnerte mich an das Gespräch im Szenelokal vor ein paar Monaten, als er über seine autoritäre Erziehung geklagt hatte.

„Tja", hörte ich seine nasale Stimme nach einigen Minuten wieder und sah, wie er immer noch unruhig auf seinem Sessel hin und her rutschte, bis er endlich weiter sprach: „Ich durfte doch nie auftrumpfen. Man drängte sich bei uns nicht vor, Bescheidenheit war eine Zier. Das war so in meiner Jugend. Also blieb ich immer im Hintergrund, wartete ab und nahm mir erst dann vom Kuchenteller, oder von dem, was das Leben zu bieten hatte, wenn ich glaubte an der Reihe zu sein."

„Aber", seine Stimme wurde jetzt richtig laut, „das war sehr selten!" Er schluckte seinen Ärger runter, räusperte sich, bevor er weiter sprach: „Deswegen traute ich mir das Studium der Rechtswissenschaft auch nicht zu. Von Zuhause gab es auch keine moralische Unterstützung, eher das Gegenteil. Gerade erinnere ich mich an den Spruch meines Vaters: *„Gehe mir aus den Augen, den Beruf des Rechtsverdrehers studieren! Lern was Vernünftiges, damit du bald Geld verdienen kannst, so `was wie Makler!"* Freddy schüttelte widerwillig den Kopf.

„Naja, deswegen ging ich eben auf eine Fachhochschule und lernte den Maklerberuf. Fachwissen gab es da genug, aber Persönlichkeitsentwicklung? nicht die Bohne. War im Studium gleich null. Ich hatte keine Führungsqualitäten drauf, konnte nicht vor Leuten reden, mich nicht verkaufen, geschweige andere von meinen Ideen überzeugen. Jahrelang hatte ich gehofft in einem richtigen Studium noch solche Sachen zu lernen, wie wissenschaftliches Arbeiten, Vorträge halten, und in Diskussionen glänzen, ohne die Angst mich zu blamieren. Leider vergeblich. Die Hoffnung habe ich endgültig aufgegeben."

Freddy schwieg. Er hatte sich vermutlich `mal einiges von der Seele reden wollen und dabei, so fand ich, manches von sich gegeben, das er als Motivation für ein erfülltes Leben nutzen könnte.

„Freddy", sagte ich deshalb, „was hältst du davon, wenn du hier in der Gruppe damit beginnst dich zu trainieren. Du brauchst kein Studium mehr, du hast genug Lebenserfahrung. Was dir fehlt, sind die vielen kleinen Erfolgserlebnisse im Umgang mit Menschen. Das sind Techniken, die du trainieren kannst, so wie Schauspieler ihre Rolle einüben. Das kannst du lernen. Du könntest dir `mal eine Liste von Themen machen, die dich wirklich interessieren, vielleicht Fragen zu Beziehungen, zu Konkurrenzdruck oder Fragen des Glaubens? Was immer dir persönlich wichtig erscheint. Und du könntest dann einen Vortrag halten, wir diskutieren darüber und du leitest die Diskussion. Was hältst du davon?"

Freddy schaute mich groß an, überlegte lange, bevor er sich äußerte. Ich sah, wie er die Gedanken hin und her wälzte.

Schließlich sagte er: „Tja, hm, schon eine interessante Idee, kann ich mir vorstellen. Vielleicht würde ich in dem sicheren Rahmen hier, in der Gruppe frei reden können. Aber gleichzeitig, Markus, meldet sich eine innere Stimme, die sagt: Dräng dich nicht vor, du bist nicht so wichtig." Seine Stimme klang wieder mutlos.

„Freddy", unterbrach ich ihn. „Nimm `s nicht so ernst, mach`s einfach spielerisch. Du kennst uns. Was sollte dir passieren? Probiere es aus."

Er hatte jedoch noch einen Einwand: „Weißt du Markus", sagte er, jetzt angespannt vornüber gebeugt und berührte mit einer Hand mein Knie. Hans ging gerade an uns vorbei, nickte uns zu, während er lachend sagte: „Na ihr zwei Philosophen. Wer will wen zum Nihilismus überreden?"

Freddy lachte, sagte nur: „Tja ja, der alte Hans, das alte Haus", und nahm den angefangenen Satz wieder auf: „Also, Markus, ich befürchte nur, dass ich übertreibe, so wie ich es früher in meiner Position als Geschäftsführer erlebt hatte. Da musste ich auch eine Rolle spielen, die ich gar nicht ausfüllen konnte. Weißt du, ich will mein Ego auf keinen Fall künstlich aufblähen." Freddy sah mich bekümmert an. Sein Körper fiel erneut ein bisschen in sich zusammen.

Damit hatte ich nun gar nicht gerechnet. Ich war ziemlich überrascht.

„Hm", überlegte ich schnell, was könnte ich sagen um ihm Mut zu machen? „Ich glaube, ich versteh dich. Du befürchtest von einem Extrem ins andere zu fallen und dabei dein Wesen zu verlieren, dich nicht zu respektieren, ist es so?"

Er nickte zustimmend und sah mich aufmerksam an, als ich meine Argumente weiter ausführte: „Freddy, du solltest zuweilen Extreme zulassen. Um in Balance zu kommen, müsstest du alle Seiten von dir kennen lernen. Manchmal erlebt man sich völlig anders, als erwartet", fügte ich noch hinzu, obwohl ich ihn nicht verunsichern wollte.

Freddy schien zu wanken. Selbst sein Körper schwankte hin und her, er richtete sich mal auf, sank wieder zusammen und es dauerte einige Minuten bis er zu einem entspannten Gleichgewicht zurückfand.

Er schien beinahe überzeugt, denn er erklärte mit fester Stimme: „Gut, ich überlege es mir und damit du mir glaubst, wie wichtig mir unser Gespräch war, werde ich als nächstes eine Liste machen."

„Prima Freddy", sagte ich erleichtert und lächelte ihn freundlich an: „Wir können ja jederzeit das Gespräch fortführen, nicht wahr?"

Ich erhob mich, weil es an der Eingangstür läutete und ich die Tür aufmachen wollte. Aus den Augenwinkeln sah ich Freddy bereits nach Papier und Bleistift greifen.

Hans stand vor der Türe und entschuldigte sich hustend: „Ich habe meine Schlüssel vergessen, war mal kurz in der Apotheke mein Grippemittel abholen." Er hustete wieder und schlank einen blauen, flauschigen Wollschal fester um den Hals.

„Nächste Mal", rief ich ihm hinterher, „sagst du mir Bescheid. Dann hole ich die Medikamente und du kannst im Bett bleiben. Hast du verstanden, Hans?" „Ja ja, danke", sagte er und verschwand hustend in seinen Räumen.

Am nächsten Tag hing am Infobrett ein Zettel, den Freddy geschrieben hatte:

THEMEN ZUM DIKUTIEREN

- *Gibt es Konkurrenz in unserer Gruppe?*

- *Wie stark muss das Ego sein wollen?*

- *Angst vor Selbstdarstellung?*

- *Gibt es einen Lebenssinn?*

Auf dem Papier war noch genug Platz, der die anderen animiert hatte etwas dazu zu schreiben:

- *Wohin führt uns Kundalini?* von Irene notiert.

- **Wer hat Angst vor dem Alleinsein, vor dem Alter?** Hans.

Am folgenden Tag stand ein weiteres Thema auf der Liste:

- **Balance zwischen Ego und Alleinsein.** Marga

Und mit roter Tinte in Blockschrift hatte Andro geschrieben:

- WARUM UBERHAUPT DISKUTIEREN

- UND WAS IST MIT EXSTASE?

Da hatte ich mit dem Vorschlag etwas ins Rollen gebracht, was mir unheimlich wurde. Letzten Endes wollte ich jedoch nicht zurückstehen und schrieb auch ein Thema auf dem Zettel:

- *Können wir den Anderen wirklich verstehen?*

Ich hatte das Thema gewählt, weil ich von der aktiven Beteiligung echt überrascht war. Ich hätte wetten können, dass sich keiner für eine Diskussion interessieren würde. Nun, was das erste Thema von Freddy, über die Konkurrenz in der Gruppe betraf, war ja ersichtlich, dass es so ein Bedürfnis gab. Es konnte auch Interesse an einer allgemeinen Auseinandersetzung sein. Vermutlich würde es sich bei den Diskussionen herausstellen, ob es Spannungen zwischen uns gab. Ich war wirklich neugierig geworden.

Jedenfalls entschieden wir während eines der nachmittäglichen Treffen am Delikatessen Büfett das Thema *Ego* mit dem Thema *Angst vor Selbstdarstellung* zusammen zu legen. Freddy übernahm freiwillig die Vorbereitung und das Zusammentragen des Materials. Er freute sich offenbar sogar auf die Moderation.

Für das Referat hatte er sich gut vorbereitet. Und auch um sein Äußeres hatte er sich Mühe gemacht, sich in das schwarze Outfit geworfen. Er sah etwas overdressed aus. Wir waren jedenfalls beeindruckt, wie wir reihum feststellten, was wiederum Freddy zu einem dankbaren Lächeln veranlasste.

Er begann mit heiserer, wackliger Stimme, die mit der Zeit fester und klarer wurde. Aufrecht saß er hinter seinen ausgebreiteten Blättern, von denen er gelegentlich ablas. Hin und wieder klopfte er auf die Tischplatte um sich Aufmerksamkeit zu verschaffen, und wenn das nicht fruchtete, holte er tief Luft und zog die Stirne kraus, damit endlich wieder Ruhe eintrat und gab laut: „Tja" und „Hm" von sich.

Umständlich führte er aus, dass ihm die Angst vor Selbstdarstellung als Ergebnis seiner Erziehung mehr und mehr bewusst geworden sei und auch seine Hemmung vor einem starken Ego dadurch erklärbar wäre. Und, holte er weiter aus, sei es ihm während der umfangreichen Materialsammlung aufgefallen, dass der Begriff Ego als ein Synonym für Selbstbewusstsein, Selbstbewusstheit, Selbstdarstellung und Persönlichkeit gelten könne und auch die `Rolle´ umfasse, die man in der Gesellschaft spiele, also im Grunde ein Individuationsprozess bedeute, der nach C.G. Jung ein ganzes Leben lang andauere. Soweit so gut. Freddy blickte erleichtert in die Runde. Er schien froh, das komplexe Thema. kurz und prägnant erfasst, von sich gegeben zu haben.

„Das löst aber leider nicht mein Problem", schob er einsichtig nach.

Die Diskussion drehte sich nun um die Angst vor Selbstdarstellung. „Ich kenne das Problem", gestand ich: „habe jahrelang darunter gelitten. Natürlich ist jeder Selbstdarsteller exponiert und angreifbar. Und wer keine Feinde haben will und Auseinandersetzung scheut, zieht sich halt in sein Schneckenhaus zurück."

Darüber waren wir uns alle grundsätzlich einig.

Aber für Hans und Irene war die Selbstdarstellung etwas ganz Natürliches. Und Marga hielt sie nicht für wichtig, eher für überflüssig. Andro sprach sich für die extreme Position aus. Er behauptete, er liebe alle Formen der Selbstdarstellung in den verschiedenen Rollen, die er sich angeeignet hätte.

Freddy genoss während der Diskussion die Rolle des Moderators, in die er sich im Laufe des Nachmittags hinein gefunden hatte. In einem Resümee fasste er seine Erkenntnisse zusammen:

„Ich verstehe nun, dass das Ego die Selbstdarstellungen braucht. Sonst könnte sich der Mensch als Individuum nicht wahrnehmen und nicht von anderen wahrgenommen werden. Für mich hatte der Begriff Ego immer einen negativen Touch gehabt, auch wegen der Ableitungen: Egomane, Egoist. Aber nun begreife ich, dass ich in jeder Rolle, die ich in der Gesellschaft ausfülle, das Ego verfeinern und gestalten kann. Eigentlich könnte ich nun sagen: Es bedeutet einen Rohdiamanten zu einem Schmuckstück zu schleifen."

„Großartig hast du das formuliert", bestätigte Hans den letzten Satz. Und auch Marga fand, dass damit alles zu dem Thema gesagt worden sei und wir uns doch auf die nächste Diskussion *Balance zwischen Ego und Alleinsein* vorbereiten könnten und damit so ziemlich abrupt unsere Runde beendete.

„Und", sagte sie abschließend in ihrer liebevollen, unnachahmlichen Altstimme mit einem spitzbübischen Lächeln, „wir treffen uns also zum Jour fix, am Mittwoch, zur gleichen Zeit, also um 17:00 Uhr in der nächsten Woche und an der gleiche Stelle, hier in unserer Wohnhalle."

Kapitel 18

„Ich hoffe", begann Marga ihre Ausführungen: „dass ich die Frage von Irene: Wohin führt uns Kundalini? und die Sorge von Hans: Wer hat Angst vor dem Alleinsein und dem Alter? ebenso wie die Frage nach dem Sinn des Lebens von Freddy und die Sehnsucht nach Ekstase von Andro nicht nur berühren, sondern auch beantworten kann."

„Aber zuvor will ich auf die Leere eingehen, von der Markus nach der Schüttelmeditation gesprochen hatte." Marga sah zu mir herüber: „du hast ja nicht nur die Leere in dir und um dich herum gespürt, sondern du warst, glaube ich mich zu erinnern, von einer Lähmung und einer unfassbaren Isolation betroffen, nicht wahr?"

Sie hatte sich richtig erinnert. Ich nickte. Marga schaute mit ihrem klaren, konzentrierten Blick über mich hinweg. Ihr Gesicht war total entspannt, keine Fältchen trotz ihres Alters. Sie saß aufrecht auf einem dicken Kissen wie ein buddhistischer Mönch. Die Hände hatte sie ineinander gelegt. Manchmal gestikulierte sie mit ihnen zur Untermalung des Gesagten. Sie kehrten jedoch immer in die Ausgangslage vor ihrem Bauch zurück und bildeten dann eine Mudra mit den sich berührenden Daumen. Ihre Mundwinkel waren leicht nach oben gezogen und über ihre vollen Lippen huschte das Lächeln, das ich so mochte. Sie hatte ihren Pony mit einem Gummiband hoch gebunden. Die Haare bildeten einen rotgoldenen Schopf, der nach allen Seiten auseinander fiel, wie ein Springbrunnen. Vermutlich hatte sie Goldstaub aufgepudert um den Effekt zu steigern. Ich beobachtete, dass auch die anderen der Gruppe immer wieder fasziniert auf den künstlichen Wirbel schauten, der von einem Sonnenstrahl gestreift noch unwirklicher aufleuchtete. Wie sie mit so wenig

Aufwand einen so großartigen Eindruck erreichen konnte, dachte ich zwischendurch. Mit ihrem sonst kahlrasierten Schädel, der mich immer an die griechischen Antike erinnerte, und den aufsprudelnden Haarschopf wirkte Marga wie eine Göttin einer fremden Welt aus deren Kronen-Chakra eine Quelle goldener Energie strömte. Aber ich glaube, ich bin nicht objektiv in meiner Betrachtung. Vermutlich bin ich ihr verfallen.

„Hallo Markus-Georg", hörte ich meinen Namen von verschiedenen Seiten rufen. „Komm wieder zurück. Warst du wieder in Gedanken versunken?", fragte Marga.

„Ich, äh", stotterte ich und lachte. „Ja ja, es waren sehr angenehme, ich war mit einer Betrachtung beschäftigt", versuchte ich mich herauszureden ohne weiter darauf einzugehen. Ich stand mal wieder unbeabsichtigt im Mittelpunkt. Mir wurde nun auch noch heiß und ich spürte, wie mir das Blut ins Gesicht schoss.

„Ach, siehst du süß aus", das war Irenes Stimme: „Er schämt sich, wie ein Junge". *Lass es gut sein Georg, bleib bei dir,* sagte ich im Stillen zu mir.

„Wir wollen es gar nicht wissen", hörte ich die Stimme von Hans.

Endlich fasste ich mich, schaute in die Runde zu Irene und zu Hans nach links, zu Freddy und Andro nach rechts und sagte dabei: „Ihr seid eine tolle Gruppe, jetzt gibt es keine Leere mehr und Ich fühle mich überhaupt nicht mehr isoliert", ich lachte und lachte bis alle einstimmten und wir uns für einige Minuten nicht beruhigen konnten. Nach Marga sah ich nur aus den Augenwinkeln. Ich wollte ihr nicht wieder verfallen.

„Also, ihr Lachgesellschaft", stoppte Marga unseren Anfall, „das könnte ja ein Lehrbeispiel für die unterschiedliche Wahrnehmungen von Leere sein. Markus beschrieb vor ein paar Tagen die Leere mit einem bedrückenden Gefühl von Lähmung und Isolation. Ein Gefühl, dass viele Menschen heute mit einer depressiven Stimmung verbinden".

Marga machte eine Pause, wartete auf Einwände oder Fragen. Alle Augen hingen an ihren Lippen, keiner sagte etwas, dann fuhr sie fort: „In der Meditation lernen wir auch die Leere kennen. Ist das nun eine andere Leere, wenn ich von dem Leermachen des Kopfes, von dem Ausschalten der Gedanken rede? Oder wenn wir an das Nichts denken, aus dem wir kommen und wieder hinüber gehen werden? Ich behaupte, es ist dieselbe Leere, aber mit dem Unterschied, dass wir sie bejahen, sie annehmen, uns hineinfallen lassen, ohne Bewertung, ohne Furcht, dass wir die Leere sogar genießen können. Sie ist erfahrbar im Augenblick des Ausatmens, des Gebens, des Aufgebens."

„Und die andere Leere?", fuhr sie fort, „die mit Unachtsamkeit verbunden ist, wird negativ erfahren, sei es, weil die Wahrnehmung von Leere als Langeweile empfunden wird oder, dass die Zeit, die wir mit Nichtstun verbringen, als Faulheit, Erfolglosigkeit oder Trödelei verurteilt wird. Wenn wir uns dagegen für den Fluss der Zeit öffnen, wie wir es in der Meditation erleben, erleben wir die Qualität des Phänomens Zeit."

„Wie ihr schon erfahren habt, öffnet die Achtsamkeit auf den Zeitfluss ein Verständnis für die Existenz. Wir existieren nur in der Zeit. Ohne Zeit könnten wir uns und die Erscheinung der Welt nicht erleben. Die Wahrnehmung, als Teil des Verstandes, ist ohne Zeiterlebnis nicht möglich. Wir sortieren Erlebtes und Erhofftes in den Zeitraum ein, indem wir existieren. Wir blicken auf Vergangenes und projizieren Zukünftiges. Damit sind wir im Allgemeinen so beschäftigt, dass wir nicht merken, dass wir existieren. In der Meditation erleben wir uns dagegen im Raum und in der Zeit bewusst. Und wir erleben, wie wir mit der Welt in der Zeit verbunden sind."

„In der Meditation schwimmen wir sozusagen in einem Meer von Zeit, das uns unendlich umgibt. Auch wenn wir die Störungen und Ablenkungen wahrnehmen, atmen wir weiter gleichmäßig und tief, um mit dem Phänomen Zeit in Balance zu bleiben und überlassen uns so der Zeit, bis wir ein Teil von ihr werden, sie uns nicht mehr fremd, gefährlich oder langweilig erscheint, sondern uns selbstverständlich trägt."

„Übrigens tut sie das sowieso, immer! Wir haben es nur vergessen, oder wollen es nicht wahrnehmen. Was würde aus unserer Konsumgesellschaft auch werden, wenn die Menschen, aus Furcht vor der subjektiv empfundenen Leere, nicht mehr den gesellschaftlich erwünschten Ablenkungen hinterher rennen würden?"

Marga hielt inne und schloss ihre Augen. Dann summte sie ein lang anhaltendes A, führte dabei ihre Hände wie eine Schale vom Herzen in den Raum und wieder zurück. Nach einigen Minuten öffnete sie wieder ihre Augen, strahlte uns an und fuhr mit sanfter Stimme fort:

„Wir werden also getragen von Zeit und Raum, nur durch diese existieren wir. In der Meditation können wir die Wirklichkeit in uns und um uns herum erfahren. Und wir erfahren die Energie, die wir als Trieb, Wille oder Kraft definiert haben: Lebenstrieb, Lebenswille, Lebenskraft. Und wir erfahren noch mehr in der Meditation. Wir beobachten uns, wir nehmen wahr, wir empfinden und wir denken. Subjektiv sind wir der Lebenswille, objektiv sind wir gleichzeitig der Beobachter, der einordnet und bewertet. Empfindungen und Gefühle werden so ununterbrochen bewertet und einsortiert."

„Das ist doch ein Widerspruch", erhob Hans seine Stimme: „Wie kann ich die Gedanken ausschalten und gleichzeitig der Beobachter sein? Mir ist das bisher nicht gelungen".

„Hans", antwortete Marga auf seinen Einwand, „das ist genau das Problem, das wir alle haben, wenn wir meditieren. Aber die Situation erleben wir im Alltag auch, nur wir bemerken sie nicht. Ständig treibt uns der Wille oder der Körper an und der Verstand muss entscheiden, ob er dem Trieb, der Lust nachgeben will oder nicht. Wir existieren in dem Widerspruch und versuchen in jeden Augenblick einen Ausgleich zu finden zwischen unüberlegtem Tun und überlegter Kontrolle. Die Meditation macht es uns bewusst und wir können dadurch lernen mit dem Gegensatz zu leben. --- Gibt es noch eine Frage dazu?"

„Ja Irene, ich weiß schon, was du fragen willst. Wohin führt uns nun Kundalini? Ich habe bis jetzt nur allgemein über den Sinn von Meditation gesprochen. Nun zu Kundalini. Sie ist eine der effektiven Meditationen, die Achtsamkeit auf den Fluss der Lebenskraft legt. Besonders auf die urwüchsige Kraft der Sexualität, die alle Lebewesen antreibt um sich zu vermehren, die Gattung zu erhalten. Es ist die stärkste biologische Kraft um den Bestand zu sichern. Wenn wir diese Kraft besser kennen, können wir sie zähmen, vielleicht verfeinern um unser Leben zu bereichern."

„Das klingt mir zu theoretisch Marga", Irene hatte sich wieder gemeldet, wie in der Schule mit Fingerschnipsen. „Ich möchte wissen, wie wirkt sich das konkret aus?"

Marga nickte in die Runde, breitete ihre Arme aus und erklärte: „Ja, wisst ihr, diese Kraft äußert sich bei den meisten nur im Geschlechtsakt oder als unbewusster Teil, aber in der Meditation, Irene, steigt die Kraft im Wirbelkanal auf, verbindet sich mit den Energien der Chakren und belebt so den ganzen Körper. Du hast es einmal bereits erlebt, nicht wahr? Und wenn du weiter übst, wird dein Denken klarer und einfacher, das Feedback zwischen Verstand und Trieb wird besser funktionieren. Enttäuschungen bleiben dann aus, weil du dich nicht mehr selbst täuschen wirst. Das ist ein automatischer Prozess. Du wirst nicht ständig darüber nachdenken müssen. Es passiert einfach. Du wirst dich als Einheit erleben, trotz der Widersprüche, die wir alle in uns vorfinden. Aber diese werfen uns nicht mehr aus der Bahn."

Marga führte ihre Hände wieder langsam in den Schoß zurück und ihre Stimme klang nun weich und kräftig zugleich: „Das ist sozusagen nur ein Nebeneffekt. Die Integration der abgespaltenen Persönlichkeitsanteile ist schon ein großartiges Erfolgserlebnis auf dem Weg zur Individuation. Nur wird das nicht alles sein. Neben der fühlbaren Lebendigkeit deiner Person, kommst du durch Kundalini in Kontakt mit übersinnlichen Phänomenen. Von irgendwo her werden wir mit Energie versorgt. Wenn du dich öffnest, wirst du diese Verbindung spüren, das Fließen der Energie und, dass du ein Teil von etwas unsagbar Großem bist und, dass du nicht allein bist."

Irene hatte aufmerksam zugehört. Sie wog noch ihren Kopf hin und her. War Ihre Frage zufriedenstellend beantwortet? Marga sah ihre Zweifel und sagte versonnen: „Das sollte erst mal genügen. Ich möchte eine Pause machen und etwas trinken."

Sie stand auf und ging zur Anrichte, auf der wie immer an den Nachmittagen die Leckereien aufgetürmt waren. Hans war auch aufgestanden, stellte sich neben Marga und berührte vorsichtig ihren Arm um auf sich aufmerksam zu machen.

„Marga", sprach er sie an, „darf ich dir eine Frage stellen?" Er wartete gar nicht auf ihre Zustimmung. Er konnte nicht an sich halten:

„Habe ich dich richtig verstanden? dass meine Angst vor dem Alleinsein, vor dem Altwerden überflüssig ist?" Marga nickte zustimmend, sie wollte im Augenblick nicht reden. Sie legte einen Finger auf seinen Mund um anzudeuten, dass er nicht weitere Fragen stellen sollte.

Fünfzehn Minuten später saßen wir wieder beieinander. Irene hatte noch einen Teller mit Petits Fours neben sich stehen und futterte. Markus prostete Hans mit einem Prosecco zu. Die ausgelassene Stimmung war sogar auf Freddy übergegangen, der sich mit Andro angeregt unterhielt. Aus den Gesprächsfetzen der beiden war zuweilen der Begriff Ekstase laut zu hören.

„So, ihr Lieben", rief Marga in den Raum, „wir können weitermachen. Hans hat mich gerade noch mal auf sein Thema aufmerksam gemacht. Wenn ihr euch erinnert, hatte er auf die Liste geschrieben: Wer hat Angst vor dem Alleinsein? Vor dem Alter? Also Hans, was meinst du nun? Steht die Frage noch so im Raum?"

Hans stellte das Prosecco Glas vorsichtig hinter sich, nachdem er den Rest getrunken hatte, brachte sein Körper in eine aufrechte Position, pumpte die Lippen auf und fügte bedächtig Wort an Wort:

„Also, Marga, was ich vorhin verstanden habe, war die Aussage, dass eine regelmäßige Meditation meinen Körper so verändert, dass auch mein Kopf, also der Verstand, das Bewusstsein und was immer dort zu finden ist, eine Veränderung durchmacht, ja? Gut, da du nickst, mache ich weiter, und dass ich eine Einheit spüren werde, so eine Art Harmonie mit mir und der Welt um mich herum, ja? hm, und diese Erfahrung wird mich so erfüllen, dass ich keine Angst mehr spüren werde?"

Jetzt war es ganz still im Raum geworden. Alle Augen wanderten von Hans zu Marga hin und her.

„Hans", antwortete sie, „ich danke dir für deine Überlegungen. Eine mögliche Antwort wäre: Der Finger, der auf den Mond zeigt, ist nicht der Mond. Ich kann dir keine Auflösung der Angst versprechen. Ich zeige dir aber einen Weg und ich weiß aus meiner Erfahrung, je mehr ich im Einklang mit der Natur bin, desto sicherer fühle ich mich. Dieses Gefühl der Verbundenheit gibt mir Halt. Ich empfinde mich getragen, gehalten und nicht mehr einsam. Allein bedeutet doch auch, mit dem All eins zu sein. Hier müssen alle Worte, alle Erklärungen enden, der Rest ist Meditation. Das regelmäßige Üben, Hans, bewirkt Wunder, ohne an sie zu glauben."

Marga schwieg erneut, schloss ihre Augen und summte ein OOMM, das von einigen in der Gruppe aufgenommen wurde. Als nach fünf Minuten das Summen verklang, war der Raum intensiv aufgeladen.

„Gibt es einen Sinn des Lebens?" Damit eröffnete Marga die nächste Erklärungsrunde. „Was meint ihr? Braucht das Leben überhaupt einen Sinn? Oder braucht nur das Individuum, das Ego einen Sinn?"

Freddy reckte sich und rief: „Ja, das war ja meine Frage, die ich auf den Zettel geschrieben hatte. Ich zweifle immer noch an dem Sinn des Lebens, nachdem, was ich alles erleben musste. Die Misserfolge hatten mich total aus der Bahn geworfen, aber das wisst ihr ja, ich hab euch genug davon vorgejammert."

„Ja, Freddy, das stimmt und es war auch richtig so, dass du dich beklagt hast. Es war doch klar, dass du dich von der Trauer und der Wut über den Verlust befreien musstest."

Freddy nickte betont zu Margas Worten, seine Miene entspannte sich, offensichtlich fühlte er sich verstanden und gewürdigt. Ein schwaches Lächeln glitt über sein Gesicht, das aber nicht von Dauer war, als Marga weiter redete:

„Aber, Freddy, du musst die Vergangenheit loslassen. Was war, ist nicht mehr. Der Moment zählt und die Zukunft wird im Nu zur Gegenwart. Du bestimmst den Sinn deines Lebens. Du gibst dem Leben einen Sinn mit deinen Ideen, wenn du sie in Taten umsetzt, mit deinem Verhalten in der Gesellschaft. Das Leben lebt sich allein, automatisch, es ist triebbestimmt, aber dein Ego, dein Verstand verlangt nach einem Sinn. Du entscheidest dich, wenn du alles abwägst, für eine Aufgabe, die du ausführst und daraus folgt eine neue Aufgabe. Das Leben ist da, um sich zu stellen, sich zu bewähren, sei es in sozialen, familiären, egoistischen oder kreativen Aufgaben. Die Lebenskraft braucht Ausdrucksformen und der Verstand leitet. Wenn schließlich die Lebenskraft versiegt und wir am Lebensende auf die gelebte Zeit zurückblicken, wird der Verstand das Leben bewerten und das Ego zufrieden oder unzufrieden sein. Das Bewerten ist uns so vertraut, dass wir es nicht bemerken. Dadurch fühlen wir uns eben glücklich, zufrieden oder deprimiert. Die Frage bleibt: Wer bestimmt über dein Leben, Freddy?"

In den folgenden Minuten sprach niemand. Freddy war nachdenklich in sich gekehrt. Er hatte während der Ausführung mehrere Male genickt. Jetzt hob er seinen Kopf und sagte deutlich: „Danke Marga, ich werde darüber nachdenken, vermutlich hast du recht, aber...", er ließ seine Einwände unausgesprochen.

„Etwas fehlt noch", rief Andro vergnügt in die Runde, „warum müssen wir überhaupt diskutieren? Ich halte das Reden für überflüssig. Für mich ist die Aktion, die Rebellion, die Ekstase erstrebenswert. Das Leben sollte als Abfolge von Exzessen, Belustigungen, Ausschweifungen, meinetwegen auch Verfehlungen, einfach gelebt werden."

Seine Stimme war in letzter Zeit kräftig und selbstbewusst geworden, seine Augen funkelten vor Lebensfreude, sein Körper erschien größer als sonst, füllte viel mehr den Raum aus. Stolz saß er da, die Gesichtszüge entspannt, ein feines Lächeln um die Mundwinkel und die Augenbrauen provokant hochgezogen. Markus und Irene waren irritiert. Freddy hielt die Luft an. Hans grinste in sich hinein und wackelte mit seinem Echsenschädel. Marga lachte ihn an, erhob sich und klatschte vergnügt in die Hände, als sie ihm zurief:

„Ja, Andro, endlich, ich hab mich schon die ganze Zeit gefragt, wann du wohl explodieren wirst. Immer brav sitzen und den Besserwissern lauschen, das musste dich schrecklich nerven, du Nomadenwesen, Lebenskünstler aus dem Augenblick. Wie lange hast du dich schon zurückgehalten?"

„Ja genau, du sagst es", sprang Andro auf, „zu lange schon! Lass uns was Verrücktes machen, ein Laster ausprobieren, schreien, lachen oder toben! Leg wenigstens eine CD auf! Da ist eine von James Brown dabei: *Sexmaschine!* Ich hätte Lust mich mal richtig auszutoben, nach dem vielen Sitzen und Gequatsche".

In unserer Runde überwogen noch die betreten Gesichter. So schnelles Umschalten war doch nicht möglich, nur Irene hatte sich erhoben und zog bereits ihr Kleid aus. Ein violetter Einteiler bedeckte ihren üppigen Körper, sie war offensichtlich auf alle Situationen vorbereitet.

Freddy und ich sahen überrascht zu ihr hinüber. Ich dachte: *Ganz die alte Irene, immer wieder für eine Überraschung gut. Was sie wohl vorhat?* Und Freddy blickte mit großen Augen auf Irenes Formen, die sie gekonnt präsentierte. Seine Augen glitten ohne Eile über ihre Silhouette und ein geiler, gieriger Ausdruck huschte mit einem Grinsen über sein Gesicht.

Jetzt war es an Marga, die Situation zu steuern: „O.k.", drang sie mit ihrem Alt durch die aufgeheizte Stimmung, „bewegen wir uns in das Reich der Ekstase. Das wäre ja auch zu blöd über Ekstase zu reden. Das schließt sich doch total aus, nicht wahr, Andro?"

Er nickte und brummte zustimmend, während sie die CD raussuchte und den Player fütterte.

„Nur noch eins", rief sie uns zu, „lasst die Kraft fließen, von unten aufsteigen, wartet auf den Push, bewegt euch nur aus eurer Mitte! Und keine auswendig gelernten Tanzschritte, bitte! Lasst euch von der *Sexmaschine* mitnehmen, empor tragen und spürt die Ekstase! Los geht's!"

Es dauerte nur Sekunden, bis Hände rhythmisch klatschten, Füße stampften und wir im Rhythmus der Musik herumtobten, angeheizt von Andros und Margas anfeuernden Lustschreien, die Irene auf ihre Art schrill übernahm. Der Fußboden bebte, die Kronleuchter zitterten, Gläser fielen zu Boden, Schweißperlen rannen und flogen durch die Luft. Wir befreiten uns von Pullovern, Hemden, tanzten mit freien Oberkörpern, waren schon außer Atem und machten immer weiter. *Sexmaschine* war eine Endlosschleife. Jemand hatte auf Repeat gedrückt. Hechelndes Schreien von allen Seiten, ich selber ohne klares Bewusstsein, nur noch stampfende Bewegung, Herzrasen, Atemnot und Hitze bis in die Fingerspitzen, Schuhe flogen, Socken flogen, alle Klamotten weg. Ich kreiste und kreischte ekstatisch, gleichzeitig in mir ruhend, durch den Raum, berührte schweißüberströmte Körper und konnte nicht aufhören. War schon lange erschöpft und doch war da noch diese Energie, die mich antrieb, weiter trieb um den Augenblick, nur diesen Augenblick zu spüren, zu genießen, mit den anderen, die genauso wild dem Moment huldigten, mit mir teilten, sich drehten, stampften, schrien, bis wir nicht mehr konnten und irgendwohin sanken, uns in die Arme sanken und in einem Körperschweißknäuel zur Ruhe kamen. Irgendeine Armbeuge bot Platz, ich kuschelte mich ein und gab mich dem Gerüchen hin.

„Wunderbar", hörte ich eine Stimme glücklich flüstern. Es war Irene, die ganz heiser geworden war. Dann musste ich an Hans denken. Lag der nicht auch irgendwo dazwischen? Ich hatte ihn ganz vergessen, war er auch Teil der Ekstase geworden? Ich beruhigte mich, als mir bewusst wurde, dass jeder sich selbst lieben und für sich selbst sorgen konnte.

Als ich dann langsam zu mir kam, wurde mir klar, dass sich ein Vorurteil nicht bestätigt hatte: Ekstase wäre eine Orgie! Eine Erkenntnis, die mir in dem Augenblick schon wieder bedauerlich erschien. Ekstase war vor allem ein Lebensgefühl, aber was für eines!

Kapitel 19

Als ich wieder die Augen öffnete, bemerkte ich, dass die Armbeuge, in der ich eingekuschelt lag, meine eigene war. Der Geruch war mir auch zu vertraut vorgekommen. Ich erwachte langsam, meine Wahrnehmung war noch nach innen gerichtet, ich ertastete das Innere meines Körpers, wurde mir der Begrenzungen bewusst. Noch war das nach außen gerichtete Bewusstsein nicht aktiv, aber schon wanderten meine Augen an der Decke entlang. Ich suchte nach einem Kronleuchter, der während der Ekstase vibriert hatte, geschreppert hatte. Das Geräusch war noch so deutlich in meiner Erinnerung, genauso wie das heftige Atmen und die Hitze der Körper um mich herum. Als ich mich dann bewegte, gewahrte ich mit Verwunderung, dass die Wärme von meiner Kleidung herrührte und von einer flauschige Überdecke, die mich umhüllte. Ich lag allein auf dem Boden neben einem Kanapee aus schwarzen Leder, das mir vom Geruch irgendwie vertraut war. Weitere Minuten vergingen, in denen ich einfach verharrte ohne zu denken. Ich rief nach Hans und Irene, ihre Namen und horchte: „Seid ihr in der Nähe?"

Stille. Keine Reaktion. Es wollte mir nicht in den Kopf. Hatte ich sie doch gerade noch so deutlich ekstatisch tanzend erlebt. Und Marga mit ihrem rauen Alt? Wo war sie? „Freddy!", rief ich laut und bestimmt: „komm mal zu mir!" Nichts passierte.

Mir wurde plötzlich kalt und dann wieder heiß. Ich begann zu zweifeln, an der Situation, an mir, an meiner Wahrnehmung. Meine Augen wanderten suchend umher, wollten Vertrautes wiederfinden, einen Halt für das Erlebte. Aber der Raum über mir, die Decke, die weiß, farblos, schlicht an die Wände stieß, hatte eine völlig andere Struktur, die Entfernung stimmte nicht mit meiner Erinnerung überein, sie wirkte näher und die Größe des Raumes erschien mir falsch im Vergleich zu meinem inneren Bild vom Vestibül. Ich fühlte mich verloren, ausgesetzt, verlassen.

Wohl oder übel setzte ich mich auf, lehnte mich an die Lederfläche hinter mir. Ich musste diesen Raum erfassen, mich in diesem Raum verorten und genau diesen Moment begreifen: Endlich wurde ich wach und erkannte den Raum. Es war der, in dem ich seit Monaten wohnte. Ich hatte geträumt.

Ich war also nicht mehr in meiner alten Wohnung, wie ich in den ersten Minuten vor dem Erwachen erschreckt angenommen hatte. Ich hatte doch nicht nur in einem Traum gelebt. Die Erlebnisse der letzten Monate waren wirklich. Ich beruhigte mich und begann mich zu entspannen. Was war das für eine schreckliche Vorstellung gewesen: Alles nur geträumt, die Ekstase, die Meditationen, meine Freunde und die stille Liebe zu Marga.

Während ich zu mir kam, konnte ich auch die Einrichtung weiter identifizieren. Dass ich mich so vergessen konnte, war doch verwunderlich. Aber es war schließlich eine interessante Erfahrung, aus der gewohnten Umgebung herausgefallen zu sein, wenn auch anfangs diese Empfindung des Verlustes schrecklich war, das Fehlen von Vertrautem, von den Menschen, die ich bereits in mein Herz geschlossen hatte, die ich wohl brauchte.

Das war mir vorher nicht so bewusst gewesen.

Es war halt eine große Umstellung gewesen, aus meiner kleinen Wohnzelle, in der ich machen konnte, was ich wollte, in diese Gemeinschaft umzuziehen mit ständigen Kontakten zu den unterschiedlichsten Charakteren. *„Aber dennoch"*, sagte ich mir, *„ich habe auch neue Seiten von mir kennengelernt und gehe auf andere Personen leichter ein, ich bin neugieriger geworden"*.

Während dieser Überlegungen hatte ich mich aufgerichtet, war zum Spiegel getreten und nickte meinem Spiegelbild dankbar zu. „Gut gemacht", sagte ich zum Georg, „oder bist du noch immer Markus?"

Vom Vestibül hörte ich die Stimmen, nach denen ich mich vor einigen Minuten gesehnt hatte. Sie waren wirklich da. Von meinem Spiegelbild hatte ich leider keine Antwort erhalten, vielleicht gab es auch keine. Deshalb wandte ich mich der Tür zu und trat in die Halle, als Hans, Freddy, Irene und Marga gerade die Etage verlassen wollten.

„Hallo Markus-Georg", riefen sie gleichzeitig, als sie mich sahen, „du siehst ja noch verschlafen aus. Mindestens drei Stunden hast du geschlafen. Du warst so vom Tanzen erschöpft, da haben Freddy und Marga dich hingelegt", erklärte Irene mit einem versteckten Kichern.

„Wo wollt ihr denn hin? Ich komme mit! Kann im Moment nicht so gut allein sein!" rief ich und zog bereits die Wetterjacke über.

„Wir gehen zum Szenelokal", erklärte Irene, „wollen mal wieder die alten Gefühle der Singlewelt erwecken. Übrigens weißt du, dass wir heute seit genau sechs Monaten zusammen leben? Auf den Tag genau. Und das wollten wir feiern. Willst du denn mitmachen?"

In dem erst Moment war ich irritiert, dass sie mich so einfach zurück lassen wollten. Aber ich sagte nichts. Beim Hinausgehen sah ich dann an der Tür einen Zettel hängen:

FÜR MARKUS! WIR SIND IN DER ALTEN KNEIPE: WENN DU MAGST, KOMM NACH.

Ich war erleichtert, haderte kaum noch über meine unnötigen Ängste.

Draußen regnete es und es pfiff ein scharfer Frühlingswind durch die Straßen. Die Tage wurden wieder länger und ich sah schon die Knospen an den Kastanienbäumen. Irene und Freddy gingen dicht aneinander gedrängt und schienen sich angeregt zu unterhalten. Meine Eifersucht war nur ganz entfernt zu spüren, trotzdem war ich wegen der zutraulichen Nähe der beiden verstimmt und trottete still hinterher, bis ich mich entschloss, Marga auf der linken Seite einzuhaken. Hans begleitete sie bereits mit Abstand auf der anderen Seite im Gleichschritt. Sie unterhielten sich über Probleme der Achtsamkeit. Hans hatte in letzter Zeit viel gelesen und suchte nach Lösungen für seine Fragen.

„Marga", sagte er gerade, „wie kann ich meine Achtsamkeit steigern, wenn immer die Gedanken dazwischen kommen? Ich möchte auch so gerne in diesem Raum der Zeitlosigkeit verweilen und mich mit allem verbinden."

„Ach Hans", antwortete sie, „du bist ungeduldig. Wenn du nur weiter mit der Klangmeditation fortfährst, wirst du automatisch dorthin gelangen. Gerade durch die Töne gelingt es fast jedem relativ schnell eine andere Schwingungsebene zu erreichen. Mit ganzer Aufmerksamkeit bei dem Ton bleiben, Hans, den Ton als Vibration im Körper spüren, verändert die Achtsamkeit. Die Gedanken werden durch das Summen gebremst. Die Vokale regen die Energiezentren an und wenn du die Vibration dort spürst, wird sich automatisch die Aufmerksamkeit nach innen wenden. Verlass dich drauf. Diese Meditation ist für Anfänger besser geeignet als die klassische Atemmeditation, von der Du mir gerade berichtet hast. Die Klangmeditationen werden übrigens auch in der Drogentherapie bei den Abhängigen zur Symptombehandlung eingesetzt", fügte sie noch an.

Ich war überrascht stehen geblieben und hielt beide am Weitergehen auf. „Wie ist denn das zu erklären?", wollte ich wissen.

„Kommt weiter", übernahm wieder Marga die Führung, „wir verlieren die beiden vor uns und es ist auch zu kalt um stehen zu bleiben". Zur Bestätigung ihrer Worte wurden wir durch einen Windstoß nach vorne geschoben. Der Platz mit den Platanen lag auch schon in Sichtweite, die Lichter des Lokals spiegelten sich im nassen Granitboden. Alte Empfindungen drängten sich ins Bewusstsein, Erinnerungen an einsame Spaziergänge, die mich unangenehm berührten. Um auf andere Gedanken zu kommen, hakte ich mich wieder bei Marga ein und forschte weiter: „Was geschieht eigentlich im Körper bei einer Meditation?"

Sie drehte ihren Kopf zu mir, ihr Pony bedeckte fast die Augen. Über ihren Kopf hatte sie eine Kapuze gezogen, darunter war noch der grüne Topfhut zu sehen, den sie immer aufsetzte, wenn sie auf die Straße ging um unnötiges Aufsehen wegen des rasierten Schädels zu vermeiden.

„Nur kurz Markus", Markus sagte sie heute zu mir, „jede Meditation verändert den Zustand des Gehirns. Vertieftes Atmen und gesummte Töne wirken auf den Hypothalamus und die angrenzenden Teile des Cortexes. Wissenschaftler haben durch Kernspintomographie festgestellt, dass die Gehirnwellen in der Meditation ähnliche Veränderungen aufweisen wie beim Konsum leichter Drogen. Es wird Dopamin ausgeschüttet und unter Umständen auch Oxytozin. Das würde auch die Anregung des Sex-Chakras bei Kundalini erklären. Man versucht also den Entzug mit Unterstützung von Meditation zu erleichtern. Aber ich glaube, da gibt es noch viel zu forschen", setzte sie hinzu, als wir die Eingangstür erreichten, die uns Freddy aufhielt.

Ich war als letzter eingetretenen, schüttelte den Regen ab und erblickte in den nur halb gefüllten Raum einige Gesichter, die mir noch vertraut waren. Peer und Johann hinter der Theke nickten erfreut und begrüßten uns mit einem: „Lange nicht gesehen".

Wir gingen erst mal an die Bar. Der Fernseher lief wie immer mit geringer Lautstärke. In dem Wandspiegel mit den davor aufgebauten Spirituosen sah ich zu meiner großen Überraschung hinter der Säule an dem kleinen Tisch, der mich früher zu intensiven Gesprächen mit Freddy angezogen hatte, Andro und Verena plaudern. Andro hatte sich mit einer Perücke in Androa verwandelt. Sie hielten sich die Hände und lachten übertrieben laut. Es war ein zärtliches Bild und es bewirkte wieder dieses Gefühl von Neid und ausgeschlossen sein, immer noch.

„Also dann Prost! Auf das nächste halbe Jahr!", rief ich uns allen an der Bar zu, als die Gläser mit dem frisch gezapften Bier verteilt waren. Zu meiner Überraschung war die Reaktion relativ gedämpft. Es war gar kein freudiges Prost, eher ein altes, abgenutztes, gezwungenes, so vor sich hin gesagtes.

„Was ist los?", konnte ich mich nicht mehr zurückhalten.

„Ach so", sagte nun Hans, „das weißt du ja noch nicht. Das hast du alles verschlafen, Georg". Dass er meinen richtigen Namen benutzte, freute mich, aber es bereitete mich auf eine ernste Nachricht vor.

„Ja", fing Hans zögernd an, „unsere Gruppe löst sich auf". Seine Stimme knarzte dumpf. Er sah mich mitfühlend an, als ich ein „Warum?" herausbrachte.

„Nun, der Andro hat sich endgültig entschlossen nach Indien aufzubrechen. Er hat sogar schon seine Sachen zusammen gepackt. Viele Klamotten hat er ja nicht. Ich bin auch ganz traurig darüber. Gleich nach unserer wilden Tanzekstase hat er uns informiert. Er muss es schon eine Weile vorgehabt haben, hatte wohl nur auf den richtigen Zeitpunkt gewartet, verstehst du?"

Hans brach ab, er wirkte deprimiert. Seine Mundwinkel hingen runter, die Augenlider verdeckten seinen Blick, der nach unten gerichtet war. Die Schultern hingen, er wirkte gebeugt und gealtert. Er seufzte tief und sagte: „Und stell dir vor, die Verena begleitet ihn. Die verstehen sich total gut. Ich gönne es ihnen, aber uns wird die lustige Nummer fehlen, nicht wahr?"

Ich war geplättet. *Unglaublich,* dachte ich, *Andro und Verena als Pärchen.* Ich war völlig durcheinander. *Waren sie nun ein lesbisches Paar oder ein heterosexuelles?* Die Gedanken wirbelten mir nur im Kopf herum und ich musste immerzu hinüber schauen. Der Neid auf die beiden stieg, vor allem in Hinblick auf die Reise nach Indien.

„Tja", sagte Hans schließlich laut, „die Jugend...", und ließ den Satz offen. Dann fiel mir Freddy ein, der sich ja um Verena bemüht hatte.

„Das sind echte Neuigkeiten", versuchte ich einen Übergang und sah zu Freddy rüber, der mich anlächelte und gar nicht enttäuscht schien. Er hatte seinen Arm um Irene gelegt und sie blickte verlegen zu mir hinüber. Sie hatte sich gerade noch ein wenig dichter an ihn rangemacht. *Noch eine Überraschung,* dachte ich konsterniert und fand keine Worte. Dann sagte ich schließlich: „Na dann Prost! Auf die Zukunft!"

Endlich ergriff Marga die Initiative und erklärte, dass auch Freddy und Irene die Gruppe verlassen wollten. Sie blieb dabei ganz sachlich, als würde sie über einen Einkauf Rechenschaft ablegen.

Ich blickte zu Hans, der nur mit den Schultern zuckte und „Ja, Ja" herausbrachte. Mir wurde ganz schwummerig, meine Welt schwankte, die Felle, die mich gewärmt und vor der Kälte der Welt geschützt hatten, schwammen davon. Dieses Bild tauchte unbewusst auf und es entsprach voll und ganz meiner Empfindung.

Marga legte beruhigend eine Hand auf meinen Unterarm, dabei sagte sie so zuversichtlich wie möglich: „Wir suchen neue Mitbewohner, nicht wahr? Hans?" Und nach einer Pause: „das Leben geht weiter."

Hans und ich nickten bedröppelt wie Schulbuben, brachten keine Worthülsen heraus. In die entstandene Stille hörte ich dann wie im Traum die Stimme meiner alten Irene, die fröhlich und unbekümmert mit ihrem vollen Sopran ihre Zukunftspläne offenbarte: „Ja, ich will wieder in den Süden, zu meinem kleinen Haus. Jetzt ist es dort im Frühling so verführerisch warm und das Licht so zauberhaft, dass mich nichts mehr hier hält. Die vergangenen sechs Monate haben mir so viel Neues gebracht, dass ich über den Verlust meines Hundes nicht mehr so traurig bin. Aber das werde ich vermutlich erst am Ort wirklich empfinden. Und Freddy will mich ja begleiten, nicht wahr Freddy?" Sie blickte ihn dankbar an, während er übertrieben nickte. Er schien sich tatsächlich darüber zu freuen mit ihr loszuziehen.

„Ich komme gerne mit", sagte er höflich, „bin auch neugierig auf dein Heim, wie du so lebst. Bestimmt vergisst du bald den Verlust ganz." Er warf sich ein wenig in die Brust, *wollte er den Hund ersetzen?* kam mir so die Idee. Naja, ich war zwar einerseits traurig, aber auch froh nicht in seiner Rolle zu stecken.

„Wann soll es dann losgehen?", fragte ich mehr um mich abzulenken und blickte Marga hinterher, die sich bereits mit anderen Gästen munter unterhielt. Sie war mit vielen recht vertraut, wie ich sah. Sie ging von einem zum anderen, nickte, lachte und ich hörte ihre Stimme sagen: „dieses Wochenende nicht" und der Rest ging im Lachen unter. Ich wandte mich zu Irene und wünschte ihr eine gute Reise. Das kam mir dann aber doch zu förmlich vor und ich überwand mich zu einer Umarmung, in die ich auch Freddy einbezog.

„Ja, ja, grüß mir den Süden", und ich klopfte ihm noch mal zum Abschied auf die Schulter, „hat Spaß gemacht mit dir Freddy", brachte ich gerade noch heraus, dann drückte ich meinen Kopf in Irenes Haarpracht um meine Tränen zu verbergen. Als ich mich halb gefasst hatte, flüsterte ich ihr ins Ohr: „Mach's gut, Süße." Und laut sagte ich: „Eines Tages besuche ich euch! Wirklich! Oder?", ich machte eine virtuose Pause, „kommt ihr vielleicht im Herbst auch wieder zurück?"

Jetzt war ich mit dem Thema durch und konnte wieder lachend zu Hans gedreht, Späße machen: „Was meinst du Hans? Wenn Sie im Herbst kommen, wollen wir sie überhaupt beherbergen?" „Nur zusammen mit Andro und Verena", grinste er zurück. Wir umarmten uns beide. Irgendwie hatten wir es auch nötig, den Rest festzuhalten.

„Hans", wandte ich mich ihm wieder zu, nachdem wir beide lässig angelehnt für einige Minuten an der Theke standen, „heute gebe ich einen aus. War das damals nicht irischer Whisky mit Eis, den du so mochtest?" Hans nickte verhalten.

„Peer", rief ich, „eine komfortable Lage vom Irischen für uns vier hier und zeigte auf Irene und Freddy, die beide abwehrten. „Nein, nicht doch, Whisky igitt", rief Irene.

„Aber Freddy mag Whisky", konterte ich und nun nickte er doch. „Also Irene! Mitgefangen, mitgehangen. Hier unser Abschiedstrunk. Auf die unberechenbare Zukunft! Prost!"

„Was ist denn bei euch für eine Lebensfreude ausgebrochen", tönte von der Seite Margas Alt herein. „Komm Marga, hier ist ein Glas für dich", und ich gab ihr meines.

Ich bestellte ein Neues und prostete ihr zu: „Überwinde dich, schütte es runter. Diesen Abend müssen wir doch feiern. Die Zukunft ist so nah. Die Gegenwart verwandelt sich im Nu in Vergangenheit." Marga schüttelte ihren Ponykopf über uns: „Ausnahmsweise trinke ich mit für euch. Ihr habt ja auch oft das gemacht, was ich von euch wollte. Also auf die Zukunft, die unerbittlich die Gegenwart verschlingt! Prost!"

„Andro! Verena!", rief Marga laut alles übertönend durch den Raum: „Los kommt her! Abschied nehmen!", forderte sie die beiden mit einer großer Geste auf.

Wie aus einem Liebesrausch erwachend, tauchten die beiden Köpfe ruckartig wie in einem Handpuppenspiel hinter der Säule auf und blickten jeder auf seiner Seite zu uns herüber. Es sah lustig aus.

Endlich standen wir alle zusammen und fielen uns nochmals gegenseitig in die Arme. Verenas Stimme war nicht zu überhören: „Ihr wisst ja ja nischt, wie ick eusch vamissn werd, aba wir kommn ja uff jedn Fall wieda, stimmt's Andro?"

Er hüllte sich in eine philosophische Attitüde: „Wer weiß, wer weiß? Das einzige, was ich wirklich weiß, ist, dass wir in drei Tagen fliegen, nach Mumbai und dann quer durchs Land trampen".

Andro holte tief Luft und ging zu Hans, umarmte ihn inniglich und hauchte: „Danke Hans. Du hast mir sehr geholfen". Dabei wischte er sich mit einem Handrücken über die Augen. Hans stand gerührt und nickte mit seinem kräftigen Schädel. Er strahlte so sehr, dass alle Falten verschwanden.

„Also dann", sagte Andro noch, „komm Verena, wir gehen, bevor wir alle in Tränen ausbrechen. Die Klamotten hole ich mir morgen ab, Hans. Heute schlaf ich bei Verena." Und schon waren sie auf und davon. Parfüm wehte uns noch um die Nasen.

„Tja, hm", sagte Freddy, „wir bleiben noch im bisschen, wollten uns an den kleinen Tisch setzen und noch was bequatschen", und er zog Irene hinter sich her.

Marga zog die Augenbrauen hoch: „Na so was, der Freddy, wird doch noch richtig mutig", und dabei blickte sie uns an.

„Hm, hm" machten wir und nickten. Ich staunte über Freddy, konnte mich sogar darüber freuen.

„Also", sagte ich schließlich, „gehen wir. Ich will morgen früh raus. Ich habe einen Termin beim Arzt, muss mich endlich wieder Gesundschreiben lassen. *Burn-Out* ist im Finanzamt auf Dauer und ewig nicht glaubhaft. Die Arbeit wird mir nach allem sicher auch gut tun. Vielleicht kann ich den Energiefluss auch im Alltag beobachten."

„Wer weiß", unterbrach Hans, „was die Zukunft bringt. Ich freue mich schon ein wenig auf neue Mitbewohner. Das Leben bleibt aufregend".

Wir stemmten uns gegen den Wind und dem nachlassenden Regen. Nach ein paar Schritten unterbrach Hans die Stille: „Markus, wir könnten doch vielleicht mal über meine Biografie reden. Du hast noch den Stick." „Ja", sagte ich, „das könnten wir. Zeit haben wir ja jetzt genug."

Kapitel 20

Sie saßen wieder zusammen im Vestibül, zum letzten Mal in dieser Konstellation. Andro und Verena waren schon auf dem Weg nach Indien und hatten sich bereits verabschiedet. Deshalb wollte Marga, bevor nun auch Irene mit Freddy in den Süden aufbrechen, ihr Versprechen einlösen und von dem Seminar berichten, dass besonders Hans interessierte.

Er saß in seinem geliebten blauen Sessel mit dem Rücken zum Fenster. Die Nachmittagssonne fiel zuweilen durch die bunten Gläser auf seinen Haarkranz und umstrahlte ihn wie ein Heiligenschein. Ich musste immer wieder hinsehen, wie diese Erscheinung mit den Abstufungen der Helligkeit variierte. Das Gesicht von Hans, das kaum im Gegenlicht erkennbar war, drückte nicht gerade Lebensfreude aus. Er war schon den ganzen Tag betrübt umher gegangen, nachdem sein geliebter Andro am Morgen seine Sachen abgeholt hatte. Nur mühsam konnte er seine Trauer zurückhalten. Ich sah ihn in der Halle hin und her wandern und dabei leise mit sich reden.

Vermutlich auch aus diesem Grunde hatte Marga sich entschieden den Nachmittag für ihren Vortrag zu nutzen. So konnte sie außerdem Irene und Freddy noch etwas mit auf deren Weg geben.

Irene war bereits reisefertig gekleidet. Ihr praller Körper steckte in einem grauen Overall mit vielen Taschen, in denen die Reiseutensilien steckten. Ihr Gesicht glühte durchscheinend gesund. Die rotgefärbte Haarpracht hatte sie mit einem blaurot gestreiften Tuch gebändigt, ihre Hände spielten mit dem roten Fransen des Tuches. Sie wippte im Sessel hin und her, war sehr animiert und sah oft zu mir herüber.

„Wirst du uns nun vermissen?", fragte sie unvermittelt, als sie bemerkte, dass ich ihren Blick immer wieder auswich.

„Ach Irene", sagte ich, „du weißt doch, unser Verhältnisses ist belastet. Ich bin hin- und hergerissen. In der Gruppe werdet ihr beide mir bestimmt fehlen. Vor allem du Freddy", schob ich noch nach, „aber wir sehen uns doch hoffentlich im Herbst! Hm?"

Freddy in dem gelben Sessel reckte sich hoch, lächelte und nickte zu meiner Frage. Er sah zufrieden aus. Die Reise schien ihm sehr zu bewegen. Er war den ganzen Tag mit Packen beschäftigt gewesen und hatte mehrmals seine Kleidung gewechselt. Jetzt trug er seine Journalistenjoppe, wie er sie nannte, die karierte und Schlapperhosen. Er ließ seit kurzem wieder seinen Schnauzer wachsen (er wollte die Hasenscharte bedeckten, sagte er). Daher sah er an diesem Nachmittag ein bisschen ruppig aus, obwohl seine Augen, die meistens auf Irene gerichtet waren, von einem neuen Brillengestell umrahmt, von innen belebt waren.

Meine Aufmerksamkeit richtete sich wieder auf Marga, die in dem schwarzen Bodysuit wie immer toll aussah, noch durch einen knallroten Mini betont. Ihre langen Beine steckten in grauen Leggins und zur Feier des Tages hatte sie, wie sie sagte, ihre einzigen Highheels an den Füßen. Das sah komisch und ungewohnt aus. Sie wirkte so groß, als sie umher ging und sich vom Buffet ein Glas Saft holte. Hans konnte seine Augen nicht von ihren Beinen und ihren Hüftschwung lassen. Ich musste lächeln und an seine zweite Frau denken. Als er zu mir rüber blickte, nickte er und machte mit seinem rechten Daumen eine *gefällt mir* Geste.

„Meine Lieben", hörte ich endlich ihre schöne Altstimme. Ich war noch immer verzaubert von ihr. „Heute also, vielleicht für immer, die letzte gemeinsame Sitzung." Marga hielt inne, wartete dezent auf unsere Aufmerksamkeit und legte los:

„Es ist schon einige Zeit her, dass ich an dem Seminar teilgenommen habe. Ob es Quadrinity hieß oder nicht, spielt keine Rolle. Ich nenne es jetzt so. Wichtig ist für mich nur die Erfahrung mit der eigenen Vorstellung vom Tod. Ihr kennt meine Einstellung: Wenn wir nicht richtig leben, können wir nicht sterben. In jedem einzelnen Augenblick der Gegenwart erfahren wir das Leben, bis es sich auflöst. Wir ängstigen uns vor dem Tod, weil wir nicht jeden Augenblick genießen konnten. Wir wissen, dass die Angst unrealistisch ist, nur in den Gedanken existiert und trotzdem haben wir Angst vor dem Sterben. Sterben ist ein ganz natürlicher Prozess. Alles Materielle entsteht und vergeht und wir sind genauso abhängig von dem Prozess. Pflanzen und Tiere haben halt den Vorteil kein Bewusstsein davon zu haben, jedenfalls glauben wir das. Wenn das Bewusstsein vom Wissen des Sterbens befreit wäre, könnten wir keine Angst entwickeln." Marga blickte von einem zum anderen, testete unsere Aufmerksamkeit.

„In dem Seminar machten wir eine einfache Übung, in der wir den eigenen Tod in der Vorstellung vorweg nahmen, um die Angst vor dem Sterben auszuschalten. Jeder Teilnehmer suchte auf dem am Ort des Seminars existierenden Friedhof das Grab seiner Wahl aus und imaginierte sich als Verstorbener, der an der eigenen Beerdigungszeremonie teilnahm. Ich wurde also dort an dem Nachmittag zu einer Besucherin, um mich, die verstorbene Marga bei meiner Beerdigung zu begleiten. Ich hatte mir Blumen mitgebracht, betrachtete andächtig den von mir ausgesuchten vorhandenen Grabstein mit meinem Namen, die Geburts- und Todesdaten und einem eingravierten Spruch, den ich, die Verstorbene als Motto zu Lebzeiten ausgesucht hatte."

Marga machte eine Pause und blickte wieder in die Runde. Alle hingen an ihren Lippen. Als die Pause unerträglich wurde, fragte ich sie: „Und der Spruch? Was stand auf deinem Stein?"

Sie zog die Brauen hoch: „Georg, sei nicht so neugierig. Warte ab. Ihr könntet euch in die Situation hineinversetzen und überlegen, was würdet ihr auf dem Stein eingemeißelt lesen wollen? Lasst euch 10 Minuten Zeit und dann treffen wir uns wieder." Damit verließ sie uns auf ihren hohen Absätzen mit schwingenden Hüften und ihrem rasierten Schädel, der von hinten so exotisch aussah. Wir richteten unsere Aufmerksamkeit nach innen auf die Aufgabe.

Was würde ich auf meinem Grabstein lesen wollen? Also, ein Lebensmotto, hatte sie gesagt. Ein gelebtes? Oder ein erwünschtes? Als gelebtes Motto müsste ich mir zugestehen: **Viel gelesen, wenig gehandelt,** *aber so was will kein Mensch auf einem Grabstein lesen. Also vielleicht:* **Im Augenblick geruht.** *Nein, das ist Quatsch, aber:* **Das Beste gemacht.** *Was würden denn die Verbliebenen, so welche da wären, als Nachruf formulieren? Vielleicht:* **Er war motiviert,** *oder:* **Er hat viel gewollt.** *Hm.* **Er war uns bei der Suche nach der Wahrheit ein Vorbild.** *Das ist schrecklich, sich vorzustellen, wie andere mich bewerten werden.* Ich war frustriert und schob den Zettel mit den Sprüchen von mir.

Da trat Marga wieder zu uns, schloss die Tür und trippelte zum schwarzen Sessel, den sie am liebsten benutzte:

„So", begann sie ohne Pause, „wie war's?" Sie blickte zu mir und sah mich innerlich abwinken.

Daraufhin wandte sie sich an Hans, der sie auch schon animiert angeblickt hatte, bevor er antwortete: „Nicht einfach war es. Mir war gleich aufgefallen, dass es viele Antworten geben könnte. Als Motto für mein Leben kam mir immer nur die Suche in den Sinn. Ich suchte mein ganzes Leben nach einem Sinn. Oft rannte ich auch vor der Wirklichkeit davon, in irgendwelche Aktivitäten hinein, weil ich darin einen Sinn vermutete. Kam mir oft wie ein Getriebener vor, Marga."

Sie nickte und fragte: „Hast du dich für einen Spruch entschieden?"

Hans wackelte mit seinem Schädel, zog die Stirn in Falten, begann die Lippen aufzuplustern, alle die bekannten Ausweichmanöver zog er ab, bevor er endlich entschlossen aus seinem Zettelwust einen hervorzog und vorlas: **Er wollte immer etwas Großes machen.**

„Hm", machte Marga. Sie schien nicht befriedigt. „Sag mal Hans, hast du dich als Besucher gefühlt an deinem Grab? Als ein von außen Hinzugetretener? Stell dir doch noch einmal vor, du, Hans, wärest gerade beerdigt worden und Freunde, Bekannte, vielleicht auch deine Frauen ständen um dein Grab und jeder Anwesende riefe dir, dem toten Hans, noch etwas zu, so als Motto. Höre `mal die Zurufe."

Marga brach ab und wartete. Hans hatte die Augen geschlossen, die Lider begannen zu flattern. Die Lippen spannten, zitterten, sein Gesicht arbeitete, Falten entstanden, glätteten sich wieder. Hin und wieder nickte er mit dem Kopf, dann sah es aus, als höre er Stimmen, er drehte den Kopf in eine Richtung und nickte wieder. Wir blickten fasziniert auf ihn und warteten atemlos. Dann huschte ein leichtes Lächeln über sein Echsengesicht, das nun ganz entspannt wirkte. Er öffnete langsam die Augen, die feucht glitzerten, blickte verlegen lächelnd in den Raum vor sich hin und nickte wieder. Er war ganz mit sich im Einklang, schien es mir. Dann, hob er seine Augen, richtete den Körper mit Behagen auf, streckte sich, blickte verträumt von einem zum anderen und dann zu Marga auf der ihm gegenüber liegenden

Seite. In dem Moment fiel ein Lichtstrahl der Abendsonne auf ihr Gesicht mit dem Pony und den liebevollen auf ihn gerichteten Blick und sie fragte: „Nun? Hans?"

„Es hat sich gelohnt steht auf meinem Stein", brachte er gerade noch heraus, bevor Tränen seine Augen füllten und er sie hinter seinen Händen verbarg. Er schluchzte. Alle wollten aufspringen, Marga hob beschwichtigend die Hände: „Lasst ihn in Ruhe, er braucht seine Zeit. Es sind Tränen des Glücks", sagte sie noch erklärend, als sie meinen hilflosen Gesichtsausdruck sah.

Nach einigen Minuten hatte Hans sich beruhigt, trocknete seine Tränen und seufzte tief auf. „Kinder", sagte er freudig erschöpft, „ihr könnt euch nicht vorstellen, wie befreit ich mich fühle. Sie haben mich angenommen und mir zugesprochen, einige haben meinetwegen geweint und andere waren freudig bewegt. Unvorstellbar war es", sagte er und merkte nicht, dass er sich widersprochen hatte.

„Ja ja", nahm Marga die Klippe, „Unvorstellbares ist doch vorstellbar. Ich bin sehr glücklich Hans, dass du so gut gearbeitet hast, dass du dir diesen Gefallen getan hast. Ich möchte nichts weiter erklären. Ihr habt die große Verwandlung bei Hans gesehen."

„Vielleicht habt ihr schon euer persönliches Motto gefunden? Wenn nicht, Hans hat gezeigt, wie es geht. Hebt euch das Motto auf, schreibt es auf ein Kärtchen, klemmt es an eine Stelle, an der ihr oft vorbeikommt. Und wenn es nicht mehr stimmen sollte, ändert es. Wenn ihr im Herbst wieder vorbeischaut, Irene und Freddy, bringt die Kärtchen mit. Und wenn ihr nicht mehr kommen könnt, schreibt uns einfach. Ich habe euch beide in mein Herz geschlossen", sagte sie noch und ruck zuck war sie wieder fort, in ihre Räume abgetaucht.

Die Marga, ging es mir durch den Kopf, *was die mit uns alles ausgehalten hat. Aber sie hat es so gewollt, beruhigte ich mich wieder. Eine ungewöhnliche Person, so konkret und zugleich so weit weg von mir, von uns.* So saß ich noch eine Weile in Gedanken verloren und fand mich nach einiger Zeit ganz allein im Vestibül. Das Sonnenlicht war verschwunden. Jemand hatte an dem siebenarmigen, silbernen Leuchter die Kerzen entzündet. Es flackerte angenehm beruhigend. Aus Irenes Räumen hörte ich Stimmen und Geräusche. Sie packten vermutlich ihre Sachen. Irene wollte alles Persönliche in ihrem VW-Bus mitnehmen. Möbel hatte sie ja keine, die hatte sie von Hans übernommen. Was Freddy mit seinen Möbel machen wollte, hatte er noch nicht entschieden. Es waren auch nicht sehr viele. Meine Gedanken gingen von einem zum anderen, als Hans wieder eintrat.

„Was macht eigentlich Freddy mit seinem Kram?", fragte ich unmittelbar, weil ich gerade daran gedacht hatte.

„Er hat sie uns geschenkt", antwortete Hans sachlich. Dann lächelte er mich an, ergriff meine Rechte, zog mich zu sich hoch und nahm mich in seine Arme. Es war schön ihn zu fühlen, den alten Hans.

An diesem Abend haben wir dann endlich seinen Stick in den Computer geschoben und er hat mir aus seiner Biografie vorgelesen und auch noch einiges erzählt aus den Jahren seiner Kindheit im zweiten Weltkrieg und seiner Jugend in dem Nachkriegsdeutschland.

Er konnte sich noch an so vieles erinnern, an das, was ihn erschüttert hatte. Er zeigte mir im Computer die Bilder, die er gesammelt hatte, aus Zeitschriften kopiert, und auch Mitschnitte von Filmaufnahmen aus der Zeit der Luftangriffe auf die deutschen Städte: Hausskelette mit den herausragenden Eisenträgern und riesigen Schuttbergen auf den Straßen.

„So sah es überall aus, wenn ich mit meinem alten Onkel zum Wasser holen ging", erklärte er die Bilder. „Ich war damals fünf Jahre alt, als die Russen einmarschierten und sich durch die Straßen kämpften."

Hans war ernst geworden, blickte nach innen. Sein Gesichtsausdruck verdüsterte sich, als er weitersprach: „Vorher hatten wir tagelang im Keller gesessen. Ich kann mich nicht mehr an alles erinnern, aber an die schreckliche Erschütterungen, die in Minutenintervallen durch unser Haus gingen, schon. Jedes Mal dachte ich, hoffentlich treffen sie nicht unser Haus, nicht unsere Wohnung, nicht mein Zimmer. Es war doch schon so viel kaputt gegangen. Es gab kein Wasser mehr, keinen Strom, keine Heizung. Es war der Winter 44/45. Die Lebensmittel waren rationiert. Ich verstand damals noch nicht, was das bedeutete. Später spielten wir mit den Lebensmittelabschnitten, die wir nicht mehr einlösen konnten. Ich merkte nur, dass ich immer weniger zu essen hatte. Und dass die Bewohner im Keller unseres Hauses grauer und grauer wurden und ängstlicher. Ich spürte diese Not und Angst nur als Atmosphäre. Aber sie war ständig präsent und dazu die nächtlichen Bombenabwürfe. Dieses Pfeifen und Sausen und dann immer wieder Erschütterungen. Ständig rieselte Putz der Kellerdecke auf uns hinab. Dann die Alarmsirenen, das Knistern und Brechen von Mauern, der Flammenschein aus den Ritzen der Kellerfensterabdichtungen. Meine Augen suchten einfach Ablenkungen in der totalen Finsternis. Sie konnte ich zumachen, aber die Ohren nicht, niemals. Ich höre noch immer diese schrecklichen Geräusche: dieses Sausen und Pfeifen der Luftminen, das Flammenbrausen, das die Nächte füllte, für immer. Ein ganzes Leben lang, Markus."

Hans war erschöpft, seine Augen standen voller Tränen. Er war wieder der fünfjährige Junge geworden, hilflos, zitternd, erregt, die Augen erschreckt aufgerissen, blickte er sich hektisch um, nach einem Ausweg aus einer verzweifelten Lage suchend.

„Hans", sagte ich leise und berührte seine Schulter, „es ist vorbei. Du hast es überlebt." Ich redete einfach irgendetwas Beruhigendes, damit er zu sich zurückfand. Von ganz weit entfernt tauchte sein Bewusstsein in seinen tränenverschleierten Augen zurück und er begann tief einzuatmen, entspannte seine Züge.

„Es ist ein Trauma", sagte er nur, schwieg einige Zeit, bevor er fortfuhr. „Ich habe in den letzten Jahren einiges darüber gelesen. Das Wissen ist zwar schön, nützt aber nur manchmal. Ich weiß auch, dass es dafür inzwischen Therapien gibt. In den letzten Jahren sind einige entwickelt worden, vor allem für die Soldaten, die mit den posttraumatischen Problemen im Alltag nicht zurechtkommen. Aber, weißt du, Markus, für ein Kind ist eine traumatische Erfahrung viel tiefgreifender. In dem Bombenkrieg bei der Häufung der Angriffe waren ich und viele meiner Altersgenossen monatelang diesem Schrecken ausgeliefert." Er räusperte sich, gewann wieder Halt.

„Glücklicherweise habe ich von den Vergewaltigungen der Frauen nur gehört. Das habe ich nicht erleben müssen. Nur einmal hatte ich gesehen, wie Russen eine Frau aus unserem Keller rauszerrten."

Hans blickte wieder in die Ferne und schien etwas zu hören. Ich verhielt mich ruhig. *Keine Frage*, sagte ich zu mir. *Warte, lass ihn wieder in die Gegenwart zurückfinden.* Er äußerte sich endlich, sein Gesicht bekam wieder Farbe, ein Seufzer, ein tiefer Atemzug und seine Stimme klang weniger dumpf, als er endlich fortfuhr.

„Alles Schreckliche hört irgendwann auf, wie auch die Schmerzen im Körper. Nach dem Zusammenbruch, das ist auch wirklich das richtige Wort für das Kriegsende, ging das Leben weiter. Wir hungerten weiter, aber es herrschte Ruhe. Ich konnte auf die Straße, ich spielte mit den Nachbarkindern in den Ruinen. Ich ging zur Schule, wurde im Herbst 45 eingeschult. Mit den Jahren wurde es wieder normal, der Schutt wurde weggebracht, die Straßen wurden sauber und die Ruinen mit der Zeit weggeräumt. Es wurde gebaut, neue Häuser errichtet. Aber das hast du alles ganz anders erlebt, nicht wahr Markus? Als du geboren wurdest, waren wohl die meisten Zerstörungen bereits beseitigt?"

Er sah mich mit seinen traurigen Augen fragend an. Ich konnte nur nicken. Er wollte seine Gedanken noch zu Ende bringen: „Aber die inneren Zerstörungen sind alle noch vorhanden."

Dann schwieg Hans.

Tja, was hätte ich darauf antworten können? Er hatte Recht. Niemand kann in den anderen hineinsehen, ihn wirklich verstehen. Die seelischen Schäden der Kriegsgeborenen, der Spätheimkehrer, der Kriegsveteranen, der Folteropfer, der vergewaltigten Frauen und Kinder bleiben bis in den Tod erhalten. Dann ist es erst vorbei. Wenigstens dann. Hoffnungsvoll, nicht wahr?

Ich war erschüttert von seinem Bericht und musste wieder an seine Biografie denken, die ich vor einigen Monaten teilweise gelesen hatte. Diese Kapitel über den Kapitalisten und den Sexmaniak erschienen mir nun in einem ganz anderen Licht.

Ende

Zeitfracht Medien GmbH
Ferdinand-Jühlke-Straße 7
99095 Erfurt, Deutschland
produktsicherheit@kolibri360.de